KB121123

로크미디어가
유혹하는
재미있는 세상

ROK
MEDIA
로크미디어

달빛
조각사

달빛 조각사 48

2016년 10월 26일 초판 1쇄 인쇄
2016년 10월 31일 초판 1쇄 발행

지은이 남희성
발행인 이종주

기획 팀 이기헌 송윤성 왕소현
책임 편집 이세종

발행처 (주)로크미디어
출판등록 2003년 3월 24일
주소 서울시 마포구 성암로 330 DMC첨단산업센터 3층 314호
Tel (02)3273-5135 **Fax** (02)3273-5134
홈페이지 rokmedia.com **E-mail** rokmedia@empas.com

값 8,000원

ISBN 979-11-6048-192-1 (48권)
ISBN 978-89-5857-902-1 04810 (세트)

달빛조각사 48

남희성 게임 판타지 소설

ROK
MEDIA

로크미디어

차례

칼라픽 왕궁   7

흔들리는 민심   55

대악당의 꿈   99

공략의 씨앗   163

폭식의 악마   193

오데인 요새의 파문   257

오데인 요새 공방전   299

서윤의 희생   333

조각술 최후의 비기.

시간 조각술이 고급이 되어야만 열리는 여행의 조각술!

위드는 베르사 대륙의 역사를 빠짐없이 꿰고 있었다.

'몬스터의 침략이나 전쟁. 엄청난 일이 많이 벌어졌지.'

베르사 대륙의 역사서에 보면 중요하게 기록된 사건들이

꽤 있었다.

브루커 왕국, 몬스터 침략으로 이틀 만에 멸망

네미아스 요새, 37일간의 전투로 폐허로 변함

바다에서부터 끝을 모르는 몬스터의 침략. 3년간 대륙의 절

반이 몬스터의 침공으로 시달림

'음, 아주 훌륭해.'

여행의 조각술은 시간의 흔적을 좇아서 특정 시점으로 갈 수 있는 기술이다.

'전쟁이다, 전쟁.'

순수한 조각사라면 역사적으로 예술이 번성했던 시기부터 관심을 가졌으리라.

멋과 낭만을 찾아서 문화와 관광이 번성했던 왕국의 수도로 자유 여행을 떠날 수도 있다. 혀를 사르르 녹이는 맛있는 음식이나 건물들, 환한 미소를 짓는 미녀들을 구경할 수 있을 테니까.

베르사 대륙의 역사를 돌아다니며 마음껏 여행할 수 있는 조각술 최후의 비기!

위드는 몰스 던전에서 시간 조각술의 스킬 레벨을 고급까지 올렸다.

띠링!

-중급 시간 조각술 스킬의 레벨이 10이 되어 고급 시간 조각술 스킬로 변화됩니다.
시간에 대한 깊은 깨달음을 얻었습니다.
시간과 공간을 초월한 여행의 조각술을 터득했습니다.
현재 3회의 시간 여행이 가능합니다.
시간 여행의 횟수는 매달 1회씩 갱신이 되며, 퀘스트의 완수로 늘어나기도 합니다.
일정한 조건이 갖추어졌을 시에는 특수한 모험이나 역사, 예술, 경영, 전

스킬 노가다로 획득한 고급 시간 조각술.

위드가 첫 번째로 선택한 장소는 '칼라픽 왕궁'.

이런 고생은 나눌수록 육체적으로나 정신적으로 행복하기
에 동료들을 끌어들이기로 했다.

몰스 던전에서 헤르메스 길드의 척살대를 처리하고 분위
기가 잔뜩 고조되었을 때였다.

위드는 동료들과의 이별이 아쉬운 듯이 말했다.

"그래도 좀 허전한데. 만난 김에 기념으로 사냥이나 한번
할까요?"

오래된 순진한 동료들은 물론이고, 파이톤과 양념게장까
지 의외로 쉽게 낚였다.

"그럼 사냥이나 하러 가죠."

위드는 작은 목소리로 스킬을 사용했다.

"여행의 조각술."

수천 가닥의 빛이 모여들더니 사람이 충분히 들어갈 수 있
는 크기의 영롱한 포탈이 형성되었다.

"그럼 저 먼저 가겠습니다."

위드는 다른 동료들이 자세한 걸 묻기 전에 서둘러 찬란한 색의 빛으로 이루어진 포탈로 들어갔다.

감쪽같이 사라진 위드.

"와, 위드 님 새로운 이동 스킬 얻으셨나 보네요."

순진한 수르카는 감탄했다.

이리엔도 착하고 의심을 모르는 성격이었다.

"모험하면서 얻은 스킬인가 봐요."

다른 동료들도 받아들이는 것은 비슷했다.

"아, 부럽다. 근데 네크로맨서한테 텔레포트 게이트 같은 이동 스킬이 있나?"

로뮤나는 조금 질투를 했으며, 제피는 이동 스킬에는 크게 관심이 없었다.

'대게 먹고 싶다. 음… 유린이랑 같이 먹으면 맛있을 텐데. 살을 발라내서 먹여 주고… 크으, 맥주도 한잔하면서.'

벨로트와 화령은 사냥을 좋아하진 않았지만, 딱히 싫어하지도 않았다. 그녀들끼리 레벨을 올리려면 상당히 어려웠는데, 위드와 함께하면 힘은 들어도 지나고 나면 최고의 효율을 보인다.

파이톤은 경쟁심에 불타올랐다.

'전사라면 힘이지. 네크로맨서로 전직을 했다지만… 조각사에서 무력이 약해지진 않았을 것. 이동 스킬까지 얻다니 쓸모가 많을 거야. 어쨌든 자세한 건 옆에서 겪어 보면 알겠지.'

관찰력이 뛰어난 암살자 양념게장조차도 의심을 못 했다.

'아이템을 사용한 것도 아닌 것 같고, 그냥 스킬을 발동하는 형식이네. 처음 보는 것이라 신기한데… 조각술 관련 같기도 하고.'

위드가 있었다면 스킬에 대해서 자세히 물어봤겠지만 먼저 들어가 버렸다. 자세히는 몰라도 나쁜 일이라고는 생각하지 않았다.

'설마 속이거나 뒤통수를 치겠어?'

위드에 대한 수식어부터가 어마어마하다.

아르펜 왕국의 국왕이며 전쟁의 신, 최초의 마스터.

모험으로 얻은 수많은 호칭들을 제외하고도 이 정도였다.

'안 좋은 거라면 먼저 선뜻 들어가지도 않았을 거야.'

파이톤과 양념게장은 명성을 믿었고, 동료들은 그냥 의리밖에 몰랐다. 전형적으로 빚보증 잘못 서 줄 유형들!

페일부터 아무 생각 없이 포탈 안으로 들어갔다.

페일이 어딘가 이상함을 느낀 것은 포탈로 들어간 직후였다.

몸이 앞으로 나아가는 사이 수천수만 개의 빛줄기들이 그의 옆을 빠른 속도로 스쳐 지나갔다.

'텔레포트가 아니네?'

아득한 하나의 점을 향해서 쇄도하고 있었다.

잠시 후에 약간의 현기증과 함께 도착한 장소는 엄청난 함성과 병장기가 부딪치는 소음으로 가득했다.

"반역자들을 제압하라!"

"모든 기사들은 죽음으로 폐하를 지킨다!"

"돌격! 돌격! 기사단은 전력을 다해 적진으로 뛰어들라!"

칼라픽 왕궁.

중소 도시의 면적에 가까울 정도로 드넓은 왕궁에서는 한창 왕실 기사들과 반란군 사이의 전투가 벌어지고 있었다.

"뭐, 뭐야. 어디야, 이거."

페일이 놀라서 주위를 둘러보니 다행스럽게도 바로 옆에 위드가 있었다.

"위드 님!"

"음, 일찍 들어오셨군요. 역시 첫 번째로 들어오실 줄 믿고 있었습니다."

"넵, 당연히 위드 님을 따라 첫 번째로… 아니, 근데 이게 뭡니까? 여긴 어디고요?"

"사냥하러 온 곳입니다."

"사냥요?"

위드는 성공한 사기꾼처럼 흐뭇하게 웃었다.

"네. 여기가 사냥터죠."

띠링!

칼라픽의 생존자

수십 년이 넘도록 가뭄에 시달리며 쇠약해진 왕국 칼레.

아울트 산맥을 내려온 몬스터들로 인하여 왕국의 운명은 풍전등화의 위기에 놓이게 되었다.

귀족파의 반란과 군대의 이탈로 인해 칼라픽 궁전은 피로 물들고 있다. 이 땅의 명예나 권력, 도덕은 이미 땅에 묻혔다.

벌어지는 전투에서 버티고 살아남아라.

난이도 : A

보상 : 전사의 용맹과 전리품.

퀘스트 제한 : 생존.
　　　　　　　퀘스트가 강제로 부여됨.

퀘스트의 발생!

그냥 사냥만 하더라도 쓸 만한데 전투 퀘스트까지 만들어졌다.

위드는 이미 시간 조각술로 온 전후 사정을 알고 있었지만, 페일로서는 기가 막힐 수밖에 없는 노릇이었다.

"갑자기 퀘스트는 왜… 그리고 칼라픽이란 이름의 왕궁이 있었나요?"

"있다고도 할 수 있고, 없다고도 할 수 있습니다."

"왜요?"

"역사적으로 보면 한 780년 정도 전에 멸망했거든요."

"근데 어떻게 제가 칼라픽에 와 있죠?"

"칼라픽이 멸망하던 그 역사 속으로 들어왔거든요."

"……."

시간 여행!

페일의 머릿속을 스쳐 간 단어였다.

투철한 믿음을 가진 전투 노예답게, 순간적으로 위드는 정말 굉장하고 또 이런 모험에 자신을 끌어들여 줘서 고맙다는 생각도 잠시 들었다. 만만한 몬스터를 사냥하는 게 아니라 진정한 모험에 뛰어들어야 한다면 믿을 수 있는 동료만을 옆에 둘 테니까.

하지만 적지 않게 불만도 있었다.

"근데 왜 이런 사정을 미리 설명해 주지 않으셨죠?"

"세상의 모든 일을 설명하면서 진행할 수는 없습니다. 길게 설명하면 안 올 수도 있을 것 같아서요."

위드는 당당하게 말했다.

험한 세상에서 약간의 꾀를 내면서 살아가는 건 죄가 아니다. 순진하게, 아무도 자신을 속이지 않을 것이라고 믿는 사람이 답답할 뿐!

"크으……."

페일은 한 방 얻어맞은 듯한 표정을 지었지만 금방 납득했다.

'음, 맞는 말이지. 제대로 들어 보지도 않고 들어왔으니 위드 님만 탓할 수는 없어.'

위험한 전장에 끌려오긴 했지만 이내 마음이 편안해졌다.

어쨌든 위드가 찾은 모험이라면 고생은 하더라도 성공 가능성은 높다는 걸 알고 있었다.

"실제로 보니 전투 규모가 정말 크네요."

"역사적인 혈투니까요."

위드와 페일의 눈에 왕궁 건물들이 불에 타오르는 것이 보였다. 기울어져서 무너지는 건물들 사이에서는 병사들과 기사들이 치열하게 피를 튀기는 전투를 펼치고 있었다.

"왕실의 편에 서서 싸워야 하나요?"

"일단은 그러는 편이 좋겠죠."

"일단요?"

"상황을 봐서 뭐든 해도 될 겁니다. 어차피 살아남기만 하면 될 테니까요."

절대 호락호락하지 않은 퀘스트.

파아아앗!

열려 있던 포탈로 메이런과 수르카가 도착했다.

"여…긴 어딘가요?"

"칼라픽 왕궁입니다."

전투 노예 페일을 따라온 연인과, 일단 별생각 없이 왔던 수르카.

그녀들의 얼굴이 어두워졌다.

"칼라픽 왕궁요? 거긴 역사에 기록된 사지잖아요."

메이런은 방송 진행자로서 베르사 대륙의 역사에 대해서도 해박했다.

페일은 분위기도 모르고 그윽한 시선으로 그녀를 봤다.

"그곳이 여깁니다. 시간 여행을 통해서 왔어요."

"켁! 그럼 죽으러 온 거잖아요."

메이런은 절망적이기는 했지만 곧 기쁨에 환한 미소를 지었다.

"아자! 방송 한 건 건졌다!"

헤르메스 길드와의 분쟁이라면 진행자로서 방송의 중립을 지켜야 했겠지만 이번에는 직접 참여할 수 있었다.

수르카가 싸우고 있는 병사들을 잠시 쳐다보더니 위드에게 은근하게 물어봤다.

"귓속말이 보내질까요?"

"모르겠는데요."

"일단 대화 채널로 말해 볼게요."

수르카 : 와… 여기 진짜 좋은 사냥터다.

수르카의 대화는 임시로 생성된 시간 포탈을 통해 다른 동료들에게로 전해졌다.

화령 : 그렇게 좋아?
수르카 : 완전 짱! 언니, 몬스터들이 막 보석 들고 다녀요.

보석이 박힌 검이나 갑옷을 착용하고 있는 기사들도 있긴
했다.

벨로트 : 전투는 좀 지겨운데.
수르카 : 여기 잘생긴 남자들 천국임.

기사들의 외모가 전체적으로 쓸 만하긴 했다.

이리엔 : 지하나 흉악한 몬스터는 좀…….
수르카 : 여기 멋진 건물이에요.

벨로트, 화령, 이리엔, 로뮤나, 제피가 차례로 낚이고, 마
지막에는 양념게장과 파이톤까지 들어왔다.
"케엣, 여기가 어디죠?"
벨로트의 질문에 수르카가 큰 소리로 대답했다.
"칼라픽 왕궁요!"
"뭐 하는 곳인데요?"

"극악의 전쟁터예요!"

사기와 도둑질도 대를 이어서 발전하는 법!

위드의 얼굴은 더욱 흐뭇해졌다.

"너희가 살아서 움직이던 땅으로 돌아오라. 이곳은 어두운 곳, 검고 부패한 땅. 영영 사라지지 않을 암흑의 율법을 모든 이들에게 새길 수 있도록 하라. 언데드 라이즈!"

위드는 시체들로부터 언데드들을 소환했다.

스켈레톤 나이트와 듀라한, 데스 나이트가 골고루 섞인 조합의 언데드들이 대지에서 일어났다.

"불멸의 전사에게 경배를. 죽음으로부터 돌아온 자가 충성을 바칩니다."

데스 나이트들은 일제히 무릎을 꿇었다.

"적들을 막아라."

위드는 반 호크와 토리도를 소환하여 언데드들을 지휘해서 싸우도록 했다.

동료들도, 당황한 것은 잠시였고 금방 자신들이 할 일을 찾았다. 각자 무기를 꺼내 들고 다가오는 귀족파의 반란 기사들부터 처치했다.

반란 기사나 귀족을 향해 날린 페일의 화살은 백발백중했고, 메이런은 건물을 박차고 뛰어올라서 화살을 쐈다.

"파이어 필드!"

로뮤나는 일단 광역 화염 마법으로 침략하는 병사들이 접근할 수 없도록 했다.

칼라픽 왕궁에서도 기사대장이 병력을 이끌고 접근해 왔다.

"침입자들! 반란군의 족속인가?"

페일이 활을 내리며 서둘러 말했다.

"우리는 도우러 온 겁니다."

"왕실에 충성을 바친 기사들의 시체로 사악한 언데드들을 불러 일으키다니, 너희의 말은 믿을 수 없다!"

"그건 위드 님이……."

"네크로맨서는 대륙법에 의해 절대 금지되어 있는 족속. 시체를 다루는 악독한 기법을 사용하면서 변명을 할 셈이냐!"

동료들의 시선이 일제히 위드에게로 향했다. 어떻게 할 거냐는 질문이 담긴 눈빛.

"네크로맨서는 역시 어쩔 수 없는 약점이 있죠. 하지만 해결할 수 있는 방법이 있습니다."

위드는 가볍게 미소 지으면서 조각품을 건넸다.

"국왕 폐하의 조각품입니다. 평소 존경하고 있었습니다."

"흠."

오기 전에 미리 깎아 놓은 걸작 조각품!

조각품 아래에는 잘 붙여 둔 3실버도 있었다.

아부와 뇌물이야말로 사회의 복잡한 톱니바퀴를 부드럽게 구르게 하는 핵심 요소!

기사대장은 조각품을 훑어보더니 땅바닥에 힘껏 내던졌다.

"국가가 망하게 생겼는데 이깟 조각품이라니! 너희 모두 감옥에 가둬야겠다."

3실버의 뇌물 작전이 실패하는 광경에 동료들의 표정이 안 좋아졌다.

"걱정하지 마세요. 해결 방법은 있으니까."

위드는 3실버를 줍고 나서 주문을 외웠다.

"시체 폭발!"

콰과과광!

왕궁 기사대장이 서 있던 지역이 폭발했다.

-기사대장 타켄이 사망하였습니다.

-칼레 왕국과의 적대도가 100이 되었습니다.

"허억!"

위드를 따라다니며 산전수전 다 겪은 페일과 무덤덤한 성격의 제피마저 깜짝 놀랐다.

"이렇게 해결하면 될 것 같군요. 공격해."

위드는 언데드들에게 칼라픽 왕궁 병력까지도 공격하도록

했다. 그러면서 동료들을 향해 말했다.

"제가 사막의 대제왕 퀘스트를 할 때 느낀 거죠. 여긴 여행의 조각술로 거슬러 온 과거입니다. 원래의 세계가 아니라서, 지금 보이는 모든 NPC들은 우리의 모험이 끝나면 사라지게 될 겁니다."

"아하."

로뮤나부터 납득을 하고는 고개를 끄덕였다.

아르펜 왕국이나 하벤 제국, 그곳의 주민들은 아이를 낳거나 생산 활동을 하는 등의 생활을 한다. 모험에 대한 대화를 나누는 상대이기도 했으며, 자주 얼굴을 보면 정이 들기도 했다.

"지금 보이는 모든 이들의 수명은 지금 보고 있는 모습이 전부라고 봐야겠네요."

"네, 그렇죠."

"좀 허무해요."

벨로트가 푸념하듯이 말했지만 일행은 각자 맡은 역할을 잊지 않았다.

데스 나이트들이 주위를 에워쌌고, 귀족파의 반란군과 왕궁의 수비 병력을 상대로 전투가 펼쳐졌다.

"연쇄 관통, 대지의 파동!"

"에헷, 돌풍 화살!"

페일과 메이런은 넘쳐 나는 적들을 향해 마구 화살을 쐈다.

현란하고 빠르게 움직이는 제피의 낚싯줄에, 로뮤나의 마법 공격, 수르카의 주먹질!

"이얍, 주먹 강타!"

수르카의 주먹이 엄청나게 커지더니 10여 미터를 날아가서 데스 나이트들과 싸우고 있던 기사의 몸통을 날려 버렸다.

"난전이 마음에 들기는 하는군."

파이톤은 대검을 들고 적진으로 뛰어들었고, 양념게장은 어느새 사라졌다. 그가 활동할 때마다 지휘관급 기사들의 목숨이 하나씩 사라지게 되리라.

이리엔은 신성 마법으로 동료들의 체력을 회복시켜 주었는데, 가끔씩은 언데드와 싸우다가 부상을 입은 기사들도 가리지 않고 치유해 줬다.

"고맙습니다, 사제님."

"별말씀을요."

위드는 언데드들을 지휘하며 한편으로 화살을 쐈다.

네크로맨서가 다른 직업과 파티를 맺었을 때에 상성이 나쁜 것은 엄연한 사실이다. 직업적인 조화에서, 1인 군단인 네크로맨서는 다른 유저들 몇 명과 조합이 잘 이루어지지 않았다.

그 약점을 극복하기 위해서는 적들이 무지막지하게 몰려오는 전장 한복판으로 뛰어들면 되는 것이었다.

칼라모르 지역의 에바루크 성.

샤먼 다인의 통치를 받는 지역은 반란군으로부터도 피해를 입지 않았다.

"이 깨끗한 거리와 건물을 보게. 모두 영주님 덕분이라고 할 수 있지."

"칼라모르 왕국이 그립지 않느냐고? 어째서? 영주님이 부임하고 나서 모든 것이 좋아졌어. 지금은 더 바랄 게 없다네."

"우리 성은 상업과 관광, 생산의 중심지가 되었지. 이사를 온 사람들로 성의 인구가 늘어났고, 날마다 태어나는 어린아이의 울음소리도 그치지 않아."

에바루크 성의 주민들은 다인의 통치를 찬양했다.

유저들 역시 아무 불만이 없었다.

"다인 영주님이 처음 부임할 때만 해도 걱정이 많았는데 말이야."

"응. 다 쓸데없는 걱정이었지."

헤르메스 길드의 영주들은 지독할 정도로 유저들을 쥐어짜 내는 것으로 유명했다.

그러나 영주 다인은 부임하자마자 세율을 낮췄고, 사냥터와 퀘스트에서 대부분의 차별들을 철폐했다.

헤르메스 길드에 의무적으로 내야 하는 세금을 제외한다

면 최소한의 세금만을 거뒀다. 도시 자체 사업을 통해서 자금을 형성하고 운영함으로써 경영적인 수완까지 발휘했다.

"영주님, 이런 식이면 곤란합니다."

"헤르메스 길드의 통치 지침이 있지 않습니까. 길드의 규율대로 행동하시죠."

오히려 헤르메스 길드 유저들이 반발을 할 정도였지만, 이내 사그라졌다. 다인이 바드레이나 라페이와도 친분이 있다는 소문이 돌고 난 이후였다.

중앙 대륙이 반란군으로 들끓을 때도 에바루크 성은 발전했고, 지금은 칼라모르 최대의 인구와 경제력을 자랑했다.

다인은 하루에 몇 번씩 거리 순찰을 하면서 주민들과도 친해졌다.

"영주님, 여기 약초입니다. 꽃을 준비하려고 했는데 약초를 더 좋아하신다고 해서……."

"네, 고맙습니다. 잘 받을게요."

다인은 약초를 씹어 먹으며 환하게 웃었다.

"역시 치킨을 먹은 후에는 인삼이… 헴헴."

주민들과 유저들을 불편하게 하지 않기 위해 짙은 로브를 뒤집어쓰고 다니는 그녀.

"사고다!"

"심하게 다친 부상자가 있다."

주민 1명이 마차에 치여서 크게 다쳤다.

다인은 곧장 달려가서 손을 내밀었다.

"제가 고쳐 줄게요. 절대 회복!"

성직자처럼 고위 신성 마법으로 치료를 하는 그녀!

에바루크 성을 중심으로 활동하는 사냥 파티에 끼기도 했다.

성문에서 사냥터로 가기 위해 사람을 모집하는 장소에 슬그머니 끼어들었다.

"사냥 갈 사람 구하세요?"

"1명이 모자란데… 한참 구하고 있네요. 레벨 400대 유저를 구하는데."

"저 그 정도인데요."

"그러면 같이 가실래요?"

"네, 갈게요."

"근데 저희 전사가 필요한데요. 머리띠와 귀걸이를 보니 샤먼인 것 같은데, 근접 전투 가능하세요?"

다인은 가볍게 고개를 끄덕였다. 전투라면 전문 분야는 아니지만 상관없었다.

"네, 돼요."

"주로 사용하시는 무기가 어떤 거죠?"

"검, 창, 도끼, 활, 해머, 사슬낫, 밧줄, 곡괭이 정도요."

"아… 그러시군요. 거의 다 다루시네요."

"무기술이 취미라서요."

"파티에 있는 사제가 아직 실력이 좀 모자라서 생명력 관리를 조심하셔야 됩니다."

"치료 마법 돼요."

"정말요? 그러면 최고죠."

뭐든 잘할 수 있는 샤먼!

단, 이도 저도 아닌 채 제대로 못 키우면 레벨만 높은 샤먼은 절대 파티에 끼워 주지 않는다.

다인은 심심하면 던전에서 놀았기 때문에 레벨보다도 각종 스킬 레벨이 높은 상태였고, 배우고 있는 기술들도 잡다했다. 함정 간파와 해체에서부터 축복과 저주, 몬스터 추적까지 가능했다.

다인이 파티에 낄 때마다 일찍이 이룩해 본 적이 없는 속도의 사냥이 이루어졌다. 필요한 분야가 있으면 그녀가 다 보충해 주었고, 파티원들은 따라오기만 하면 되었다.

"영주님과 사냥해 본 적 있어?"

"없는데. 소문에는 그렇게 잘한다며?"

"잘하는 정도가 아냐. 그냥 쭉 믿고 맡기면 돼. 알아서 다 해 줘."

다인은 심심하면 던전에 가서 전투도 하고, 도시 시찰도 했다.

에바루크 성의 인기가 높아지다 보니 유저들이 많아졌고 재정도 효율적으로 사용했다. 그녀의 명성이 최고라고는 할 수 없지만, 지역 주민들에게 있어서만큼은 더 이상 오를 수 없을 정도로 최고치였다.

칼라모르 지역 전체에서 다인의 평판은 드높았기에, 헤르메스 길드의 수뇌부에서는 회의를 거쳐서 정식으로 제안했다.

"통치 지역을 늘려 보는 게 어떻습니까?"

"얼마나요?"

"에바루크 성 주변으로 7개의 성이 불안한 상태입니다. 영주들이 자격을 잃기도 했고……. 그 지역들을 전부 다스려 보시죠."

"네, 알겠습니다."

다인이 관리하는 영토는 계속 늘어나서, 칼라모르 지역의 오분의 일 정도가 되었다. 에바루크 성을 중심으로 기술과 문화, 생산의 교류를 통해 블랙홀처럼 영향력을 키워 나갔다.

마판 상회의 영업 사원 코뮨돈!

그는 손마차를 끌고 칼라모르 지역의 에바루크 성에 들어왔다.

"자, 자! 말린 생선을 팝니다!"

"오세요. 구경하고 가세요. 1회용 마법을 담을 수 있는 구슬과 영상 대화용 수정을 싸게 내놨어요."

"뱀 껍질, 벌레 껍질, 각종 나무껍질 팝니다. 가치 아시는 분만요."

에바루크 성 광장은 손마차를 끌고 거래하는 잡상인들의 천국!

땅에 앉아서, 혹은 마차에 올라서서 적극적으로 물건을 판매하고 있었다.

'흠, 이들 중에 전업 상인은 삼분의 일 정도로군.'

코둔돈은 날카로운 눈빛으로 유저들을 분석하고 있었다.

전투를 회피하는 상인이라면 뱃살과 턱살이 두툼하게 늘어나기 마련이다.

'일반 유저들이 이렇게 많이 물건을 팔다니… 경제가 튼튼해 보이는군. 사소한 교역을 통해서도 경제가 발전하게 되는 거지.'

코둔돈은 아르펜 왕국 출신의 유저였다. 로열 로드를 시작한 건 늦었지만 그럼에도 아르펜 왕국의 초기 도약기를 경험했다.

'뭐든 된다. 마판 님이 말씀하셨어. 광장에 상인이 많으면 살기 좋은 곳이라고.'

상인이 왕국 내 물품들의 거래를 독점하기는 불가능하다.

주민들이나 일반 유저들이 마을과 도시를 오가면서 소규모로라도 물품을 옮기는 건 경제적으로 상당히 중요하다.

가죽 제품이나 무기류 등의 생산을 대량으로 하기 위해서는 관련 재료들이 채워져야 한다. 유저들이나 지역 주민들을 위한 일상적인 물품의 보충이 빨리 이루어질수록 치안이 좋아지고 경제 발전이 빨라진다.

하나의 마을로만 본다면 의미가 작겠지만, 왕국 전체의 규모로 본다면 교역은 생산과 소비, 유저들의 성장에 있어서 굉장히 큰 요소였다.

'에바루크 성에는 활력이 있군.'

코문돈은 짐마차에 실어 왔던 꿀에 절인 과일들을 10분 만에 다 팔아 치웠다.

'물건이 팔리는 속도가 기록적으로 빨라.'

마판 상회에서는 하벤 제국의 각 도시에 비밀 영업 사원을 파견했다.

초보부터 고레벨 유저들이 사용하는 몇 가지 대표적인 물품들을 판매해 보면 모이는 정보가 상당했다. 도시에 어느 정도의 소비 능력이 있는지, 인구와 기술, 유저들의 수준, 만족도까지도 통계적으로 분석할 수 있다.

'에바루크 성이라. 여긴 장기간의 공략을 필요로 하겠어.'

코문돈은 에바루크 성을 지나서 수베인을 향해 이동했다.

마판 상회의 영역은 중앙 대륙으로, 엷지만 넓게 퍼지고 있었다.

서윤은 대지의 궁전에 있는 그녀의 방에서 풀죽차를 마셨다.

창밖으로 은은하게 바라보이는 처자식 별!

달밤이 아름답다지만 밤하늘에 떠 있는 처자식 별만큼은 아니었다.

'앞으로 꾸려 나갈 행복한 가정을 위한 조각품.'

이보다 더 큰 선물이 있을까.

서윤은 창가에서 휴식을 취한 후에 책상으로 돌아왔다.

중앙 대륙 도시들의 경제력에 대한 분석

제국의 인구 이동 현황

헤르메스 길드에서 추진 중인 주요 사냥과 퀘스트 전략

중앙 대륙 정복 계획

바드레이의 근황

그녀는 각종 보고서를 읽으며 헤르메스 길드에 대해 점점 파악해 갔다.

'정말 나쁜 사람들이네.'

위드를 몇 번이나 방해하고 죽이려고 드는 그들에 대한 원망도 컸다. 하지만 그녀는 미워만 하고 있을 정도로 바보가 아니었다.

'내버려 둘 수 없어. 아르펜 왕국은 밀리지 않을 거야.'

국왕 대리인 그녀의 권한은 대단히 컸다. 아르펜 왕국의 정책으로, 경제 발전과 초보 유저들을 위해 과감하게 투자했다.

어느 정도 기반이 잡힌 레벨 200대 이후의 유저들은 아르펜 왕국 어느 곳을 돌아다니더라도 잘 살 수 있다. 때론 죽음을 겪을 수도 있겠지만, 그러면서 성장을 하게 되는 것.

푸홀 워터파크에서 비롯된 막대한 자금이 아르펜 왕국의 교통망 확충과 기간산업 발달에 지속적으로 투자되었다.

각 지역에 광역도시들을 선정하여, 필수적인 생산과 직업 건물도 세웠다.

막대한 돈의 효율적인 투자!

서윤은 기업 경영이나 행정에 높은 안목을 가졌다.

일반적으로 100만큼의 돈을 써서 30 정도의 경제가 상승한다면 그럭저럭이라고 평가할 수 있다. 부패한 관료들이 있다면 10만큼도 성장을 하지 않는다.

행정과 경영이 합리적이라면 돈의 가치에 따라 고스란히 경제 성장이 이루어진다.

아르펜 왕국은 급속도로 발전하는 국가이니만큼 100만큼의 돈으로 중장기적으로 1,000 이상의 효율을 뽑아내는 것도 충분히 가능했다.

'필요한 부분에 투자하고, 미래를 대비하여 앞서 나가야

해.'

아르펜 왕국의 내실을 다진 이후에 서윤이 살핀 곳은 중앙
대륙이었다.

"커허험."

마판은 두툼한 배를 좌우로 흔들면서 빠르게 걸었다.

무릇 상인이라면 큰돈을 벌 기회가 있더라도 여유를 부릴
줄 알아야 한다.

짜릿한 흥정의 재미!

수십만 골드가 교역에 걸리면 몬스터를 사냥할 때보다도
성취감이 훨씬 컸다.

"그래도 늦을 순 없지."

마판은 육중한 몸으로 뛰기 시작했다.

그가 이 사회에서 존경하는 사람이 딱 1명 있었다.

위드!

'그를 만나기 전에는, 나는 그냥 평범하게 돈을 좋아하는
상인일 뿐이었어.'

위드는 돈을 가르쳐 주었다.

지금의 마판은 대충 고객을 보면 가격을 후려칠 방법 서너
가지쯤은 쉽게 떠오르는 베테랑으로 변신했다.

위드를 만나고 대상인이 되었다지만, 영광스러운 건 역시 지금 이 순간이었다.

'잘못하면 약속 시간에 늦을 뻔했군. 절대 그럴 수는 없지.'

마판은 서윤이 있는 궁전으로 가서 정중하게 인사를 올렸다.

"얼마까지 알아보셨… 허업! 부르셔서 왔습니다."

"마판 님, 죄송해요. 제가 직접 가야 하는데 바로 처리해야 하는 일이 많아 나갈 수가 없어서요."

"불러 주셔서 영광입니다. 무엇이든 해 드리겠습니다."

마판은 별빛을 가득 담은 듯한 서윤의 눈과 마주하는 것을 더없는 영광으로 느꼈다. 위드가 부러울 때야 수도 없이 많았지만, 아르펜 왕국보다도 서윤의 존재가 더 놀라운 이유였다.

"툴렌 지역에서 사야 할 물건이 있어요. 마판 상회에서 구입이 가능하신가요?"

"네, 당연히요."

"그러면 철광석을 10만 골드만큼 구입해 주세요. 필요한 자금은 왕국 예산에서 보내 드릴게요."

"그렇게 하겠습니다."

마판은 장부에 적긴 했지만 이상하게 여겼다.

'고작 이런 일로… 10만 골드가 그렇게 큰돈은 아닌데. 게다가 툴렌 지역에서 철광석을 사서 아르펜 왕국까지 가져오면 인건비가 만만치 않게 들어가서 적자인데. 북부에 철광석

이 부족하지도 않고.'

서윤의 요청은 이제 시작이었다.

"철광석은 리튼 지역에서 판매해 주세요. 시세가 13% 정도 더 높으니 마진은 남을 거예요."

"네, 좋습니다. 상인이 흥정을 하면 17% 정도는 이문을 얻을 겁니다."

"오르말 성에서 보리를 사서 그라디안 지역에서 판매하는 것도 가능할까요?"

"그쪽은 길이 잘 뚫려 있어서 쉽습니다."

"시세는 5%가 더 비싸요. 이쪽에는 53만 골드를 투입할게요."

"바로 추진하겠습니다."

부탁 내용을 받아 적을수록 마판의 의문은 커져만 갔다.

이유를 알고 싶어서, 조금 주저하긴 했지만 곧 입을 열었다.

"그런데 거래의 목적이 뭐죠? 이익을 얻으려고 한다면 판매 장소들을 바꾸는 게 낫습니다. 철광석만 하더라도, 더 가까운 소므렌의 대장간에 가서 파는 쪽이 더 나은데 말입니다."

"하벤 제국을 방해하기 위해서예요."

"예?"

"적재적소에 물품들이 소비되지 않도록 할 거예요. 정상적인 거래이지만, 생산을 방해한다면 경제 발전에 약간이라도 차질을 줄 수 있겠죠."

"……!"

서윤은 설명을 하면서 단호한 표정을 지었다. 그 광경마저
도 아름답기 그지없었지만.

'이런 방법도 있었구나.'

마판은 밀수로 돈을 빼먹을 생각만 했던 자신을 반성했다.

중앙 대륙의 경제는 매우 복잡하면서도 효율적인 시스템
에 의해 돌아가고 있다. 톱니바퀴처럼 굴러가는 그 연결 고
리를 조금 틀어 놓는다면 상당히 큰 차질이 빚어지게 될 것
이다.

마판은 본능적으로 연결 고리를 틀어 버린 이후의 일들도
떠올릴 수 있었다.

'철광석이 리튼 지역에서 판매된다. 철광석이 필요한 가공
지에서는 일시적인 품귀 현상이 벌어질 거야. 하지만 상인들
이 다시 늦게나마 소므렌 같은 곳으로 가져올 수 있겠지. 그
러나 중간 과정이 늘어서 가격이 오를 거야.'

거래가 여러 번 이루어지고 운송비가 붙는 만큼 가격은 높
아지게 될 것이다. 장기적으로 보면 하벤 제국의 국력이 악
화되는 것이다.

'우리는 짭짤하게 돈을 벌면서 이런 식으로 피해를 입히
면……. 교묘한 방법이라서 간단히 알아차리기도 힘들 거야.'

데스 나이트, 데스 나이트, 데스 나이트, 데스 나이트!

위드는 언데드를 소환하면서 칼라픽 왕궁에서 한 지역을 사수했다. 왕국의 존망을 건 전투였기에 반란군이나 수비군은 끝도 없이 밀려왔다.

"기사대장을 죽이는 게 아니었어요!"

로뮤나가 소리쳤지만 위드는 긍정적으로 대꾸했다.

"사냥감이 많아졌다고 생각하세요."

"난이도가 더 올랐잖아요!"

"버틸 수 있는 수준입니다."

"그야 그렇지만……."

"막 때려잡으세요. 이런 기회도 사실 흔치 않으니까요."

로뮤나는 마나가 회복될 때마다 광역 화염 마법을 썼다. 건물을 부수고, 적들을 대거 불에 태워 버리는 공격!

시원하기는 했지만 마나를 소모하는 마법사의 특성상 잠깐씩 쉬어야 했다.

"이리엔, 제대로 가자."

"응, 알았어. 영민한 축복!"

일시적으로 지혜와 최대 마나를 극대화시켜 주는 축복.

로뮤나는 마법 책을 펼쳐서 읽으며 주문을 외웠다.

"뜨거운 대지가 달아올라 불길이 치솟고, 하늘의 불은 이 땅에 내릴지어다."

마법 책을 보며 주문을 외우는 데에만 4분이 넘게 걸렸다.

"그레이트 파이어스톰!"

수백 미터의 대지가 갈라지고 화염이 치솟았다. 하늘에서는 불의 비가 내리고 있었다.

반란군이나 왕궁수비대를 가리지 않는 로뮤나의 궁극 마법!

"싸울 놈들이 질릴 정도로 많군."

파이톤은 돌파형 전사답게 수르카와 같이 적진을 휘젓고 다니다가 휴식이 필요하면 돌아왔고, 제피는 위드의 곁에서 수비를 맡았다. 페일과 메이런은 그저 기계처럼 화살을 쐈다.

"시체 폭발, 시체 폭발, 시체 폭발!"

위드가 마법을 외울 때마다 시체가 폭발하면서 경험치와 숙련도가 쌓였다. 어느 한쪽이 전멸하기 전에는 끝나지 않는 극악의 전쟁터, 사방에 널린 시체들을 폭발시키면서 주변 병력에게 피해를 안겨 주었다.

양념게장은 조용히 지휘관들만을 목표로 삼았으며, 화령은 이곳에서 단연 돋보이는 존재였다.

처음에 양념게장은 화령이 적진으로 나가는 걸 보며 깜짝 놀랐다.

"왜 그러십니까?"

"그냥 제 곁에 있어 보세요."

"지켜 달란 말씀이십니까?"

"아뇨. 죽일 만한 적들이 알아서 올 거예요."

화령은 전장의 한복판에서 소검을 들고 치마를 너풀거리면서 춤을 추었다.

그 아름다운 움직임은 적 기사들과 지휘관의 시선을 빼앗을 정도였고, 그들은 강력하게 현혹되어서 다가왔다. 양념게장은 싱거울 정도로 간단히 지휘관들을 없앨 수 있었다.

따라라랑!

돌무더기 위에 걸터앉아서 하프를 튕기는 벨로트.

칼라픽 왕궁에 처음 도착했을 때는 위험하고 100% 죽을 곳이라고 겁먹었던 동료들이지만 위드의 계산대로 거짓말처럼 적응하고 있었다.

어디에 내던져 놔도 1인분은 하는 사람들.

위드는 타락한 성자의 지팡이를 흔들었다.

'적들은 마구 달려들고, 나는 그들을 해치우는 거다. 끝도 없이 몰려드는 적, 이런 전장을 네크로맨서는 헤집고 다니는 것이지.'

전투는 저녁 무렵이 되었을 때에야 끝이 났고, 위드와 동료들은 휴식을 위해 널브러졌다.

"으… 끝나긴 했다."

수르카가 땅에 주저앉았다.

페일과 메이런은 이미 다 소모해 버린 화살을 보충하기 위해서 전장을 돌아다녔다. 화살이 없어도 마나를 모아서 쏠 수는 있었지만 위력이나 마나 소모에서 차이가 나니까.

"같이 주워라."

"알겠음, 주인."

위드는 오랜만에 바람의 정령 씽씽이를 소환해서 화살 수거를 돕도록 했다. 물론 주목적은, 화살 외에도 쓸 만한 전리품이 있다면 모조리 얻기 위함이었지만.

"으하아아."

얼굴이 땀에 젖은 화령은 두 팔을 벌리면서 매력적으로 기지개를 켰다.

연예인!

일반인들과 다른 세상에 사는 그녀에게는 밤샘이나 그에 따른 피곤이 익숙했다.

벨로트도 연주를 마쳤지만 얼굴에는 생기가 돌았다.

"조금 살 것 같죠, 언니?"

"응. 간만에 힘들게 사냥을 한 기분이네, 위드 님을 따라다니니까."

"뭐, 그건 그래요."

위드는 동료들의 상태를 꼼꼼히 체크하고는 모닥불을 피웠다.

"뭐 하실 거예요?"

"음식을 만들어야죠."

"우와, 무슨 요리를 해 주실 건데요?"

"별거 아닙니다."

위드가 메고 있던 배낭에서 상당한 양의 요리 재료들이 나왔다.

고급 요리 스킬에 의한 특제 소스를 바른 스테이크와 해산물 수프!

풍기는 냄새와 색감만 봐도 1등급이나 2등급의 비싼 요리 재료들이었다.

파이톤은 맛있고 배부르게 먹을 생각에 함박웃음을 지었다.

"역시 최초의 마스터라서 통이 크군."

위드의 인성에 대해 알고 있는 페일과 제피는 거의 동시에 고개를 갸웃거렸다.

"저건 아닌데. 조각술 마스터가 되었다고 사람이 바뀔 리가."

"뭔가 오싹한 기분이 드는데 이유가 뭘까요."

"칼라픽 왕궁에 도착했을 때보다도 더한 불안감이 들긴 하는군요."

어쨌거나 위드의 요리는 그냥 입안에 넣는 순간 사라진다고 할 정도로 맛이 있었다.

30인분 가까이 차려 놓은 요리들도 동료들이 경쟁적으로 먹다 보니 금방 사라졌다. 얌전한 성격의 이리엔이나 벨로트도 다른 사람들이 먹기 전에 먼저 숟가락을 바쁘게 움직였다.

"위드 님의 요리야. 먹어도 살로 안 갈 거야."

화령은 살코기가 붙은 큰 뼈를 두 손으로 잡고 고기를 뜯었다.

그렇게 짧게 지나간 식사 시간.

위드가 웃으면서 말을 꺼냈다.

"슬슬 전투준비를 하죠."

"예? 전투는 끝났잖아요."

아직 익숙하지 않은 메이런이 불안하게 쳐다봤다.

"모르셨습니까, 칼라픽의 역사에 대해서?"

"어떤데요?"

메이런은 자신이 봤던 베르사 대륙의 역사를 떠올렸다.

역사서마다 조금의 차이는 있겠지만 단순하게 최악의 전쟁터였다고밖에는 표현이 되어 있지 않았다.

"일주일간의 귀족파와의 사투. 밤에도 공격이 이어지지만 어렵게나마 왕실 수비군이 버텨 내죠. 마침내 귀족파를 물리치고 찾아온 평화. 그 이후로 몬스터들이 공격해 오게 됩니다."

"그, 그랬어요?"

"예. 이 퀘스트는 아마 못해도 열흘짜리일 겁니다."

과로와 혹사.

의외로 그다지 놀랍지는 않았다.

귀족 반란군의 규모를 봤을 때 전투 한 번으로 간단히 끝나진 않으리란 생각 정도는 하고 있었으니까.

　기사들의 레벨 수준은 평균적으로 300대 중후반을 넘는다. 개개인은 약하지만 기사단의 돌격이나 마법병단의 일제 공격이 이루어질 경우 다들 정신을 바짝 차리지 않으면 위험했다.

　게다가 가끔 등장하는 지휘관들은 레벨 400대 중반.

　기사들은 무력이 전부가 아니라 지휘 능력을 통해 아군 병력의 사기와 전체적인 능력을 향상시킨다. 그들을 제압하기 위해서 파이톤과 양념게장이 부지런히 움직여야 했다.

　메이런이 궁금하다는 듯이 물었다.

　"근데 엠비뉴 교단도 위드 님이 몰아냈었잖아요. 과거에서 그들의 총본영을 파괴하면서 미래에서도 사라지게 되었어요. 맞죠?"

　"네, 그렇죠."

　"근데 우리가 여길 막아 낸다면 베르사 대륙의 미래도 바뀌는 거 아닌가요?"

　메이런의 눈이 초롱초롱 빛났다.

　화령이나 벨로트, 제피는 역사의 변경 같은 건 그다지 관심이 없는 편이었지만, 다른 동료들 역시 결과에 대해서는 궁금해했다.

　위드는 설거지를 하면서 설명해 주었다.

"시간 조각술, 그러니까 여행의 조각술로 과거로 돌아가서 역사를 바꾸는 건 위험한 요소가 있죠. 나중에 어떤 변화가 생길지 모르니까요. 하지만 이번 퀘스트는 그럴 걱정이 하나도 없습니다."

"왜요?"

"전투가 끝날 무렵, 이 지역은 지진이 일어나서 싹 가라앉게 될 테니까요."

칼라픽 왕궁!

위드의 동료들은 그저 한 가지만 기억하고 있으면 되었다.

언데드가 아니면 공격하고, 언데드면 놔둔다.

추가로 알아야 할 것이 있다면, 적이라도 조만간 언데드가 된다는 것.

"크웨엑!"

"내 머리를 다오!"

"슝슝슝. 슝슝슝!"

침을 흘리는 좀비, 머리를 들고 다니는 듀라한.

반 호크가 이끄는 데스 나이트들은 기사단과 정면 대결을 펼쳤다.

"언데드 주제에 쓸데없이 강하군."

"암흑 군대의 총사령관 반 호크다."

"언데드 따위가 자부심은……. 나도 이름을 알려 주지. 고귀함을 아는 기사 크레거다."

"크레거, 넌 곧 내 신입 부하가 될 것이다."

위드는 언데드에만 집중하지 않고 전장을 넓게 살폈다.

칼라픽 왕궁으로 수많은 병력이 몰려오고 있었다.

귀족파의 반란군, 왕실에 대한 충성심이 가득한 왕국군.

양측 모두 칼라픽 왕궁에서 일대 격전을 벌이기 위해 오고 있었으니 전투는 밤낮을 가리지 않고 이루어졌다.

"일어나라, 눈 감지 못한, 잠들지 않은 원혼들이여. 여기 살아 있는, 그리고 너희를 죽인 자들에게 복수하라! 데드 라이즈."

위드는 유령마를 타고 다니면서 언데드를 일으켰다.

1단계 언데드 마법으로 좀비에서부터 스켈레톤, 구울을 풍성하게 일으켰고, 기사들이나 귀족들이 싸우고 있는 지역에는 2단계 언데드 마법을 썼다.

"네, 네크로맨서다!"

"어딜 감히, 전투 중에 한눈을 파는 것이냐!"

곳곳에서 부딪친 귀족파의 반란군과 왕국군.

그들이 싸우는 지역에서 꾸물거리며 언데드들이 일어났다.

마법의 등급이 오를수록 소환되는 언데드의 종류가 달라지고 생명력, 전투력이 높아진다. 거인 성채처럼 시체의 품

질이 훌륭한 편은 아니었으니 마나의 소모를 줄이기 위해서도 언데드를 마구 소환했다.

"크어어억!"

"이럴 수가… 내가 좀비 따위에게!"

"유령이다. 눈이 번쩍거린다. 사제!"

위드의 언데드 소환 마법은 급속도로 성장하고 있었다. 아직 중급 1레벨에 불과했지만 질보다는 양으로 숙련도가 잘 쌓였다.

"단단한 뼈, 악취의 바람."

강화 마법, 저주 마법 계열의 숙련도를 높이기에도 그만이었다.

레벨이 낮긴 해도 적들이 워낙 많기 때문에 경험치를 쌓기도 좋은 전장.

수르카와 파이톤이 대화를 나눴다.

"조금 할 만해진 것 같아요."

"확실히 그렇군. 적응이 되는 느낌도 있어."

사흘째 되는 날, 위드는 중대 결단을 내렸다.

"반란군을 칩시다."

영문을 알 수 없는 말에, 메이런이 의아하여 물었다.

"지금도 싸우고 있는데요?"

"적의 본진을 제압하러 가죠."

"그런 건……."

메이런은 놀라서 눈을 깜빡였다.

진행자로서 나름 강심장이었지만 전장에서 양쪽 군대에 끼어서 싸우는 일은 긴장의 연속이었다. 귀족의 반란군이나 왕국군이나, 평소라면 싸우지 않고 피해 갈 상대였는데 아예 적의 본진을 치자니!

수르카가 박수를 쳤다.

"와, 재밌겠다!"

파이톤도 대검을 땅에 꽂으면서 웃었다.

"찬성이다. 지겨운 싸움의 승부를 낼 수 있겠군."

그렇게 결정된 적의 본진 치기!

"반 호크, 길을 열어야 한다."

"알겠다, 주인."

"적의 기사단도 맡아야 되고, 궁수 부대와 마법병단의 공격도 유도해라. 지휘 부대도 도망 못 가게 붙잡아야 해."

"그걸 다 내가 해야 되나?"

"응. 억울하면 출세해."

반 호크의 어깨로 뚝 떨어진 막중한 임무!

데스 나이트들이 귀족파 반란군의 본진을 향해 쳐들어갔고, 위드는 유령마를 소환하여 동료들과 함께 달렸다.

반 호크를 선두로 돌파 진형을 갖춘 데스 나이트들.

위드의 언데드 소환이 중급 2레벨에 오르면서 바르칸의 장비들은 더욱 뛰어난 효과를 발휘했다.

데스 나이트들이 기사들을 거침없이 물리쳤다.

"방어 진형! 방어 진형으로!"

귀족파의 기사들은 방패를 든 중장보병들과 함께 수비를 위해 급히 밀집해야만 했다.

"돌파한다!"

반 호크가 검을 휘두르자 데스 나이트들은 유령마를 탄 채 몸을 내던졌다.

인간이 아니라 언데드이기 때문에 가능한 전술.

유령마와 같이 적진을 몸으로 꿰뚫으며 부딪쳤다.

선두의 데스 나이트들은 집중 공격을 당하며 소멸되었지만, 본진은 빈틈을 드러낸 방어진으로 쇄도했다.

"죽어라. 불멸의 전사 위드 님이 너희에게 새로운 생명을 내릴 것이다."

"불사의 지휘관을 엎드려 영접하라!"

"긍지 높은 위드군의 진격은 멈추지 않는다!"

뼈다귀 위에 갑옷을 걸친 데스 나이트들이 기괴한 목소리로 떠들면서 기사들을 공격한다.

유령마를 타고 그 뒤를 바짝 따르며, 위드는 주문을 외웠다.

"데드 라이즈, 시체 폭발!"

시체들을 즉석에서 일으키고, 일부는 폭파시켜서 길을 넓혔다. 조각 파괴술을 써서 모든 예술 스텟을 지혜로 몰아넣었기 때문에 위드의 마법은 막강한 위력을 발휘하며 방어 진형을 뚫었다.

"습격이다!"

"그라우스 공작님을 지켜라!"

왕궁수비대와 싸우던 반란군 병력이 급히 회군했다.

데스 나이트들이 송곳처럼 적진을 꿰뚫었지만, 사방에서 그들을 제압하기 위한 병력이 모여든다.

"지금이다. 반란의 무리를 소탕하고 왕국을 바로 세우자!"

왕궁수비대도 반란군의 뒤를 쫓아서 추격해 왔다.

"이랴! 달려라, 달려!"

"파이톤 님, 이거 유령마입니다만."

"그냥 기분이라도 내야지. 이랴! 이랴!"

데스 나이트들이 반란군의 지휘부인 그라우스 공작과 그 수비 병력을 덮쳤다. 위드와 동료들은 주변에 있는 강자들을 제압했고, 한순간의 허점을 노린 양념게장이 깊숙이 침투했다.

"처형의 단두대."

하늘 높은 곳에서 뚝 떨어지면서 베어 버리는 공격!

"으아아악!"

─칼레 왕국 반란군의 대장 지르코 그라우스 3세 공작이 목숨을 잃었습니다.
전투 공적에 따라 자유롭게 부여할 수 있는 2개의 스텟을 얻습니다.

반란군의 수장인 그라우스 공작이 목숨을 잃자 사기가 떨어진 귀족들이 도망치기 시작했다.

"추격해라."

위드는 언데드들을 데리고 경험치를 쓸어 담았다.

반란군이 급격하게 무너지면서 데스 나이트가 1,000기가 넘었다. 전장을 휩쓸어 버릴 정도는 아니지만 독자적으로 기사단과도 팽팽하게 싸울 수 있는 전력이 되었다.

"싸워라."

위드는 지치지 않는 언데드의 특성을 이용하여 왕국군과도 전투를 개시했다.

싸우고, 또 싸운다.

일으키고, 또 일으킨다.

"뚫어라. 생명의 주인인 내가 명령한다. 적들을 부숴 버려라!"

네크로맨서의 전투는 단순해서 지루함을 주기 쉽지만, 대규모 전장에서는 아니었다.

강력한 언데드 부대가 전장의 한 영역을 차지하고 증식하며 전투를 벌인다. 데스 나이트들이 중심이 되어 스켈레톤 부대의 지원을 받고, 유령들은 악귀의 형상으로 도망치는 적들을 물어뜯었다.

-신앙심이 2 감소하셨습니다.

-행운이 3 감소하셨습니다.

-언데드들의 특성을 활용한 전투를 펼치고 있습니다.
 지혜가 1 증가합니다.

스텟 하락의 아픔은 있었지만 그조차도 아직은 감수할 만했다.

"쓸어버려라!"

그날 밤새도록 전투가 이어졌다.

원래의 역사대로라면 칼라픽 왕궁에서의 결전은 며칠을 더 끌었겠지만, 결과가 바뀌었다.

그라우스 공작이 목숨을 잃고, 귀족 반란군 세력은 돌이킬 수 없는 피해를 입었다. 왕궁수비대 병력도 마찬가지로 손실이 컸지만 어쨌든 그들은 승리자였다.

"모두 함성을 질러라!"

"고롬 폐하를 위하여!"

"용기와 희망으로 우리는 적을 극복해 냈다. 왕국의 불안은 곧 제거될 것이다."

왕국의 기사들이 외쳤지만 그들의 기쁨은 딱 자정 무렵까지였다.

언데드들.

반란군이 지리멸렬하면서 더 이상 먹잇감을 찾지 못하게 된 언데드들이 왕궁수비대를 전격적으로 공격하기 시작했던 것이다.

"으으… 이건 정말 나쁜 짓이잖아요."

"시금치 피자를 만들어 드리겠습니다."

"시금치 피자? 좋아요! 아니… 그게 아니고!"

"톡 쏘는 레몬 음료도 추가."

"뭐, 그렇다면 반대는 안 할게요."

수르카가 따지듯이 이야기를 해 봤지만 금방 설득당했다.

여행의 조각술로 과거로 오면서 위드의 은근한 세뇌가 꾸준히 이어졌던 덕분이기도 했다.

이곳의 모든 NPC들이 그들의 모험이 끝나면 사라질 이들. 굳이 선과 악을 나눌 필요는 없었기 때문이다.

"화살이 부족하네요."

"제 화살이 남은 게 있습니다. 나눠 드리죠."

"페일 님도 많이 없잖아요."

"괜찮습니다. 아무리 나눠 줘도 더 커지는 게 제 마음이니까요, 하하."

전장에서도 풋풋한 로맨스 영화를 찍고 있는 페일과 메이런은 주변 일에는 관심이 없었다.

어느 쪽이든 싸우면서 멋있는 모습을 보여 줄 생각뿐.

이리엔은 그냥 치료하고, 로뮤나는 과감하게 화염 마법을 퍼붓는다. 화령과 벨로트는 춤을 추고 악기를 연주할 뿐이었다.

"아… 몸을 좀 흔드니까 스트레스 풀린다."

"언니, 진짜 재밌긴 하다. 나 새로운 곡 만든 거 있는데, 들어 볼래?"

양념게장만이 오히려 번뇌에 빠졌다.

"삶과 죽음이라… 착하다고 오래 살아야 하고 나쁘다고 일찍 죽어야 하나. 이 모험이 끝나면 사라질 생명들처럼 우리의 인생도 마찬가지인 것을."

Moonlight To *Legend* *Sculptor*

흔들리는 민심

아렌 성의 중앙 접견실.

헤르메스 길드 유저들이 대거 모인 자리에 패잔병 신세로 돌아온 다리우스가 불려 나왔다.

"더러운 일들을 잘 처리해 내더니 이번에는 제대로 물렸 어."

"실력에 비해서 운이 좋았던 거지. 결국 밑천이 드러났을 뿐."

"그래도 다리우스는 수뇌부의 총애를 받아 왔는데 처벌을 받게 될까?"

접견실에 모여 있는 유저들은 낮은 목소리로 대화를 나누 었다.

로열 로드 최고의 엘리트 집단인 헤르메스 길드에는 오로지 승리뿐!

　　패배를 겪은 군 지휘관들은 공개적으로 처벌을 받게 된다. 심하면 영토나 병력의 회수, 길드에서의 축출까지도 이루어졌다.

　　"1,000여 명의 몰살. 아무 책임도 지지 않고 넘어갈 수는 없는 문제야. 다리우스도 마찬가지지."

　　"하긴. 드라카 님도 그날 이후로 나오지 못하고 있으니까."

　　하벤 제국의 북부 총사령관으로, 서열 10위 안에 들던 강자 드라카. 아르펜 왕국에서의 큰 전투에서 패배하고 세력을 잃은 후 근신에 가까운 처분을 받았다.

　　"다리우스도 이젠 끝났다고 봐야 해."

　　"든든한 배경이 있는 것도 아니고 세력이 강하지도 않지. 사냥에 실패한 사냥개를 그냥 내버려 두면 길드의 규율 자체가 망가지게 될걸."

　　"로자임 왕국 출신 주제에 거만한 몰골로 돌아다니던 광경을 안 봐도 될 테니 좋겠군."

　　이윽고 라페이와 길드의 수뇌부가 모인 자리에서 다리우스에 대한 공식적인 문책이 이루어졌다.

　　"몰스 던전에서의 참패. 생존자 전무. 지휘를 맡았으나 아무도 살아오지 못했고, 목표를 제거하는 데도 실패했습니다. 오히려 위드만 좋은 일을 시켜 줬지요. 본인이 겪은 일이니 잘 알고 있겠지요?"

"예, 그렇습니다."

다리우스는 고개를 숙이고 어깨를 축 늘어뜨렸다. 속마음은 달랐지만 반성하고 비굴한 모습을 보여 책임을 덜려는 것이었다.

"하지만 위드를 사냥하는 것에만 집중하느라 함정이나 습격을 미리 알아차리지 못했습니다."

길드의 중역 중의 1명인 란탄이 날카로운 목소리로 추궁했다.

"전투 결과가 아군 1,054명 전원 사망입니다. 그에 비해 북부 유저는 고작 34명이 죽은 것으로 확인됩니다. 전력상으로도 북부 유저들이 오히려 더 적었던 것으로 방송으로 확인되었죠. 이 결과에 대해서도 할 말이 있습니까?"

"그거야 몰랐으니까요. 모르고 당한 겁니다."

전투에서 지고 돌아오기는 했지만, 다리우스에게도 변명거리는 있었다.

"사전 정보가 전혀 없는 상태에서 갑자기 싸우는데 적이 500명인지 1,000명인지 어떻게 알았겠습니까."

"도망치기 바빴다는 거 아닙니까."

"쫓기는 입장에서도 임무를 완수하기 위해 노력했습니다."

"노력? 결과도 내지 못했으면서 무슨 노력입니까."

"저와 같이 작전에 참여한 유저들을 다 바보로 봅니까? 그

상황이었다면 여기에 있는 누구든 결과가 다르지 않았을 텐데요?"

다리우스가 란탄의 추궁을 반박하면서, 아렌 성의 중앙 접견실에 차가운 기운이 흘렀다.

"곤란하군요."

"이번에야말로 위드를 제거할 수 있을 줄 알았는데 말입니다."

그 광경을 지켜보던 라페이와 수뇌부는 씁쓸하게 대화를 나눴다.

다리우스에 대한 처분이야 그들 입장에서 큰 문제는 아니다. 다만 수뇌부의 의견도 둘로 갈린 상태였다.

"작전의 실패는 확실합니다. 형평성을 고려해서라도 패장을 대우해 줄 수는 없습니다. 그러니 이 자리에서 확실한 처벌을 공식적으로 건의합니다."

"헤르메스 길드가 무적이 아닌 지도 오래되었죠. 위드가 파 놓은 함정에 빠져 실패한 걸 가지고……."

"문제는 방송으로 다 퍼지게 되었다는 겁니다. 시청률 16%. 최소 2억 명 이상이 또 우리 헤르메스 길드가 죽을 쒀 먹었다는 사실을 알게 됐죠."

"죽 얘기는 그만합시다. 죽 소리만 들어도 토할 것 같으니까."

"져도 너무 무력하게 졌습니다. 게다가 네크로맨서에게

유저의 시체를 던져 주다니… 빨리 성장하라고 영양제까지 투입한 꼴이 아닙니까."

"던전의 영상을 살펴봤습니다. 어떤 기준으로 봐도 잘 싸운 게 아니긴 하죠."

헤르메스 길드 유저들은 남의 실수를 용납하지 않았다.

치열한 경쟁과, 승자에 대한 확실한 대우.

이것이야말로 험난한 명문 길드들의 대립 속에서 헤르메스 길드가 최고가 된 비결이었다.

라페이는 결국 수뇌부의 의견을 모아서 결론을 냈다.

"다리우스는 헤르메스 길드원으로 명예롭지 못한 전투를 치렀습니다. 그에 대한 처분으로 2개월간 A급 사냥터 진입을 금지하고, 소유하고 있는 영토 체그랍 마을의 세금을 30% 높이겠습니다."

라페이의 결정이 떨어지는 순간, 다리우스의 마음도 돌아섰다.

'그래, 이런 식으로 단물만 빨아먹고 버린다 이거지?'

로자임 왕국 시절부터, 자신이 숱하게 뒤통수를 쳤던 방식이었다. 처음부터 헤르메스 길드에 대한 충성심으로 가입을 했던 것도 아닌 마당에 애정이 남아 있을 리가 없었다.

'너희를 믿지도 않았다. 이렇게 된 이상 이쪽에서 먼저 움직여야지.'

다리우스는 아렌 성에서 돌아온 이후, 비밀리에 자신의 영지인 체그랍 마을의 자산을 처분했다.

중심 상가의 건물 소유권이나 포도밭, 농지를 소문나지 않도록 경매 사이트를 통해 처분했다. 중간에 대리인을 세우기도 해서 잠시 숨기는 방법쯤이야, 수많은 일을 처리한 그에게는 그리 어려운 일도 아니었다.

헤르메스 길드의 사냥개로 활동하며 벌어들인 자산은 꽤 많았고, 다소 싸게 팔아야 했지만 그마저도 엄청난 금액이었다.

라페이와 수뇌부에서는 공식적으로 처리하기 곤란한 일들을 해결하기 위해 사냥개에게 큼지막한 고깃덩어리들을 쥐여 줬기 때문이다.

자산 처분은 하루 이틀 만에 대부분 이루어졌고, 영주성에 있는 말과 마차처럼 값나가는 물품들도 팔아 치워졌다.

다리우스는 신속하게 그날 저녁 KMC미디어와 인터뷰까지 잡았다.

그동안 그는 유저들 사이에서 악명은 있었어도 전국적인 인지도는 떨어지는 편이었다. 몰스 던전에서의 몰살로 오히려 이름이 알려져서 방송국이나 시청자들도 알게 되었다.

"지금 생방송인가요?"

"생방송은 아니지만 편집을 거쳐 약 1시간 후에 방송이 될 예정입니다. 보도 여부는 부장님이 결정하실 문제지만요."

"그래요."

다리우스는 취재를 나온 기자를 보며 하얀 송곳니를 드러내며 웃었다.

뱀파이어를 흉내 낸다면서 특별히 붙인 이빨이었다.

"쓸 만한 내용이 있어야 방송이 되겠죠?"

"예. 위드와의 전투나 몰스 던전에서 있었던 일에 대한 소감 정도로 시작하면 방송에 좋을 것 같은데요."

"그거야 당연히 해 드려야 할 일이고… 일단 하고 싶은 중요한 이야기가 있는데요."

"뭐든 하십시오. 다 녹화되고 있으니까요."

로열 로드 내에서 인터뷰가 진행 중이었다. 영상 녹화는 기본적으로 시스템에서 지원을 해 주었다.

다리우스는 느긋하게 앉아 있는 취재기자를 향해 충격 발언을 꺼냈다.

"헤르메스 길드는 썩었습니다."

"예?"

"수뇌부는 뻔뻔한 데다가 무능하기까지 하죠."

취재기자는 놀라움에 더듬거리며 입을 열었다.

"무, 무슨 이야기이신지… 왜 갑자기 수뇌부를 비판하십니까?"

방송국에서도 나름 사전 조사는 했다. 그런데 다짜고짜 수뇌부에 대한 욕을 하다니.

헤르메스 길드의 사냥개로 알려진 인물에게 들으리라 생각했던 말은 결코 아니었다.

"라페이는 자신의 멍청한 작전명령을 감추려고 저를 희생양으로 삼았죠."

"아, 이번 사건의 희생양요?"

"그러니까 몰스 던전에서 위드가 함정을 파 놓고 기다리는 걸 몰랐던 게 제 책임은 아니지 않습니까?"

"그렇기는 하네요."

취재기자는 수긍하면서 고개를 끄덕였다.

몰스 던전에서 허둥지둥하다가 전 병력을 처박은 다리우스의 말이긴 하지만 그래도 약간은 이해되는 면도 있었다.

'근데 이런 변명은, 방송하기에는 그다지 적합하지 않겠는데……'

다리우스가 큰 소리로 말했다.

"정보전에서 1차적으로 실패, 2차적으로는 라페이와 수뇌부에서 결정을 잘못했죠. 솔직히 제 책임도 있겠지만, 아무것도 모르는 사람들이 짠 계획대로 현장에서 움직이다가 잘못된 거 아닙니까?"

"네, 듣고 있습니다. 계속 말씀하세요."

"무적의 헤르메스 길드? 웃기지도 않죠. 자기들도 위드와 관련된 일에는 맨날 똥만 싸고 있으면서, 실패를 하면 열심히 싸운 사람들만 희생양으로 몰아 전부 뒤집어씌웁니다. 정말 잘못한 자들은 고위층에 앉아서 입으로만 이래라저래라 하는 자들인데도 말이죠."

취재기자는 애매한 표정을 지었다.

'신랄하긴 하네. 근데 이걸 어떻게 편집을 하지?'

그가 보기에는 사냥개가 주인을 물고 있었다.

분명 재밌는 광경이고, 약간의 이슈가 되긴 할 것이다. 그럼에도 인터뷰를 방송으로 올리기에는 애매했다.

'핑계라고만 할 텐데. 뉴스에서 주요 부분만 내보내는 쪽으로 정해야 할까.'

인터넷으로 동영상을 뽑으면 더 많은 시청자들의 관심을 얻을 수 있을 것 같았다. 헤르메스 길드를 욕하길 좋아하는 시청자들은 많고도 많았으니까!

다리우스가 피해자처럼 어깨를 축 늘어뜨리며 말했다.

"헤르메스 길드는 실패로부터 배우는 것이 없습니다. 진짜 척결되어야 할 대상은 잘못된 통솔로 위대한 길드를 우습게 만들어 버린 라페이입니다. 그리고 자기 몫을 못하고 멍청이처럼 웅크린 채 사냥만 하고 있는 바드레이죠."

"……!"

취재기자의 눈이 커졌다.

'이 정도까지 이야기하면 뉴스에서 파급효과는 꽤 있겠다.'

다리우스의 거침없는 말은 계속 이어졌다.

"라페이가 헤르메스 길드를 이끌면서 그동안 보여 준 능력은 인정합니다. 네, 그래서 중앙 대륙을 정복할 수 있었습니다. 하지만 그 능력은 한계에 부딪쳤습니다. 그것도 형편없이요."

"네네, 그렇게 생각하시는군요."

다리우스의 헤르메스 길드에 대한 맹비난이 계속 이어졌다.

처음 10여 분 정도는 흥미롭게 듣던 취재기자가 슬슬 지루함을 느끼기 시작했을 때였다.

"기자님, 헤르메스 길드가 그동안 추잡한 일을 얼마나 많이 저질렀는지 아십니까?"

"예? 물론 대중에게 비판받을 일을 제법 하긴 한 걸로 알고 있습니다."

"그런 거 말고요. 비밀리에 저지른 추악한 짓들 말입니다. 이른바 감춰진 진실 같은 것들요."

다리우스는 헤르메스 길드의 수뇌부가 숨기고 있던 흑역사를 대대적으로 공개했다.

그가 사냥개로서 직접 저지른 일도 있었고, 길드 활동을 하며 나름의 정보를 꾸준히 모아 아는 것도 많았다. 수뇌부의 탐욕을 충족시키기 위해서 영토 내에서 도적 떼를 몰고 다니며 상인들을 약탈한 정도는 예사였다.

"길드 내에서 힘이 센 영주들의 버릇을 고치기 위해서도 작업을 했죠."

"구체적으로 어떤 작업이었습니까?"

"길드 내에 그들에 대한 유언비어를 퍼트리는 건 애교 수준이었습니다. 누군가를 지정해서 싸움을 부추기기도 했고, 해당 도시에서 활동하는 고레벨 유저들이나 상인들과 접촉하여 다른 곳으로 이주시켰죠."

"영주들에게는 타격이 있었겠군요."

"당연하죠. 영주들이 지나치게 성장하면 수뇌부 입장에서는 다루기 힘드니까 처음부터 길들인 거죠. 몇 명은 경제력이 약화되면 그걸 빌미 삼아 영주 자리에서 쫓아냈습니다."

"그렇게까지요?"

"예. 구체적으로, 보르데만 도시에서는 제가 반란군을 이끌기도 했습니다."

"반란군까지요."

"저나 수뇌부의 직속부대, 믿을 만한 유저들이 반란군 행세를 하면서 도시를 뒤집어 놓는 것이죠. 영주의 군대와 싸우기도 했고요."

새로운 사실에, 느슨해져 있던 취재기자는 흥분을 감추지 못했다.

"통치행위를 위해서 다리우스 님이 비밀공작을 했다는 말씀이시군요."

"통치행위? 그런 것도 아니에요. 그냥 수뇌부에서 기분 나쁘면 같은 편이라도 힘으로 찍어 누른 거죠."

"말씀하신 부분의 증거자료가 있을까요?"

"그럼요. 당시 영상들. 전투를 비롯해서 라페이에게 명령을 받는 장면까지도 전부 녹화된 게 있습니다. 인터뷰가 끝나면 바로 전달해 드리죠."

다리우스는 마흔두 가지의 비밀공작에 대해서 공개를 했고, KMC미디어에서는 그대로 방송했다.

뉴스로서는 경이적인 시청률이 나왔고, 로열 로드와 관련된 각종 사이트는 헤르메스 길드에 대한 이야기로 가득 찼다.

-딱 걸렸네.

-진짜 더러운 것들. 이 정도까지 할 줄은 몰랐다.

-모르기는. 원래 딱 이 수준 아님?

-정치판이 애들 다 버려 놓은 듯. 로열 로드에서 정치질을 제대로 하고 있었네.

-헤르메스 길드라면 규모 때문에라도 이만큼은 할 수 있었죠.

-같은 편까지 공작한 건 도저히 용납이 안 됨.

-어디 같은 편뿐임? 방송 보니까 헤르메스 길드 많이 비판하는

도시는 반란군으로 위장하고 일반 유저들까지 쓸어버렸다는데…….

-헐, 헤르메스 길드는 해도 너무하네.

-초막장임. 얘들은 망해야 됨.

-자유로운 북부로 이주합시다. 우리도 언제 그 대상이 될지 몰라요.

다리우스는 인터넷의 반응을 확인하고는 희미하게 미소를 지었다. 중앙 대륙 어느 곳의 선술집을 가도 헤르메스 길드를 성토하는 목소리들로 가득했다.

'이만하면 들고 갈 선물은 충분할 테지.'

그의 목표는 로열 로드에서의 성공과 강해지기.

단단히 자리를 잡은 헤르메스 길드를 이용하여 높은 곳으로 올라가려고 했지만 결국은 내쳐지면서 실패했다.

'어중간하게 버티면서 오지도 않을 기회를 기다리기보단 내가 만들어 나가야 해. 성공은 개척하는 사람의 것이다.'

다리우스의 머릿속에는 계획이 섰다.

라페이와 헤르메스 길드를 폭로하여 그들의 입지를 줄인다. 그 과정에서 스스로 큰 명성과 유저들의 호의를 얻게 되며, 아르펜 왕국으로 넘어가게 되면 후한 대우를 받을 수 있으리라.

'아르펜의 영주라면… 레벨 200대의 유저도 있다는데. 풋, 내가 끼기에는 우스운 수준이지. 그래도 그곳은 장점이 많으

니까 자리를 잡기에 좋아.'

아르펜 왕국에서 다시 도약을 하리라.

다만 다리우스의 계획대로 이루어질지는 두고 볼 일이었다.

－근데 까놓고 보면 다리우스 얘가 제일 나쁜 놈 같은데.

－사냥개는 사냥개일 뿐임.

－주인도 물었네요, 이제.

－여기 붙었다가 저기 붙었다가, 이런 사냥개들 때문에 더 살기가 힘든 세상이죠.

－헤르메스 길드에 꼬리 흔들다가 안될 것 같으니 저러는 듯.

다리우스에게서부터 터져 나온 헤르메스 길드의 스캔들!

각 방송국장들은 조용한 자리를 마련했다.

"윤 국장님, KMC미디어에서 시청률이 꽤 나왔다죠? 아쉽겠습니다."

"허, 우리도 다리우스 그 사람과 인터뷰를 잡긴 했는데 하루가 늦어지는 바람에 특종을 놓쳐 버렸습니다."

"시청률도 그렇지만… 최근 KMC미디어에서 화제성을 독점하고 있는 부분이 아쉽습니다."

CTS미디어의 신임 보도국장 윤창선이 불편한 듯한 목소리에 짜증을 조금 담았다.

"KMC에서 특종을 자주 터트리기는 하지요."

"위드와의 연관도 그렇고… 아무래도 우리도 쫓아가는 보도는 그만둘 때가 되지 않았습니까?"

"호오, 무슨 고견이 있으신지."

윤창선은 40대 후반의 다른 국장들에 비해서는 젊었다.

KMC미디어를 제외하고 12개 언론사들이 모인 자리였지만, 방송국 사장 아들이라는 직함은 다른 언론들을 상대로 강력한 영향력을 갖게 했다.

"방송의 기본으로 돌아가서 취재만이 살길이겠지요."

"취재라… 역시 좋은 말씀이십니다."

"항상 노력하는 자세가 중요하긴 하지요."

방송국장들은 노련하게 웃어넘기면서 뒤에 이어질 말을 기다렸다.

방송국 내부의 치열한 정치를 이겨 내고 성과를 내세우며 국장의 자리에까지 올랐다. 윤창선의 제안으로 은밀하게 모인 자리이니 식상한 취재 타령이나 하다가 끝나지는 않을 거란 기대들을 갖고 있었다.

윤창선이 사람들의 눈치를 보다가 무겁게 입을 열었다.

"중요한 건 취재의 목적이 무엇이냐인데, 위드 쪽의 관심이나 폭발력은 뛰어납니다. 아시다시피 사냥 영상만 내보내더라도 시청률이 좋죠."

"맞습니다."

국장들의 눈동자가 슬그머니 다른 이들의 표정을 훑으며 지나갔다.

위드가 또 과거로 돌아가서 사냥을 한다는 첩보가 입수되었다.

'퀘스트로 한 번만 가능한 게 아니었던가?'

'또 다른 모험? 어떤 건진 몰라도 이것도 꽤나 흥미가…….'

'뭐든 벌어질 수 있고, 또 황당할 정도로 스케일이 커지는 것이 위드의 모험이지.'

방송국들은 위드의 집으로 선물 세트를 보내면서 치열하게 물밑 작업을 하는 중이었다.

윤창선도 뻔히 알고 있지만 그 부분은 모르는 척하면서 말을 이어 갔다.

"그런데 우리 방송국의 입장에서는 시청률이 높다는 걸 알면서도 못 써먹는 재료들이 꽤 있습니다."

"재료라고 한다면?"

"이번에 폭로 때문에 제가 알아보니 우리 CTS미디어에서도 헤르메스 길드에 대해 따로 모아 놓은 정보가 꽤 되더군요. 다른 방송국들도 상황이야 마찬가지 아닙니까?"

"물론 그렇죠. 알고 있는 자잘한 정보들이야 꽤 됩니다. 큰 것도 있고."

온라인 중심인 로열스파이더의 한상규 국장이 관심을 드러냈다.

"지금까지는 헤르메스 길드의 영향력이 컸었고… 솔직히 취재나 프로그램 진행을 위해 그들의 협조를 원하는 입장이라서 방송에 내보내지는 않았습니다. 어쩔 수 없이 막았던 그런 정보들을 뉴스에 내보낸다면 어떻게 될까요?"

윤창선이 얼굴 가득 자신감 있는 웃음을 띠며 말했다.

그때부터 국장들의 머릿속이 복잡해졌다.

'방송국들이 헤르메스 길드를 일제히 까자는 건데.'

'시청률은 높게 나올 거다. 베르사 대륙이 뒤집어질지도 모르지만, 한꺼번에 한다면 그들의 보복을 신경 쓸 필요는 없지.'

'헤르메스 길드도 힘이 예전 같지 않아. 중앙 대륙의 절대 권력도 무너지고 있다. 반란군이 없더라도 말이지.'

국장들은 이 이야기야말로 이번 회동의 주요 주제라는 걸 알아차렸다.

하지만 KR채널의 국장이 고개를 저었다.

"방송국들은 유저들 간의 분쟁에 있어서 중립을 지켜 왔습니다. 시청률 때문에 헤르메스 길드를 비난한다면 그 중립을 위반하는 것 아니겠습니까?"

"아니죠. 방송 자체에서의 중립은 여전히 중요합니다. 오히려 보도할 만한 뉴스가 있는데도 하지 않았던 것은 헤르메스 길드를 도와주었던 셈 아닙니까?"

윤창선의 말에 국장들은 계산기를 두드려 봤다.

"비난이나 폭로가 아니라 사실을 그대로 보도하자는 말씀이시군요."

"사실 지금까지 우리가 해 온 것이 오히려 암묵적인 카르텔이나 눈치 보기 아니었습니까. 방송국 본연의 자세로 돌아가서 보도할 가치가 있는 걸 이야기하자는 것이니 나쁘게 받아들일 필요는 없을 것 같군요."

국장들 사이에서는 은근한 교감이 흐르고 있었다.

생각지도 못한 다리우스라는 변수로 인해 벽은 무너져 버렸다. 한 방송국이라도 헤르메스 길드가 감추고 싶은 흑역사들을 보도하기 시작하면 흐름은 순식간에 만들어질 것이다.

시청률의 파도가 일어날 때에 그 흐름을 타지 못한다면 자신들의 방송국만 손해를 보게 된다.

일부러라도 대세를 만들어야 하고, 최소한 같이 따라는 가야 한다.

'다들 반대는 하지 않을 모양이군. 그럼 나도 묻어가자.'

직장인으로서 승진과 장수의 비결이었다.

다낭 던전에서의 진실

은밀한 살인자들
강압으로 빼앗긴 보물

다리우스의 폭로와 방송국들의 보도로 로열 로드의 게시판은 벌집을 건드린 것처럼 시끄러워졌다.

"저도 헤르메스 길드의 피해자예요. 운영하고 있던 경마장을 통째로 빼앗겼어요."

"그냥 가져갔단 말입니까?"

"네. 내놓으라고 해서요. 거부하면 죽이고 뺏어 간다고 하는데, 힘이 없으니 어쩔 수 없잖아요."

피해자들의 인터뷰도 매일 방송국을 통해 보도되었다.

방송국들이 그동안 갖고 있던 사건 정보들로 흐름을 만들어 나가자 제보가 그치지 않았다.

"데이트를 해 주지 않으면 죽인다고 했어요."

"갑자기 헤르메스 길드 사람들이 초보 사냥터 입구를 지키면서 5골드씩을 받았어요. 원래는 1골드였죠. 그 돈을 안 내면 바로 죽였어요. 어쩔 수 없이 도시 안에서 아르바이트를 해서 사냥터에 들어갈 수밖에 없었죠."

"헤르메스 길드 유저라면 정말 부유하고 강하잖아요. 우리가 상상하는 이상으로 골드도 많이 벌 텐데 왜 그런 일을 하는지 궁금해서 한 번은 이유를 물어본 적이 있어요. 그랬더니 대답이, 그냥 괴롭히는 게 재밌어서래요."

명문 길드들이 관행적으로 저지르던 폭거에서부터, 쌓이고 쌓여 있던 사건들이 한꺼번에 터져 나와 보도되었다.

위드는 주변 상황에는 신경 쓰지 않고 사냥에만 집중했다.

칼라픽 왕궁에서의 일주일 전투!

몬스터 무리까지 물리치고 나서 동료들은 지쳐서 땅에 드러누웠다.

"으아… 이젠 때려죽여도 못 싸워."

"체력이 바닥이야. 끝도 없어. 몬스터들이 이렇게 침략하니 왕국이 멸망한 거로구나."

"끄… 이런 전투라니. 한계를 경험했어."

여기저기 드러누운 동료들은 언데드 부대를 이끌고 도망치는 몬스터들의 잔당을 사냥하는 위드의 뒷모습을 봤다.

바르칸의 지옥 군주의 로브.

불길하고 음침한 기운이 뿜어져 나오는 핏빛 로브였지만 그걸 입고 있는 당사자는 언데드에게 잔소리를 하며 전투를 치른다.

위드의 오랜 동료들에게는 익숙한 광경이었지만 파이톤에게는 남달랐다.

'전쟁의 신. 강하군.'

전투를 치르기 시작하면 결코 멈추지 않는다.

칼라픽 왕궁에서 전투를 치르며, 위드의 순간 판단이나 공략이 눈부실 정도로 뛰어난 걸 확인했다.

'거기다 아무리 맛있는 음식이라도 계속 먹다 보면 질리기 마련인데, 전투를 하면 당최 지치질 않는구나.'

위드는 전투를 치를 때에는 아무 생각이 없었다. 체력이 허락하는 한 싸운다.

극도의 노가다 정신!

지겨움이나 정신적인 피로 같은 건 사치일 뿐이었다.

칼라픽의 생존자 완료
왕국 칼레에서의 전쟁이 마침내 끝났다.
무능한 왕가는 무사하지만 왕권은 땅에 떨어졌으며 주민들은 기근에 시달리고 있다.
그럼에도 전장에서 살아남은 자들에게는 마땅한 보상이 있으리라.

-전사의 용맹을 증명하셨습니다.
 행운, 정신력, 투지, 힘이 2씩 증가합니다.
 명성이 5,000 늘어납니다.

칼라픽 왕궁에서의 전투가 끝났을 무렵, 동료들의 스텟이 올랐다.

위드의 경우에는 메시지 창이 한 가지가 더 떴지만.

-불길한 힘으로 칼라픽 왕궁을 뒤덮었습니다.

정신력, 지혜, 지식이 2씩 오르고 기품, 명예, 신앙, 행운이 2씩 감소합니다.
마나의 최대치가 300 늘었습니다.

―언데드 소환의 업적!
매일 3만 마리 이상의 언데드를 소환하였습니다.

시체들을 깨우는 자!

죽음에 대한 깨달음을 얻어 언데드들의 생명력이 5% 많아집니다.
언데드 소환에 필요한 마나가 3% 감소합니다.

"어쨌든 이걸로 좋군."

스텟들의 변화.

네크로맨서에게 필요한 업적도 달성해 가면서 강해지고 있었다.

레벨도 471을 달성!

장비에 의존하지 않은 기본 지혜 스텟도 500을 채웠다.

현재의 사냥터가 좋기도 했지만 몰스 던전에서 영양가 만점의 헤르메스 길드 유저들을 해치우며 스텟 보상을 받은 덕이 컸다.

"이제 잠시 관람을 좀 하죠."

반란군 마법사들을 해치우고 획득한 마법서!

위드는 공중 부양의 마법서를 읽었다.

바람을 좋아하던 마법사 우드렌은 어느 날 작은 꿈을 꾸기 시작했다.

"인간의 힘으로 세상을 날 수 있다면 어떨까?"

하늘을 나는 마법을 개발하기 위해 대륙을 여행하면서……

마법서는 그 자체로 역사서!

"으하암."

위드는 하품을 하고 눈물까지 흘리면서 책을 읽었다.

로열 로드와 관련된 논문들이야 메모까지 하면서 찾아볼 정도였지만, 마법서에 적힌 내용은 대부분 그리 쓸모가 없었으니까.

모험에 대한 기록도 있긴 했지만 기본 마법의 경우는 그야말로 잡다한 것들이라고 할 수 있었다.

우드렌이 어느 마을의 어떤 여관에서 잤는지까지 기록되어 있었고, 심지어는 길거리에서 본 아름다운 여자에게 말을 걸었던 내용까지 나왔다.

우드렌은 용기를 내기로 했다.

"저 마법사인데요, 괜찮으시면 우리 하늘을 날아 보지 않을래요?"

"지금 바쁜데요."

"땅을 벗어나서 하늘에서 자유를 느낄 수 있습니다. 높은 곳에서 바라보는 세상, 그리고 눈부신 태양의 뜨거움을 느끼며 시원한 바람을 맞아 보세요."

"아이 참. 저 남자친구 있어요, 아저씨."

-공중 부양 마법을 습득하셨습니다.

위드는 동료들에게 전부 공중 부양 마법을 걸어 주었다.

마법사 계열이라면 공중 부양 마법을 익히기는 그리 어렵지 않다. 지혜 200 이상, 거기에 약간의 지식을 필요로 하는 정도.

공중 부양 마법이 고급에 오르게 되면 비행 마법을 터득할 수 있다. 우드렌의 모험을 16장까지 읽어야 한다는 고역이 선행되어야겠지만!

"우와, 멋있어요."

위드와 동료들은 까마득히 높은 곳에 올라서 땅을 내려다보았다.

건물이 부서지고 쓰러진 칼라픽 왕궁.

전쟁의 참상이 그대로 남아 있는 곳을 수천 구의 언데드들이 걸어 다니고 있었다.

저 멀리 반란군에게 함락된 지 오래되어 폐허가 된 요새가 보였다. 지금은 위드의 언데드 군단에 휩쓸려서 살아남은 사람은 보이지 않았다.

"우리가 이런 곳에서 싸웠구나."

"해낸 걸 보니 대단하긴 한 것 같습니다. 대부분은 언데드들이 했다고 볼 수 있겠지만."

"이런 걸 겪고 나면 평범한 전투는 시시할 것 같아요."

그리고…….

크구구구궁!

대지가 떨리면서 가라앉고 바닷물이 밀려들기 시작했다.

건물들이 파도에 휩쓸려서 부서져 나가고, 서성거리며 돌아다니던 언데드들조차도 허우적거리다가 사라졌다.

허무하기 짝이 없는 광경이었지만, 이곳에서 치열한 전투로 한 단계씩 강해진 동료들에게는 정말 다행스러운 일이었다.

'됐다. 이제 내려가서 싸우지 않아도 돼.'

'끝났다… 진짜 끝이 있구나.'

'6시간 동안 참다가 화장실에 온 것 같은 느낌이야. 정말 시원해.'

위드가 마치 한여름에 아이스크림을 사 먹자 하는 것 같은 말투로 이야기했다.

"간단히 사냥이나 갈래요?"

수르카가 단호히 말했다.

"안 가요."

대륙 최고의 재봉사 드라고어.

그가 천과 가죽으로 만든 옷은 마법 방어력이 지극히 뛰어났다.

"치마로 만들어 주세요."

"에… 직업이 검사 아닙니까? 치마로 제작하면 방어력이 낮은데요."

"괜찮아요. 짧고 잘 달라붙게 만들어 주셔야 돼요!"

드라고어에게는 귀여운 여고생들의 주문도 밀려들어 왔다.

'이런 이득이…….'

모델급 미모를 자랑하는 여자 음유시인들의 주문도 줄을 이었다.

"드레스를 원하는데요. 일주일 후의 공연 날짜까지 가능할까요?"

"맞춰 드리겠습니다."

가끔은 덩치 큰 남자들도 왔다.

"도복 스타일로 해 주십쇼."

"재료는 뭘로 할까요?"

"호랑이 가죽요."

"그게, 호랑이 가죽으로 하면 디자인이…….'"

"참 좋겠지. 웃통이 잘 드러나는 것도 좋습니다."

"혹시 성함이 검…으로 시작되지 않습니까?"

"알고 계시네? 전 검이백사십구치라고 합니다."

아르펜 왕국의 마스코트가 되어 있는 검치와 수련생들!

전쟁을 치르면서 그들의 존재를 모르는 유저들은 별로 없었다.

"무식하긴 한데, 보통 사람들한테는 사납게 대하지 않아."

"광장에서 여자들이 지나가면 딱 얼어붙는다. 진짜 신기할 정도야."

"전투 계열 직업은 저분들이랑 꼭 한번 사냥을 해 봐야 하지. 배울 점이 많냐고? 그냥 마법사로 전직하고 싶어질걸."

드라고어는 아직 모라타를 중심으로 활동했다.

새벽의 도시와 벤트 성, 바르고 성채가 커지고 있다고는 해도 모라타의 인구와 영향력만큼은 아직 아니었다.

도시에서 장사하는 보석 세공사나 대장장이와도 친했고 북부의 상인들과도 자주 만났다.

가끔 맛있는 음식도 먹으면서 재봉사답게 도시 생활을 즐기고 있는 드라고어!

'재봉사 마스터 퀘스트 안 하니까 정말 편하구나.'

이미 재봉사 마스터 퀘스트에서 13단계를 진행했다.

인형 눈 10만 개, 단추 10만 개, 바늘에 실 꿰기 10만 개, 120미터 양탄자 뜨개질.

'아니, 무슨 재봉사는 퀘스트가 모험도 없고 그냥 순전히 생노가다뿐이야! 조각사는 무슨 대륙 전체를 돌아다니는데……'

드라고어는 가끔 작업을 하며 한숨을 내쉬었다. 재봉사 중에서는 딱히 경쟁자라고 부를 만한 유저도 없어서 혼자만 삭

여야 했다.

'퀘스트를 하고 싶다, 나도…….'

재봉사 길드를 매일 방문한 끝에 결국 퀘스트를 얻어 내고 말았다.

"불우한 소녀가 있어요. 그녀가 결혼식을 하려고 하는데… 입을 옷을 만들어 줄 수 있을까요?"

기꺼이 웨딩드레스 제작 퀘스트에 나섰지만, 알고 보니 그녀의 존재는 거대 트롤!

트롤들이 결혼식에 입는다는 특수한 실을 필요로 했다.

'이번엔 모험인가? 드디어… 나의 인맥으로 아는 유저들을 전부 끌어들인다면 승산이 있을 것 같아.'

풀죽신교에서 상당히 이름을 알리고 있는 드라고어였다. 직업이 생산 계열인 재봉사인 만큼 그와 친하게 지내려는 유저들은 많았고, 로브를 착용하는 마법사나 사제를 대거 이끌고 가면 난이도가 높더라도 깰 수 있으리라.

"마판 상회에서 왔습니다. 축복받은 적염사 찾으셨죠?"

"커험… 어디서 듣고 오셨는지 모르겠습니다만 제게 필요한 적염사는 새벽이슬을 맞은 타크 거미가 만드는 것으로…….."

"그건데요."

"제가 원하는 양은 단지 하나를 가득 채울 정도입니다. 간단히 얻을 수 있는 양이 아니죠."

"단지 3개 가져왔어요. 구하기 까다로운 거라 가격은 좀 비싸지만, 사실 거죠?"

"헛, 농담도 참……."

"세 단지 세트로 사시면 10% 할인도 해 드립니다."

"……."

재봉사 마스터 퀘스트에 필요한 실은 그냥 상단을 통해서 구입이 가능했다.

'조각사랑은 달라서 좋아해야 하는 거야, 아닌 거야? 퀘스트가 편하기는 한데 이건 남들한테 자랑도 못 하고.'

트롤의 결혼식까지 치러 준 후 노가다에 지쳐서 쉬고 있는 드라고어였다.

상점에서 주문받은 옷을 제작하고 있는 그에게 어린 소녀가 문을 열고 들어와서 말했다.

"이곳이 유명한 재봉사의 작업실인가요? 한 달 후에 모라타에서 큰 홍수가 일어날 것이에요."

"응? 무슨 말이니?"

"이곳의 국왕이 네크로맨서가 되었죠. 그래서 정의를 수호하는 티른이 노했어요."

"티른이 노했다고……."

티른은 정의의 신이었다. 기사들을 수호하는 신으로, 아르펜 왕국에도 몇 개의 교단이 있다.

"신의 분노는 그대만이 막을 수 있어요. 신비의 천을 펼쳐서 도시로 다가오는 물길을 막아 내어 바다로 향하게 한다면요."

소녀는 말을 마친 후에 그의 앞에서 신기루처럼 빛으로 변해서 사라졌다.

띠링!

모라타의 홍수를 방지하라

정의와 법을 지키는 신 티른.

아르펜 왕국의 국왕 위드는 베르사 대륙을 위해 헌신하며 '신의 인정을 받은 왕'이라는 고귀한 호칭을 받았다. 그가 네크로맨서가 되어 신들이 분노했다.

첫 번째로 나선 티른의 보복은 페살 강과 유셀린 강을 범람시키고 도시를 뒤덮을 것이다.

아직 재앙을 막기 위한 시간은 남아 있다.

신비의 천으로 물길을 만들어라.

범람하는 물을 바다로 돌린다면 신의 분노로 인한 재앙도 사라질 것이다.

홍수를 막기 위해 뜻을 함께할 동료들은 제한 없이 모을 수 있다.

단, 퀘스트에 참여한 후에 홍수를 막지 못한다면 퀘스트에 참여한 모든 이들은 신 티른을 거스른 응징을 당하게 될 것이다.

티른의 응징 : 100일간 신성 마법 적용 안 됨.
　　　　　　　명성이 크게 하락.
　　　　　　　티른 교단과의 적대도.

난이도 : A
보상 : 아르펜 왕국의 공적치.
　　　　주민들과의 친밀도, 명성.
　　　　물의 구원자 호칭.
퀘스트 제한 : 재봉사 스킬 고급 7레벨 이상.

－퀘스트 수락까지 5분 내에 결정해야 합니다.

"커엇!"

드라고어는 깜짝 놀랐다.

모라타를 중심으로 한 지역에 재앙이 일어난다는 점은 당연히 경악할 일이었지만 내용도 문제가 있었다.

"천으로 물이 흐르는 길을 만들라니. 모라타에서 가장 가까운 바다라고 해도 그 거리가 얼마인데."

드라고어는 항구 바르나, 항구 레자드에도 가 본 적이 있다. 바다를 끼고 있는 도시들이기 때문에 멋진 주택과 별장이 들어서 있었다.

물 위로 솟구치는 고래들.

먹이를 받아먹는 상어들!

초보 유저들이 바람을 타는 작은 요트들을 바다에 띄워 놓아서 굉장히 낭만적이기도 하다.

"빠른 소를 타고도 며칠은 넘게 걸리는 거리인데 물길을 이으라니, 이건 절대 불가능한 퀘스트잖아."

—퀘스트 결정까지 남은 시간 2분.

드라고어는 모라타에 대한 애정으로 퀘스트를 받아들이기로 했다.

"안 될 것 같지만… 어쨌든 해 봐야지."

—퀘스트를 수락하셨습니다.

퀘스트를 받은 후 혹시나 싶어서 마판 상회에 연락을 해 봤다.

"신비의 천요? 방수가 되고 신축성이 강해서 2,000배까지 늘어나는… 그 마법 천 말씀하시는 거죠?"

"예, 그렇습니다. 구할 수 없겠죠?"

"재고 있는데요."

"……."

"모라타는 대륙 최고의 천과 가죽이 제작되는 곳이잖아요. 있어야 할 건 다 있죠. 신비의 천은 얼마나 드릴까요?"

"제가 원하는 양이 엄청나서요. 감당이 안 될 겁니다만."

"신비의 천은 팔리는 곳이 없어서 넉넉하게 쌓여 있습니다. 싸게 드릴게요."

"모라타에 재앙이……."

드라고어는 혼자만 감당하기에는 억울해서 자세한 사정을 설명했다.

마판 상회의 모라타 지부장 흙소금은 사정을 들어 보고 나서 고개를 끄덕였다.

"음… 이건 위드 님이나 마판 님에게 보고를 드려야 할 중대 사안이네요."

"역시 그럴 줄 알았습니다. 국왕인 위드 님에게도 보고를 드리고 아르펜 왕국 전체가 움직여야……."

"드라고어 님이 실패하시면 재난용 구명조끼와 보트를 팔아먹을 기회니까요."

"예?"

"미분양 주택도 빨리 팔아 치워야겠네요."

"대체 재봉사가 왜? 건축가들이 댐을 짓거나 홍수 대비용 물 빠짐 수로를 건설해야 하는 거 아니야?"

드라고어는 투덜거리면서도 즉시 바느질을 하며 신비의 천을 이어 나갔다.

마판 상회에서는 모라타 인근에 재앙이 벌어질 예정이라는 점을 널리 알렸다.

홍보!

모라타에 재난 발생 예정!

한 달 후에 홍수가 일어나서 싹 쓸려 버리게 됩니다.

재난을 막고 싶으면 재봉사 드라고어 님의 상점으로 모여 주세요!

아르펜 왕국 국가 공적치와 명성을 획득할 수 있습니다.

"양송이죽 지원 왔습니다!"

"들깨죽도 왔어요!"

"소식 들었습니다. 지원자 필요하지 않으세요?"

"재봉사가 꿈이었습니다. 드라고어 님에게 실밥 뜨는 법이라도 배우고 싶습니다."

드라고어의 상점은 밀고 들어오는 유저들로 인해서 문이 닫히지 않을 정도였다. 길거리와 광장, 재봉을 위한 창고에도 사람들이 가득 밀려들어 왔다.

"혹시 레벨 1도 필요하세요? 모라타에서 4개월째 그냥 놀고 있습니다. 마을 밖으로 나갈 수는 있는데요."

"저, 저는… 차마 밝힐 수 없는 죄의… 그니까 벌레죽이긴 한데, 아무튼 퀘스트를 좀 공유해 주시면 맛있는 벌레라도 몇 마리 튀겨서……."

"앞다리가 쏙, 뒷다리가 쏙, 팔딱팔딱 개구리죽도 왔어요!"

극한의 노가다를 해야 할 줄 알았던 드라고어는 동참하는 사람들로 인해 당황스러웠다.

"아니, 이렇게 많은 사람들이 같이하다니?"

아르펜 왕국을 위해 모인 사람들, 애국심으로 똘똘 뭉친 유저들의 모습에 절로 감동이 일었다.

"이 퀘스트 실패하면 신의 응징이 따릅니다. 그래도 하실 겁니까?"

"그냥 놀면서 하면 되죠."

"노가다잖아요? 아르펜 왕국에서 노가다는 누구나 어느 정도는 할 줄 알죠."

"왕년에 삽질 하나는 잘했습니다."

"무조건 성공하는 퀘스트 아닙니까. 이럴 때 독버섯을…
꿀을 빨아야죠."

풀죽신교에 있어서 노가다는 신성한 작업이었다.

퀘스트 내용은 방수가 되는 신비의 천을 바다까지 이으라
는 것이다.

순수하게 그 넓은 면적에 신비의 천을 까는 것은 재료에
한계가 있어서 불가능했고, 지형을 이용해야만 했다.

넓고 평탄한 평원이야 물이 좀 휩쓸고 지나가더라도 피해
가 없다. 도시와 마을을 보호하면서 강과 개천을 연결하여
범람하는 물을 인도하여 바다로 보내면 된다.

이 부분에서는 모험가이자 지도 제작사인 데이워커가 나
섰다.

"구체적인 계획은 제가 세워 보겠습니다. 드라고어 님은
신비의 천을 최대한 많이 제작해 주세요."

"저도 현장에 가서 좀 도와야……."

"그러지 않으셔도 됩니다. 모라타에서 한 장이라도 더 신
비의 천을 만들어 주세요."

"크흑."

대륙 최고의 농부 미레타스도 퀘스트에 합류했다.

"몇몇 물을 많이 흡수하는 식물들을 심어 놓으면 도움이
될 것 같군요. 큰 나무들을 자라게 하는 것으로도 모라타와

그 인근을 보호할 수 있을 것 같습니다."

미레타스의 합류는 퀘스트에 엄청난 도움이 되었다. 대지와 식물을 잘 이해하고 있고, 아르펜 왕국의 식량 생산에 지대한 공헌을 하며 땅을 비옥하게 만드는 최고의 농부였다.

그는 홍수를 막기 위해서 유셀린 강 주변을 둘러보다가 아이디어를 냈다.

"물이 크게 범람한다고 하는데… 유셀린 강은 수심이 깊고 수량이 많죠. 홍수를 막기 위해 항구 레자드까지 물길을 내는 김에 안정적으로 농업용수를 공급할 수 있도록 주변에 수로를 만드는 건 어떻겠습니까?"

모라타와 그 인근은 여신 프레야의 축복과 개간으로 인해 개발이 완료되어 있는 상태였다.

미레타스가 원하는 땅은 모라타 남동쪽, 나달리아 평원!

과거 위드가 바르칸 데모프의 불사의 군단 퀘스트를 했던 지역이기도 하고, 중앙 대륙의 작은 왕국 정도로 넓은 면적을 자랑하는 평원이었다.

'그 넓은 지역에 농수로를 만든다고?'

드라고어는 멍하니 그의 말을 듣기만 했다.

퀘스트에 집중하기 위해 당연히 안 된다고 말을 하려고 했는데, 풀죽신교의 성녀 레몬이 동의했다.

"좋은 의견이세요. 나달리아 평원이 개발되면 유저들도 훨씬 살기 좋아질 거예요. 농부들의 수확량이 오르면 인구도 빨리 늘어날 거구요."

"역시 그렇죠."

레몬과 미레타스의 말을 들으며 드라고어는 이들이 정신이 있는지 의심스러웠다.

'퀘스트하기도 벅찬데 무슨 일을 늘리기만 해?'

반대 의견을 말하지 않은 이유는, 벌써 퀘스트에 합류한 참석자들이 많기 때문이었다. 그들 중 누구라도 나서서 거부할 줄 알았는데 전부 박수를 치며 좋아했다.

"나달리아 평원을 싹 개발해 버리죠!"

"아르펜 왕국은 땅은 넓은데 개발한 지역이 좁습니다. 이런 식으로라도 한꺼번에 통 크게 개발을 해 봐야 돼요."

"굳이 숙련자들이나 고레벨 유저들이 필요하지도 않죠. 삽 하나만 있으면 누구나 참여할 수 있으니 좋겠군요."

"아르펜 왕국 유저라면 삽은 대부분 당연히 가지고 있으니까요."

"풀죽신교에도 비축분으로 천만 개 정도는 있습니다."

"사람만 더 모으면 되겠습니다."

퀘스트 참여자들의 열렬한 환영을 받으면서 나달리아 평원 개발안은 통과!

그다음 날 풀죽신교의 공식 공지문이 떴다.

북부를 일으키고 풀죽신교의 기원이 되신 위드 님 덕분에 모두가 참여할 수 있는 퀘스트가 발생했습니다.

모라타의 번영을 나달리아 평원과 동쪽으로 이어 갈 수 있는 오랜만의 기회!

국가 퀘스트 참여에는 아무 제한이 없으니 누구나 참여하세요.

드라고어는 신비의 천을 꿰매는 도중에 공식 공지문을 읽으며 고개를 저었다.

"누가 이런 말을… 그보다도 사실관계가 좀 이상하게 꼬인 것 같긴 한데. 재앙을 일으킨 위드를 싫어해야 하는 거 아닌가?"

공식 공지문이 뜨자마자 모라타와 새벽의 도시, 벤트 성의 유저들이 삽을 들고 모이기 시작했다.

모라타의 흑색 거성에서 성문 너머까지 새까맣게 모여든 사람들의 무리!

숫자를 센다는 게 무의미할 정도로 많은 인파의 행렬이었다.

"국가 퀘스트라고? 꼭 해야지."

"이런 건 해 줘야 돼. 퀘스트 완수하고 나면 또 축제가 열릴까?"

"푸홀 워터파크에서 놀기도 지쳤다. 신나게 땅 좀 파고 또 놀아야지."

"이 퀘스트 완료하면 와삼이 발 도장 찍어 준대."

퀘스트 공유를 위해 사람들은 드라고어의 상점을 차례로 방문했다.

드라고어가 바느질을 하고 있어도 퀘스트는 공유가 가능했다. 광장에서 한꺼번에 수천 명씩 퀘스트의 공유가 이루어졌다.

일반 유저들이 작업을 위해 뛰어가고 나니 축산업자들이 황소들을 이끌고 모였다.

음머어어어어!

끝도 없는 소들의 행렬.

"이거 도대체……."

"소가 몇 마리야?"

"와, 내가 봐도 많긴 하다. 난 2,000마리 키웠는데."

"나도 4,000마리 좀 넘어."

"모라타 인구보다 소가 더 많은 거 아냐?"

말이나 소를 키우는 일에 직업의 제한은 없었다. 가축을 키우는 전문직은 목동이지만, 필요에 따라 농부나 상인, 기사도 동물을 키웠다.

아르펜 왕국 일대는 누렁이의 효과와 프레야 여신의 축복 등이 있어서 가축을 키우는 분야의 생산성이 몇 배나 높았다. 소들의 출산율이 높았고 넓은 땅에 풍부한 먹잇감들이 있어서 가축들은 자연히 많아졌다.

"아파트에서 개도 키우기 힘든데, 여기서는 소를 수백 마리 넘게 키울 수 있어."

"소가 재산이지, 안 그래?"

"열심히 소 키워서 돈 벌어야지. 소만 잘 키워도 떼돈을 벌 수 있다고!"

북부에서는 어디서나 편하게 소를 타고 이동할 수 있을 정도였고, 위드를 따라서 전투용으로도 길들였다.

축산업자들의 소 떼가 지나가는 모습을 본 후, 드라고어는 생각했다.

'이 퀘스트, 확실히 어렵지 않겠구나.'

퀘스트의 난이도는 참여하는 사람의 숫자나 노동력에 따라 달라진다. 북부 유저들의 협력이 있으니 국가적인 재난 같은 것도 단순 이벤트처럼 끝내는 게 가능했다.

요리사들도 자발적으로 모여서 작업에 참여하는 유저들을 위해 영양 만점의 풀죽을 쑤어 주기로 했다.

그리고 뒤늦게 건축가들이 합류했다.

"푸홀 워터파크 일대의 작업을 끝냈는데… 크흐흐, 재밌는 일이 또 생겼군요."

미블로스를 중심으로 한 돌망치 건축가 조합의 등장!

"산에 길을 연결하고 마을을 세우죠. 나달리아 평원이 개발되려면 마을과 곡물 창고는 필수입니다."

"수로를 더 넓혀서 몇몇 곳에서는 교역을 위한 대형 선박이 움직일 수 있도록 해야 할 겁니다."

"다리도 연결하고, 아름답게 만들어 봅시다."

"홍수라면 쉽게 볼 수 없는 건데 구경을 위한 관람대도 설치하죠."

건축가들은 홍수를 막는 것에서 그치지 않고 나달리아 평원의 전반적인 개발 작업에 착수했다.

'기가 막히는구나.'

드라고어는 어이가 없었다.

'저 넓은 땅을 개발하려면 천문학적인 돈과 인력을 투입해도 성공하기 어려웠을 일인데, 그걸 그냥 시작해서 어떻게든 진행하네.'

정부나 국가에서 추진했다면 돈만 들이고 흐지부지되었을 일이다. 그렇지만 자신들과 서로를 위하는 마음들이 모이니 기적이 아무렇지 않게 이루어졌다.

아르펜 왕국의 국왕 대리인 서윤도 모라타의 피해 수습과 나달리아 평원 개발을 위한 각종 정책을 세우고 예산을 투입했다.

필요한 지역에는 위대한 건축물도 허락했으며, 모라타의 남동쪽이 발달하면 생성될 마을의 영주 자리는 국가 공적치에 따라 공평하게 주기로 약속했다.

북부 대륙, 아르펜 왕국의 저력은 매일 늘어나는 초보 유저들과 이주민들로 인하여 거대해져 있었다.

중앙 대륙으로 친다면 하나의 작은 왕국 정도가 나달리아 평원에 통째로 만들어지는 것이었다.

대악당의 꿈

–대장장이 스킬의 숙련도가 정점에 달했습니다.

숭고한 영혼으로 불을 타오르게 하고 금속을 자유자재로 다스리는 대장장이의 마스터가 되었습니다.

베르사 대륙에서 대장장이들은 사람들의 안전을 지키기 위한 장비들을 만들어 왔습니다.

뜨거운 열기 속에 흘린 땀방울이 결실을 맺어 지극한 불꽃과 금속의 결합 비법을 깨달았습니다.

생산하는 모든 무기와 방어구, 물품의 내구도가 상승합니다.

새로 제작된 장비에 최소 한 가지에서 세 가지의 특징이 추가로 부여됩니다.

대장장이들은 무기와 방어구에 새겨진 전투의 흔적을 이해할 수 있습니다. 하루 3개의 장비에서 최근의 전투 경험치와 스킬 숙련도를 획득 가능합니다.

영겁의 불에 대한 권능을 얻습니다.

불과 관련된 모든 능력이 향상되며 마나의 소모량이 감소합니다.

무기와 방어구의 잠재된 힘을 이끌어 내서 추가적인 특성이 2배로 적용됩니다.
진지한 열정으로, 전투와 관련된 스킬의 숙련도가 7%만큼 빠르게 향상됩니다.
견고한 인내를 터득하여 생명력과 체력의 최대치가 120% 증가합니다.
특수한 재료를 통해 최대 5회 영웅의 검, 영웅의 방어구를 제작할 수 있게 됩니다.
모든 스텟 40 증가.
생산 퀘스트를 제한 없이 받을 수 있습니다.

－호칭 '대장장이 마스터'를 획득하셨습니다.
명성과 관계없이 왕을 만날 수 있습니다.
전사와 기사, 장인과 상인의 존중을 받을 것입니다.
힘과 체력, 투지의 효과가 늘어납니다.
같은 대장간이나 공방에 소속된 대장장이 NPC의 성장 속도가 빨라집니다.

대장장이의 마스터!

경쟁자인 파비오와 헤르만은 마스터의 경지에 오르자 희열을 주체하기 힘들었다.

"드디어 내가……."

"후, 해냈구나."

그들은 각자 만든 한 자루씩의 검을 보면서 복잡한 감정에 휩말렸다.

"그동안 나의 모든 열정과 노력을 담아서 만든 검."

대장장이 마스터라는 성과를 이루어 낸 데다 헬리움이라는 최고의 재료를 사용해서 제작한 검이라, 능력치만큼은 최고였다.

"부끄럽지 않을 정도는 되었구나."

파비오와 헤르만은 둘이 만나서 아껴 놓은 술을 마시면서 성과를 자축했다.

"결국 마스터는 고작 며칠 차이이긴 하지만 내가 먼저 하게 되었군."

"축하드립니다."

"이루고 나니 허무하기 짝이 없구만. 어차피 헤르만 그대도 마스터에 도착했으니 날짜 차이야 뭐가 중요하겠는가."

드워프 대장장이로 로열 로드를 시작해서 녹슨 구리를 주워 녹일 때부터의 일이 줄줄이 떠올랐다.

대장장이들의 도시 토르에서 경쟁하면서 최고의 검을 만들기 위해 살았던 때.

"옛날, 처음 시작했을 때가 즐거웠어. 수많은 유저들이 우리가 만든 검을, 강화한 무기들을 가지려고 달려왔었지."

"헤르메스 길드의 주문을 거부하지 못한 기억이 아쉬움으로 남습니다."

"다 추억인 것을. 우린 쇠붙이를 만들 뿐, 정의는 그걸 사용하는 사람에게 달린 것 아니겠는가. 이렇게 말하면 무책임하다 할 수도 있지만 말일세."

"그렇기도 하지요. 대장장이는 세상에 너무 관여할 필요도 없으니 말입니다."

헤르만은 파비오의 빈 잔에 술을 따라 주었다. 모라타에서 나온 좋은 품질의 붉은 포도주였다.

"토르에서의 시절이 그리워지네."

"거긴 난장판이 되었다고 하더군요. 진정한 대장장이의 끝을 보려는 이들은 드물고, 관광객들을 상대로 비싸게 팔 뿐이라고 합니다."

"마스터가 되었지만 검을 만드는 일을 그만두진 못하겠구만."

"더욱 정진해야겠지요. 가끔은 모험도 하면서 말입니다."

"대륙을 어떻게 돌아다니는지를 모르니… 우린 불 앞에 갇혀 제작만 하지 않았나. 위드처럼 여기저기 돌아다니면서 무기를 필요로 하는 누군가도 만나 보고 퀘스트를 했으면 진작 마스터를 했을지도 몰라."

"그럴 수도 있겠지요. 비슷한 생각은 저도 하고 있었습니다. 세상을 모르고 불 앞에서 망치질만 했으니 말입니다."

파비오와 헤르만에게는 여유가 흘러넘쳤다.

전투 계열 직업들과는 다르게 대장장이는 끊임없이 돈을 벌어들이는 존재들. 그간 쌓아 놓은 돈으로 유랑을 다닐 수도 있고, 모험을 할 수도 있으리라.

불 앞을 벗어나 아르펜 왕국에서의 생활을 기대하고 있는 둘이었다.

헤인트, 프렉탈, 보드미르.

베키닌의 3마리 미친 상어라는 별명을 가진 그들은 과거 오크들을 아르펜 왕국으로 데려왔다. 그 이후에 항구 바르나가 개발되면서부터 정착하게 되었다.

"이곳을 거점으로 나쁜 짓을 하자!"

"그래, 우리의 나쁜 짓은 이제부터 시작이야."

"크크크, 이곳의 유저들은 지옥을 맛보게 될 것이다."

베키닌의 3마리 미친 상어들은 앞으로 벌일 악랄한 행동을 상상하며 즐거워했다.

"약탈하자."

"죽이자."

"침몰도 시켜 주지."

그들은 항구 바르나의 바닷가에서 통나무를 타고 겁도 없이 먼바다로 항해를 시작하는 유저들을 봤다.

"저놈들로 하자."

"클클, 사냥이로군."

"선원들아, 돛을 올려라. 출항이다!"

베키닌의 3마리 미친 상어가 해적선을 이끌고 쫓아가 보면 유저들은 연근해에서 벌써 침몰해서 바닷물에 둥둥 떠 있었다.

"저희 좀 태워 주세요. 형님들."

"어허, 우리… 나쁜 짓 하러 왔는데. 깃발에 녹슨 칼과 뼈다귀 안 보여요?"

"해적이시구나. 우와, 존경하고 있었습니다. 설마…….."

"뭐요?"

"혹시 위드 님과 지골라스에서 모험을 같이 하신 그분들 아니십니까?"

"크훗, 우릴 알아보는군. 내가 조금 유명해지긴 한 건가."

"그럼요. 저도 해적을 꿈꾸며 바다에 나왔는데요!"

베키닌의 3마리 미친 상어가 나쁜 짓을 벌이기에는 항구 바르나의 초보 유저들 수준이 너무 떨어졌다.

"해적선 함포값도 안 나오겠다."

"여기서 나쁜 짓을 할 수는 있는 거야?"

"배를 붙여서 넘어가려고 하면 그 충돌로 침몰해 버리겠네."

로열 로드를 악랄하게 즐기려고 했던 세 해적 헤인트, 프렉탈, 보드미르.

항구 바르나는 낚시꾼이나 초보 선장이 바다를 가득 메우고 있어서 해적선을 끌고 다니면 부러움과 관심의 대상이 되었다.

"저기 좀 봐. 돛이 어마어마하게 많아."

"선체의 나무도… 티크 아냐?"

"파도를 가르면서 나가는 모습 봐. 배가 저렇게 빠를 수도 있구나."

연예인을 능가하는 인기!

"피곤하다. 좀 쉬자."

"맛있는 거나 한잔하자."

그들이 일단 바다에서 철수해서 항구 바르나의 선술집에서 라임 주스를 마시면서 쉬고 있을 때였다.

눈에 확 띄는 귀여운 아가씨들이 다가왔다.

"저기요."

"네?"

"해적이라고 들었어요."

"헛, 그건 비밀인데 어떻게……."

"해적선 이 앞에 세워 두셨잖아요."

"뭐… 그렇죠."

헤인트는 어깨를 으쓱했다. 눈에는 자부심과 긍지가 가득했다.

"흐흐흐, 이 동네의 치안은 우리가 접수했지. 해적들에게 털리지 않으려면 조심해야 할 거요."

"저희 조든 섬까지만 데려다주시면 안 돼요?"

"으음?"

"먼저 출항하시면 뒤를 따라갈게요. 바다 괴물들이 너무 무서워서요."

"우리 해적인데요."

"배 한 척당 2골드씩 드릴게요."

조든 섬은 바르나에서 하루 반나절 정도 걸리는 거리였다. 섬에서는 탐험과 교역, 채집 작업이 가능했다. 순풍일 때는 하루가 안 걸려서, 초보 선장들이 좋아하는 코스였다.

'고작 2골드라고?'

베키닌의 3마리 미친 상어들 입장에서는 차라리 하루 동안 놀더라도 응하고 싶지 않은 제안이었다.

"아가씨, 미안하지만 우리 인건비가 좀 비싸서 말입니다."

"얼마 안 되는 돈이지만 정말 애써서 모은 거예요. 가서 미역도 캐고 굴도 따려고요. 저희만이 아니라 섬 탐험에는 한국대 무용학과 전원이 참여하기로 했거든요."

"꿀꺽! 무…용학과요?"

"네. 선후배 전부 참여하기로 했어요. 부족하지만 300골드는 넘을 것 같은데… 역시 안 될까요?"

헤인트는 슬쩍 시선을 동료들에게로 돌렸다. 귓속말로 묻지 않았음에도 불구하고 프렉탈과 보드미르의 눈동자가 이야기를 하고 있었다.

'뭘 물어보고 있냐. 퀘스트 받아, 임마.'

'야, 놓치기 전에 수락해!'

헤인트는 침을 꼴깍 삼킨 후에 대답했다.

"조든 섬이라면, 귀찮지만 한 번은 다녀와 드리죠. 우리가 비싼 몸이지만 말입니다."

그렇게 조든 섬에 하루를 다녀오게 되었다.

출항할 때 불어오는 소금기 가득한 바닷바람도 그렇게 상쾌할 수가 없었고, 해적선 뒤를 따르는 작은 돛단배들을 보살피는 재미도 각별했다.

'이런 게 로열 로드지… 꿈과 낭만. 좋아서 미치겠구나!'

조든 섬에서도 미역이나 바지락을 캐면서 여대생들과 웃으며 대화를 나눴다.

프렉탈은 바다에 뛰어들어서 큰새우를 잡아 저녁에 굽기까지 했다.

"시장하시죠? 천천히 드시면서 하세요."

"어머, 새우는 귀하잖아요."

"심심해서 잡아 봤습니다."

여대생들은 걸신이라도 들린 것처럼 새우를 먹어 치웠다.

프렉탈은 보드미르와 함께 바다로 또 뛰어들었다.

목숨을 걸고 수중 30미터, 40미터 깊이까지 들어가서 가재와 새우를 쓸어 왔다.

"해산물은 또 저희가 전문이죠."

"잡기 어렵지 않으셨어요?"

"손만 대니까 그냥 다 잡히던데요?"

다음 날, 베키닌의 3마리 미친 상어들은 진지하게 회의를 했다.

"야, 우리 있잖아."

"알아, 무슨 말을 할지. 난 적극 찬성이다."

"후우, 뭔가 살아 있는 기분이야. 이게 인생이구나. 이런 기분은 처음이야."

베키닌의 3마리 미친 상어는 조든 섬까지 정기 운행하는 노선을 만들었다. 항구 바르나의 유저라면 누구나 2골드만 내면 호위를 받아서 다녀올 수 있게 되었다.

처음에는 100여 척의 배를 끌고 다녀왔고, 나중에는 소문이 퍼져 수천 척까지 배가 늘어나게 되었다.

해적선들의 뒤를 졸래졸래 따라다니는 돛단배들.

어미 오리와 새끼 오리들처럼 귀여운 광경이었다.

하늘에서 조인족도 합류하여, 대규모 선단을 이루고 바다를 항해했다. 멋지고 시원한 광경이었다.

그렇게 아르펜 왕국의 동쪽 바다가 개척되고, 섬과 교역로가 확보되었다.

"험한 파도에 주의하세요!"

"이곳에서는 대게가 잡힙니다. 낚싯줄을 최대한 밑바닥까지 내려 보세요."

바다를 뒤덮는 작은 배들!

항구 바르나에서 멀리 떨어진 유령선 출몰 지역까지 돌아다니면서, 북부 유저들은 빠르게 성장했다.

장거리 항해에 성공하면 항해 기술이 빨리 성장하고 선박에는 상당히 많은 짐을 실을 수 있게 되기 때문에 교역에도 좋았다.

바다의 매력에 흠뻑 빠진 유저들이 성장하면서 배들이 조금 더 크고 빠르게 바뀌어 갔다.

-항구 바르나를 이끄는 해적들!
-바다의 선구자.

로열 로드 게시판에도 칭찬의 글들이 올라왔다.

베키닌의 3마리 미친 상어들은 그때부터 몸이 간지럽기 시작했다.

"우리의 본분은 나쁜 짓이잖아."

"요즘 뭔가 나쁜 짓을 안 저질러서 좀이 쑤시긴 해."

"야, 나 항구에서 사인해 달라는 말도 들었다. 우리 이렇게 살아서는 안 되는 거 아니냐?"

슬슬 나쁜 짓을 저지르고 싶었다.

북부 유저들 중에서도 성장이 빠른 이들은 털어먹을 수 있는 수준이 되었기에 실컷 사고를 치고 다니고 싶었다.

"흠… 근데 뭔가 아쉽긴 해."

"우리의 인기가?"

"아니. 솔직히 여기서 초보들 등쳐 먹기에는… 위드 때문에 좀 찝찝하지 않냐."

베키닌의 3마리 미친 상어들이 인정하는 진정한 악당 위드!

"위드의 보복 때문에?"

"하긴… 아르펜 왕국을 털어먹으면 우릴 쫓아와서 복수를 하겠지."

"그게 무서워서 나쁜 짓을 하지 않는다고? 용기를 내자. 정신을 차려! 우린 나쁜 놈들이라고! 먼바다로 가면 잡기 쉽지 않을 거야."

"아니, 그런 게 아니라… 후, 밤마다 위드가 생각나. 뭔가 여기서 예전처럼 나쁜 짓을 하기에는, 아쉬움이 있단 거지."

"아쉬움이 뭔데?"

"나도 잘은 모르겠어."

미친 상어들은 고민하다가 솔직히 털어놓고 상담을 받아 보기로 했다.

그 대상이 엉뚱하게도 바로 위드였다.

위드가 귓속말 제한을 해제한 틈을 타서 대화에 나서서 사정을 설명했다.

-그러니까… 항구 바르나의 유저들을 상대로 약탈을 하고 싶다?

-네. 과거였다면 주저하지 않았을 겁니다. 그냥 확 다 들이받고 약탈하고 불태우고… 진짜 재밌는데, 막상 실행에 옮기기가 망설여지네요.

헤인트는 눈치를 살피면서도 사실대로 이야기했다.

어차피 사고를 치고 나서 위드에게 잡히면 죽는 것이고, 안 잡히면 상관없으니까.

그들이 롤 모델로 삼고 발자취를 따라가려고 하는 진정한 악당 위드에게 조언을 구하고 싶었다.

-북부 유저들에 대한 의리나 동정심 때문은 아닙니다. 배신의 상쾌함에 비하면 아무것도 아니죠. 근데 왜 막상 실행에 옮길 수가 없는 걸까요?

한동안 침묵이 흐른 후에 대답이 돌아왔다.

-조금 더 나쁜 짓에 눈을 뜬 것 같군요.

-예?

-복잡하게 설명하자면 끝도 없지만… 예를 들어 보죠. 1만 원, 3만 원을 훔쳐서 경찰에게 잡힌 도둑놈을 보면 무슨 생각이 듭니까?

-음…….

미친 상어들은 그들끼리 눈을 마주쳤지만 쉽게 답이 나오지 않았다.

-그냥 좀 불쌍하다. 혹은 말하기 힘든 무슨 사연이 있겠지라는 생각이 들지 않습니까?

-아. 맞습니다.

-저도 그렇게 생각했어요.

-무슨 사연이 있었으니 훔쳤겠죠.

-근데 한 10조, 아니면 20조쯤 훔친 도둑놈이나 사기꾼이 있

다면 무슨 생각이 들 것 같습니까?

－우와…….

－대박!

－끝내준다! 존경, 존경.

미친 상어들은 상상만으로도 입을 다물 수가 없었다.

－능력 있다. 똑똑해 보인다. 평범한 사람 아니다. 뭐 그런 느낌이죠?

－그렇죠. 그 정도 능력이라면. 와! 진짜 대단한 거죠.

－진짜 그렇구나.

위드의 설명은 미친 상어들의 머릿속에 쏙쏙 들어왔다.

설명만으로도 간단히 몇 조는 털어먹는 스케일!

－훌륭한 악당의 나쁜 짓은 그런 겁니다. 남들이 알면서도 흉내 내기 힘든 것이죠. 더 성장하세요. 넓고 크게 보세요. 어린이들 만화를 봐도, 왜 꼭 악당들은 세계를 정복하려 할까요?

－글쎄요.

－그러게. 왜 맨날 세계를 정복하려고 하지?

－악당들도 큰 꿈을 꾸는 거죠. 헤르메스 길드도 대륙 정복을 목표로 하지 않았습니까.

－맞다. 맞아.

－그들을 본받으세요. 세상은 넓고 할 수 있는 나쁜 짓은 많습니다. 꿈꾸고 노력하지 않는 나쁜 놈은 성공할 수 없습니다.

－크으… 이렇게 한가롭게 있을 때가 아니군요. 최선을 다하

겠습니다.

한 수 배웠다는 생각에, 미친 상어들은 충실하게 살기로 했다.

스킬도 성장시키고 해적선의 규모도 늘렸다. 틈틈이 유령선 출몰 지역에서 사냥도 해냈다. 그러면서 가끔씩은 위드의 조언을 받았다.

-팔로스 왕국, 그러니까 남부 사막 지역까지 다녀오십시오.

-알겠습니다.

베르사 대륙의 동쪽을 빙 돌아서 가는 장거리 항해였다.

마판 상회와 몇몇 대규모 상단, 북부의 수많은 상인 유저들이 동참한 교역단이 결성되었다.

교역단은 험난한 파도와 소용돌이 지대, 해양 몬스터들의 위협을 이겨 내며 베키닌의 3마리 미친 상어를 따라 사막 지역에 도착했다.

-대륙 간의 장거리 항해에 성공했습니다.

신항로 개척!

바람을 타고 파도를 가르며 성공적으로 긴 항해를 마쳤습니다.

항구 바르나에서 사람들의 축복과 새들의 지저귐을 들으며 출항하여, 멀고 먼 태양과 모래의 땅에 도착했습니다.

항해에 따른 스킬의 숙련도가 상승합니다.

항해자의 명성이 4,560 증가합니다.

행운이 영구적으로 14 늘어납니다.

"크아, 왔다."

"북을 쳐라. 육지로 간다!"

사막 지역에 도착한 수천 척의 범선들.

태풍에 시달리고, 암초들을 헤치며 왔다.

작은 배들의 돛은 넝마처럼 너덜거렸고 선체에도 부서진
흔적이 역력했지만 선장들은 기뻐서 소리를 질렀다.

"만세!"

"이게 얼마 만의 육지냐."

사막 지역에는 제대로 된 항구도 없어서 마판 상회의 대형
범선들은 앞바다에 정박하고 작은 배들로 물품을 운송해야
했다.

헤인트는 사막에 오자마자 또 나쁜 짓을 저지르고 싶었다.

"남부 촌놈들이나 좀 무시해 볼까? 여긴 발전도가 낮지?"

"그래, 모래나 먹고 햇빛이나 받으면서 사는 놈들한테 텃
세라도 부려 보자."

"찬성이야, 찬성."

"오, 저기 온다. 이 지역 유저들에게 행패를 부려야지."

"큰물에서 노는 거 아니겠어, 킬킬킬."

배를 잡고 웃던 미친 상어들은, 마중을 나온 사막 전사들이 다가오자 점점 어깨가 위축되고 고개가 절로 숙여졌다. 눈은 마치 자동 회피 기능이라도 있는 것처럼 감히 상대와 마주칠 엄두도 내지 못했다.

검오치!

생각하고 패는 그가 미친 상어들의 어깨를 두들겨 줬다.

"멀리서 오느라 고생 많았다."

"저… 아닙니다. 괜찮습니다."

검오치가 악수를 위해 내민 손을, 프렉탈은 벌벌 떨며 공손하게 두 손으로 잡았다.

바다가 아닌 이상 전투력으로는 좀 달릴 수 있었다. 하지만 로열 로드에서의 전투력을 무시하고 발휘되는, 인간적인 위압감.

검오치는 미리 위드에게 들은 이야기가 있었다.

─저하고는 친한 녀석들입니다. 편하게 대해 주세요.

─편하게?

─네. 동생들처럼요.

검오치는 위드와 인연이 있는 좋은 동생들이라고 생각하고 다정하게 말했다. 그래 봐야 굵고 낮게 깔리는 목소리였지만.

"덥지? 목마를 텐데, 시원하게 맥주라도 한잔할래?"

"아니… 그냥 빨리 돌아가고…….."

"싫냐?"

"예엑? 아, 아닙니다."

미친 상어들은 당장이라도 배를 타고 돌아가고 싶었지만 검오치가 맥주를 가져올 때까지 기다려야 했다.

─대충 마셔 주고 가자. 굳이 이것도 거절하고 그냥 가긴 서운하잖아.

─그래. 맥주 마시는 데 시간이 오래 걸리지도 않는데.

─야, 한 잔 정도야 서로 마셔 주는 거지. 다 정이잖냐, 정.

귓속말을 하면서 자존심을 세우는 그들!

검오치는 교역을 하는 장면을 살펴보고는 돌아왔다.

"뭐 하냐, 맥주 안 꺼내고."

"맥주… 저희가요?"

"어… 맥주를 안 가져왔어?"

검오치가 잠깐 머뭇거렸다. 그로서는 잠시 생각을 한 것이지만, 그때 일그러지는 얼굴근육은 감히 대들 수가 없을 정도였다.

생존 본능이 발동되는 순간!

"이, 있습니다, 맥주!"

"같이 마셔도 되지?"

"넉넉합니다. 남는 것도 드리고 가겠습니다."

미친 상어들은 평상시에 배에 맥주를 잔뜩 실었던 것을 극히 다행으로 여겼다.

"와, 여긴 그냥 다 특산품 대접을 받네."

"모라타의 와인은 잘 안 팔려. 술 문화가 다르대."

"과일이 최고야. 햇빛을 가리는 용도의 의복도 많이 남겨 먹을 수 있고."

북부 유저들은 사막 지역에 생필품을 대량으로 가지고 왔다. 간단한 옷이나 요리 도구, 말안장 같은 것도 사막 지역에서는 몇 배나 비싸게 팔렸다.

"여기서 살 만한 물품은… 융단이나 낙타 가죽 같은 걸 북부로 가져가 볼까?"

"그보단 역시 술이지. 유행만 일으키면 시세는 의미가 없어지니까."

"이곳의 칼 생산 기술도 뛰어나. 일반 칼은 쓸모가 적지만 전사용으로 사막 장인들이 만든 건 괜찮은데."

북부 유저들은 사막 도시들을 돌면서 가져온 물품들을 팔고 새로 구입을 했다. 그 이후에 배에 가득 실어서 다시 아르펜 왕국으로 출항했다.

활발한 거래로 사막에 쌓여 있던 재고가 정리되면서 장인들에게 일감이 생겼다.

　검오치는 교역단이 다시 떠나는 것을 배웅까지 해 주었지만, 이틀 뒤에 새로운 아르펜 왕국의 교역단이 도착했다.

　"넌 또 뭐냐?"

　"저요? 전 마판 상회에서 밀수와 해상 교역을 전담하고 있는 뭉칫돈이라고 합니다."

　"정말 가실 겁니까."

　"네!"

　"꼭 가셔야 되죠?"

　"바로 갈 거예요."

　"이렇게 떠나실 생각입니까?"

　"갈 거라니까요."

　"후… 정말 아쉬운 작별이군요."

　"알았어요. 안 갈게요."

　위드는 이리엔과 대화를 나누면서 그녀가 떠나지 않도록 붙잡는 데 성공했다.

　"크윽, 설득당하고 말다니."

　"아, 안 돼."

다른 동료들은 사냥에 지쳐서 도망치고 싶었지만 이리엔
만 버리고 갈 수는 없었다.

'처음부터 노렸어.'

'지독하다.'

'아, 나는 전투 노예야. 벗어나지 못해.'

여행의 조각술.

위드는 어느 시대의 역사로도 떠날 수 있었고, 발전한 대
도시에서 관광과 문화를 즐기는 여유로운 여행도 가능하기
는 했다. 물론 그런 곳에 갈 생각은 추호도 없었지만!

"흠, 어디로 떠날까."

위드의 머릿속에는 뒷골목 여행사의 해외여행 상품을 능
가하는 패키지들이 수립되고 있었다.

비행기값보다도 저렴한 가격으로 일단 모집해 놓고 하루에
최소 세 번씩 가둬 놓고 쇼핑을 시킨다는 위험한 패키지들!

'여행은 다 그런 맛이지.'

여행의 인솔자가 되었다면 당연히 기대치를 높게 충족시
켜 주어야 한다.

'아무래도 다음번 사냥까지 마치면 한동안 연락도 두절될
가능성이 커. 그렇다면 이번에 완전히 단물을 쪽 빨아먹어야
한다.'

페일을 비롯해 동료들의 구성과 전투 능력은 훌륭한 편이
었다. 어떤 전장에 데려가더라도 자기 몫을 몇 배는 해 줄 사

람들.

'그곳으로… 흠, 벌써 거길 가기는 좀 아쉬운데. 그래도 역사적으로 보면 업적을 달성하기에는 좋으니까.'

위드가 베르사 대륙의 역사를 공부하며 발견했던 애매한 곳들이 제법 많았다.

칼라픽 왕궁 같은 경우는, 전쟁의 시대도 겪어 봤고 팔로스 제국도 건국해 보았으니 기사들이나 병사들의 수준이 대략 가늠이 되었다.

힘들지만 고생하는 보람은 있는 정도. 정신을 바짝 차리면 버틸 만한 장소.

그런데 지역이 통째로 멸망하거나 병력이 전멸한 경우에는 난이도를 측정하기가 힘들다.

'생고생을 하려면 그런 곳 중의 하나로 가야지. 혼자 가긴 좀 아쉬우니까 말이야.'

고생을 하더라도 누가 알아줘야 뿌듯한 법.

위드는 엄마의 호주머니에서 용돈을 훔친 초등학생처럼 환하게 웃었다.

"이번에는 좀 여유 있게 가죠."

"네?"

"뭐라구요?"

동료들의 눈에는 불신만이 가득했다.

파이톤과 양념게장은 확 지금 이 순간이라도 도망치는 것을 고려하고 있었지만 현실적으로 어쩔 수가 없었다.

'이거 원래 세계로 어떻게 돌아가는 거지?'

'음, 높다… 떨어지는 데도 한참 걸리겠어.'

여전히 공중 부양 마법을 사용해서 하늘에 떠 있었다.

지상에 존재하던 칼라픽 왕궁은 바다에 잠긴 상태.

단순한 암살자와 전사의 직업이라 스스로 땅으로 내려갈 수도 없었고, 원래 시간대의 세계로 돌아가는 건 더욱이나 못 한다.

'보내 주기 전에는 못 가는 건가.'

'공중 부양 마법을 쓴 것도 멸망의 장면을 구경하라는 게 아니라 압박을 위해… 아냐, 설마 그 정도까진 아니겠지.'

위드에 대해 아직 희미한 믿음을 가진 양념게장!

'설계야. 한번 걸려든 이상 빠져나가지 못해.'

모든 걸 알고 있는 페일은 그저 조용히 있을 뿐이었다.

착하다고 해서 바보는 아니었다.

'위드 님과 동료가 되고 나서 성장 속도가 빨라졌어. 과정이야 어쨌든 영주의 자리를 얻었고, 유저들 사이에서 유명해지기도 했고. 고생을 하기는 하지만 보람도 생겨.'

위드를 따라다니는 순간에는 죽을 만큼 괴롭지만 지나 보면 이상하게 나쁘지 않은 추억이 된다. 끝없이 밀려오는 몬스터들을 상대로 정신없이 싸우고, 맛있는 음식을 먹고, 정비하면서 최선을 다했다는 느낌을 받았다.

'전투 노예로서 은근히 괜찮은 측면도 있지.'

위드가 입술에 침을 바른 채 말했다.

"그냥 여유롭게 간단히 갈 거니까요. 다들 피곤하기도 하고, 이번에는 길게 사냥하지 말죠. 딱 하루면 어때요?"

"하루?"

"하루라면 뭐……."

동료들의 어깨에 어려 있던 긴장이 확 풀렸다.

산전수전을 다 겪은 이들이라 하루라면 어떻게든 버틸 수 있으리라고 본 것이다.

이리엔과 로뮤나의 눈이 마주쳤다.

'나쁘지 않네.'

'위드 님이 설마 죽으러 가는 건 아닐 테니까, 마법 몇 번만 날리면 되겠지?'

다음 여행지로의 준비는 간단히 끝났다.

딱 하루라고 하니 메이런과 파이톤은 아쉬움마저 느낄 정도였다.

'방송에 나오려면 조금 더 큰 전장이 좋은데. 에휴, 그래도 일부러 어려운 곳으로 가자고 할 수도 없고.'

'겪어 보니 꽤 힘들긴 했지만 하루 더 싸우는 정도야… 막 몸이 풀리려고 하니 괜찮겠군.'

위드가 포탈을 생성했을 때는 마음 편하게 뛰어들 수 있었다.

슈우우우우우!

콰과과과!

파이톤이 먼저 위드의 포탈을 타고 들어왔다. 몬스터와의 싸움을 생각했었지만, 대지가 흔들려서 땅을 뒹굴어야 했다.

"여긴 뭔 일이야?"

파이톤은 몸을 낮춘 채로 눈을 크게 떴다.

하늘에서는 드레이크 수천 마리가 날아다니면서 지상을 향하여 불길을 토해 내고 있었다.

"진군하라! 진군해!"

"마폰 왕국의 용감한 병사들아, 저곳이 너희가 죽을 장소다! 가라, 가!"

"괴룡에게 매달려라! 너희 따위가 죽일 수 있을 거라고 생각하지 마. 그냥 마구 덤벼라!"

"전진! 앞으로 뛰어가라."

바다의 수평선 너머까지 가득 메운 대형 범선들이 해안에 도착하고 있었다.

기사들과 병사들은 모래사장에 상륙하거나 바다로 뛰어들어서 육지까지 헤엄을 쳐서 왔다.

땅에는 미리 자리를 잡고 있는 악마족들, 악마에게 영혼을 팔아서 힘을 얻은 인간들이 몬스터들을 지휘하면서 병사들을 막고 있었다.

"아니, 여긴… 칼라픽 왕궁보다 더하잖아?"

띠링!

목숨을 건 선택

3국연합군과 굴텐 악마족은 마침내 맞붙었다.
인간들은 운명을 건 싸움을 시작하며 작센 섬을 기습했다.
전쟁이 벌어지고 있는 장소에 평화는 없다.
악마족이나 연합군, 어느 한쪽에 가담하여 상대를 무너뜨려려야 한다.

난이도 : S
보상 : 명성과 보물.
퀘스트 제한 : 생존과 승리.
　　　　　　　퀘스트가 강제로 부여됨.

―함께 싸울 아군을 선택하십시오.

악마족의 편을 선택할 시에는 인간들을 상대로 싸워야 합니다.
악마족은 당신의 신체를 개조하여 영구적인 힘을 줄 것이지만, 막대한
명성과 명예를 잃어버립니다.
괴기한 문신이 몸에 새겨져서 지워지지 않습니다.

즉각적인 보상 : 신체적인 능력 강화.

연합군의 편을 선택할 시에는 상당히 높은 신앙심과 명성을 얻을 수 있
습니다.
그들은 어려운 싸움에 동참해 준 이들에게 커다란 호의를 보일 것입니다.
물론 이 전투에서 패배한다면 모든 것은 물거품이 되어 사라지고 말 테
지만!

'난이도 S급의 퀘스트라.'

난이도 외에 긴 설명을 읽을 여유도 없었다. 파이톤의 눈에 보이는 좀 대단해 보이는 몬스터만 해도 다섯 종류는 되었다.

'저건 외모만 봐도 전투력이 보통이 아닌데.'

괴룡이라고 불리는 지상 몬스터.

10미터 정도 키에 두꺼비처럼 뚱뚱한 몸을 가졌다.

뒷다리로 달리며 무지막지한 돌파력으로 기사단과 병사들을 들이받아 버리고 있었는데, 그 넘치는 힘은 파이톤에게 호승심을 불러일으킬 정도였다.

하늘에서는 드레이크의 대군이 지상을 향해 불을 내뿜으며 병사들을 불태웠다.

'여긴 도대체 어디야?'

파이톤도 만만하게 나설 수 없어서 일단 바위 뒤에 숨었다.

"우와악! 진격이다!"

"켈튼 왕국군이여, 악마족을 남김없이 소탕한다!"

기사단과 병사들이 그를 지나쳐서 악마족과 몬스터들을 향해 돌격해 들어갔다.

파이톤은 싸우고 싶어서 몸이 근질거리기는 했지만 너무나도 거대한 전장이라서 쉽게 움직일 수가 없었다.

'지금 전투에 참여한 병력만 해도 10만이 넘어 보인다.'

이미 죽은 자들과 배를 통해 상륙하고 있는 병사들까지 더하면, 보고도 눈을 의심하게 될 정도의 치열한 전투.

파이톤의 얼굴이 드레이크들이 뿜어낸 열기로 후끈해졌다.

'이 해안 전투는… 으음, 퀘스트는 3국연합군과 악마족의 싸움이라고 하니 아마도 작센 섬의 상륙작전인가.'

작센 섬 상륙작전!

전쟁의 시대가 벌어지기 10년 정도 전으로, 마폰 왕국과 켈튼 왕국, 브롬바 왕국의 연합군이 동맹을 맺고 굴텐 악마족을 처단한 일이다.

작센 섬의 상륙작전에는 3개의 왕국이 핵심 군사력을 대거 동원했고, 대부분이 사망하는 피해를 입었다. 그 여파가 대륙의 군사력 균형을 무너뜨리면서 전쟁의 시대로까지 이어지게 되었다.

"허억, 이런 전쟁터를 여유 있게 오자고 했어?"

파이톤은 기가 막혀서 화도 나지 않았다.

"아니, 오더라도 설명은 제대로 해야 할 거 아냐."

간단히 사냥을 간다는 말을 믿진 않았지만 사나이답게 패기를 보여 준다면서 먼저 들어왔다. 속는 셈 치고 들어왔더니 도착한 곳은 베르사 대륙의 역사가 뒤집힐 뻔한 전쟁터!

"크흠, 조금 냉정한 판단이 필요하겠군."

바위 뒤에 몸을 숨기고 기다리고 있자니 수르카부터 1명씩 뚝뚝 나타났다.

파이톤은 숨어 있은 적은 없다는 듯 재빨리 바위에서 뛰쳐나와서 전장의 한복판에 섰다.

"와, 전투 규모가 엄청 크네요. 하벤 제국이 대지의 궁전을 침략했을 때와 비슷한 것 같아요."

"퀘스트를 보니 어느 한쪽 편에 서서 싸워야 할 것 같은데……."

"이제 어떻게 하지? 다친 사람이 많은 것 같아."

로뮤나와 수르카, 이리엔이 전장을 훑어보더니 한마디씩 했다.

던전 사냥이나 수백 마리 정도의 몬스터라면 그들도 경험이 꽤 있었다. 아르펜 왕국의 치안이 안 좋을 당시 돌아다니는 몬스터들을 북부 유저들과 함께 처리하곤 했던 것이다.

"위드 님 생각은 어떠세요?"

이리엔의 말에 일행의 시선이 위드에게로 향했다.

일행 중에는 레벨 500대의 유저도 있었지만, 상황을 분석하는 눈이나 판단력을 믿을 수 있는 건 위드라고 할 수 있었다.

"인생에서 줄을 잘 서야 하긴 하죠."

위드는 굴텐 악마족과 3국연합군의 전력을 잠시 살펴봤다.

상륙선에서 밀려오는 인간의 병사들. 하지만 악마족은 무시무시한 몬스터들을 소환하여 이를 막아 내고 있다.

심지어 악마에게 영혼을 팔아서 힘을 얻은 악마족들, 주술과 흑마법을 극도로 익힌 그들은 뒷짐을 진 채로 구경만 하는 여유를 부릴 정도였다.

'위드 님이라면 악마족의 편에 설지도…….'

'으음, 괜히 물어본 거 아닐까?'

'사악한 아이디어를 낼 것 같아. 틀림없잖아.'

위드는 상륙군의 병력이 죽어 나가는 것을 보다가 말했다.

"인간들의 편에 서죠."

호기심이 많은 수르카가 대뜸 이유를 물어봤다.

"왜요?"

"세 왕국의 주력이 나섰습니다. 역사대로라면 큰 전투가 벌어져서 거의 전멸을 하게 되지만… 우리가 끼면 조금은 달라질 수 있겠죠."

"인간 쪽에 서는 게 승리와 생존에 유리할까요?"

"그렇게 만들어야겠죠. 사악한 악마족과 협력하기보다는 인간들과 대화가 더 잘 통할 테니까요. 신체 강화 부분도, 그에 따른 대가를 치러야 할 테고요."

"음, 그렇구나."

그런 이유에서라면 일행도 충분히 납득할 수 있었다.

역사서에 한 줄 정도 나와 있는 악마족의 편에 선다는 것은, 약간의 능력을 얻을 수 있다고는 해도 부담이 상당했다.

'이걸로 명예 회복을 할 수 있겠군.'

위드는 이번에도 사기는 쳤지만 거짓말은 하지 않았다.

그에게는 반드시 인간들의 편에 서야 하는 이유가 따로 존재했다.

네크로맨서로서 신앙심이나 기품, 행운, 명예, 용기 같은 스텟을 조금씩이나마 계속 잃어버리고 있다.

그러나 인간들과 악마족이 싸우는 전장에 뛰어들어서 인간의 승리를 이끌어 낸다면 보상으로 상당한 스텟을 획득할 수 있을 것이다. 악마나 언데드를 해치우면 신앙심 스텟을 확보하는 것도 가능하다.

'그야말로 시체 일으키며 공적 세우는 거지.'

위드를 시작으로 1명씩 퀘스트를 받아들였다.

"연합군과 함께 악마족을 무찌를 것이다."

"연합군을 돕겠어요."

"연합군의 편에서……."

—퀘스트를 수락하셨습니다.
 마폰, 브롬바, 켈튼 연합군과 함께 굴텐 악마족을 처단해야 합니다.

장난으로라도 악마족의 편에 서는 일행은 없었다.

그 순간, 위드와 그 일행을 주시하고 있던 악마족이 날카롭게 외쳤다.

"저들에게서 악의가 느껴진다. 적이다! 전부 죽여라!"

악마족은 몬스터 군단을 지휘하면서 상륙을 막고 있었다.

가까이 접근하지 않는 이상 지상에서의 전투는 벌어질 일이 드물지만 하늘을 장악한 드레이크 부대가 명령을 받았다.

끄우와아아악!

하늘에서 지상을 향해 불길을 내뿜는 드레이크들이 위드

와 그 일행을 향해 날아왔다.

"오고 있어요!"

"바로 시작되는군요."

드레이크들이 다가오기 전부터 이미 뜨거운 열기가 가득했다.

두꺼운 검푸른 갑옷을 몸에 두르고 있는 형태의 드레이크들은 악마족에 의해 개조가 완료된 상태.

"좀 난감하군. 보통 드레이크들보다 훨씬 강해 보이는데."

"이 전투는 저에게는 까다롭겠군요."

웬만한 전투에서는 두려울 것 없는 파이톤이나 양념게장이었지만 비행 생명체에 대한 부담감은 컸다.

레벨이 300대로 비교적 약한 비행 생명체만 하더라도 땅에서 걸어 다니는 평범한 유저들에게는 상대하기 곤란한 존재다. 궁수나 마법사라고 해도 빠르게 하늘을 나는 드레이크와 싸우는 건 원치 않는 편이었다.

'저건 레벨이 400대도 넘겠다. 아르펜 왕국의 와이번들과 비교해도 꿀리지 않을 것 같은데.'

'위드 님이 어떻게든 해 주시겠지.'

'하늘에 낚싯줄로 그물을 쳐? 아냐, 그 어떤 아이디어도 떠올리지 말자. 난 그냥 싸우기만 해야지.'

일행의 생각은 역시 위드가 뭐든 할 것이라는 것이었다.

아무리 복잡하고 위험한 전장이라고 하더라도 위드가 두

손 놓고 있다가 당하는 광경은 상상하기 어려웠으므로!

"에… 그러니까."

위드도 일행의 시선을 느끼기는 했다.

하늘에서 돌아다니는 수천 마리의 드레이크 중에서 일부가 그들을 공격하기 위해 내려오는 중이었다.

네크로맨서의 정석이라면 드레이크는 무시하고 연합군 사이에 숨어야 한다.

인간 병사들의 시체들을 언데드로 소환하고 몬스터들을 차츰 제압해 가는 것이 일반적!

'그런 식으로는 재미가 없겠지. 게다가 이 전장도 시간과의 싸움이다.'

위드의 시선이 동료들의 얼굴을 1명씩 훑고 지나갔다.

공식 전투 노예로서 어디서든 제 역할은 해 주는 페일을 비롯하여 다들 확실한 장기를 한 가지씩은 가졌다.

로자임 왕국에서 만났을 당시만 하더라도 평범한 유저가 될 가능성이 꽤 있었다. 여행이나 휴양을 즐기는 유저가 로열 로드에서는 압도적으로 많은 인원을 차지했으니까.

그러나 이들은 위드의 영향을 받았기 때문인지 무서운 속도로 강해졌다.

'이들이라면 믿어도 되지. 그래, 결정했어. 제대로 싸우자.'

위드는 마법을 사용했다.

"유령마 소환!"

드레이크는 어느새 접근해서 공중을 에워싸고 있었다.

위드가 먼저 유령마에 올라타며 작전을 이야기했다.

"작전명은 심장입니다."

"심장?"

파이톤이 드레이크들을 살피면서 되물었다. 단어를 듣자마자 떠오르는 전술이 있긴 했다.

'적의 심장부를 치라는 이야기인가, 악마족들을? 과감하면서 위험한 전술인데. 성공하면 효과야 크겠지만…….'

'빈틈을 발견한 것 같구나. 과연!'

'악마족도 마법사 계열로 볼 수도 있겠지.'

'이런 큰 전장에서 바로 적의 심장부를 공략한다고? 와… 일단 되긴 되나?'

일행이 작전에 대해서 다들 비슷한 생각들을 떠올리고 있을 때였다.

"심장이 시키는 대로 하세요. 이곳에서는 그게 전부입니다."

위드는 작전에 대해서 설명하며 유령마를 타고 하늘로 날아올랐다.

드레이크들은 불길을 몸에 휘감은 채로 날아왔다.

"높이 날아라."

위드가 탄 유령마는 하늘을 향해서 치솟았다.

지상에서 벌어지는 전투와는 멀어졌다. 그 대신 하늘이라는 드넓은 공간에서 드레이크들을 적으로 맞이했다.

크우오오오!

수십 마리 드레이크들의 눈빛이 자신들의 영역에서 도전장을 내민 먹잇감을 보며 번들거렸다.

양측의 거리는 순간적으로 빠르게 좁혀졌고, 드레이크들은 입을 벌려서 뜨거운 화염부터 내뿜었다.

"이 정도는… 정면 돌파한다!"

위드는 로아의 명검을 뽑아서 불길을 가르며 동시에 드레이크들을 베고 지나갔다.

-치명적인 일격!
드레이크의 날개를 정확히 가릅니다.
대상자의 육체에 걸려 있는 '피의 보호'를 로아의 명검이 무력화시켰습니다.
대형 몬스터에게 3배의 공격력 적용!
상대방의 방어력을 약화시킵니다.
생명력을 43,193 감소시켰습니다.

현재는 조각 파괴술로 모든 예술 스탯을 힘으로 몰아넣은 상태였다.

크우에에엑!

날개를 잃은 드레이크들이 지상으로 추락해서 목숨을 잃었다. 설혹 추락의 충격에서 살아남는다고 하더라도 3국연합군 병사들에 의해 난도질을 당했다.

-하늘에서의 전투로 명성이 3 증가합니다.

-경험치를 획득하였습니다.

-검술의 숙련도가 증가합니다.

위드의 몸과 유령마에는 화염이 이글거렸다.

-타오르는 불길!
 지옥 군주의 로브가 마력을 발산하여 불에 대한 마법 저항력을 크게 높입니다.
 생명력이 4,381 감소하였습니다.
 타오르는 불길은 매초마다 483의 피해를 입히고 10초 후에 꺼집니다.
 불의 기운으로부터 1,283의 마나를 흡수합니다.

-바르칸 데모프의 장비 효과, 생명 그릇이 발동되었습니다.
 음습한 구석에 보관된 생명력 4,112를 꺼내 옵니다.
 생명 그릇에 남아 있는 총생명력 : 231,312

바르칸 풀 세트의 마법 보호 능력은 뛰어났지만 위드의 표정은 그리 좋지 않았다.

"전리품을 주울 수가 없다니."

상처 입은 드레이크는 한 번에 죽지 않고 땅에 추락했다. 1마리를 사냥할 때마다 지상까지 쫓아가서 아이템을 습득하기는 힘들었다.

급격하게 치솟는 불쾌지수!

위드는 사자후를 터트렸다.

"이렇게 된 이상 실컷 상대해 주마. 얼마든지 오너라!"

거대한 소리가 연합군과 악마족들이 싸우는 상륙 지점 전체를 뒤흔들었다.

–스킬 : 사자후를 사용하셨습니다.
사자후 스킬의 영향 범위에 있는 모든 아군의 사기가 200% 상승합니다.
존재하는 모든 혼란 상태가 해제됩니다.
5분간 통솔력이 300% 추가 적용됩니다.

"오, 우릴 도우러 온 병력이 있다."

"지원군이다!"

악마족들의 정신 계열 마법에 의해 사기가 저하되어 있던 연합군 병력이 함성을 내질렀다.

"인간의 편에 서다니. 용납할 수 없는 놈이다."

악마족들의 손짓이 위드에게로 향하자 지시에 따라 더 많은 드레이크들이 덤벼들었다.

이미 지나쳐 버린 드레이크들이 하늘로 솟구쳐서 쫓아왔

으며, 주변의 적들도 위드를 인식했다.

불길을 내뿜는 드레이크 100여 마리가 하늘에서 위드를 목표로 사방에서 모여든다. 일반적으로는 당장 도망쳐야 하는 불가항력의 상황이었지만, 찰나의 조각술이 있는 이상 죽을 위험은 그만큼 줄어든다.

"달빛 조각 검술!"

위드의 검에서 빛줄기가 길게 뿜어져 나왔다.

화려하고 아름다운 로아의 명검에서 빛이 뿜어져 드레이크들을 강타했다.

-스킬 '분노의 도끼질'이 발동되었습니다.
 정면의 적을 상대했을 때의 공격력이 189% 강화됩니다.

-스킬 '섬광검'이 발동되었습니다.
 검의 속도에 따라 위력을 상승시키고, 치명적인 일격의 효과를 최대 2.5배까지 높입니다.

조각 파괴술로 예술 스텟을 힘으로 몰아넣었더니 발동되는 스킬!

위드의 검이 무시무시한 위력을 가지고 5마리의 드레이크들을 추락시켰다.

"분검술!"

다른 드레이크들의 공격은 넉넉한 마나를 이용해 분신을

만들어 내어 회피했다.

화염으로 뒤덮인 하늘에서 전투를 펼치는 위드와 유령마!

연합군의 기사들이 고함을 질렀다.

"악마족을 퇴치하러 온 분을 보라! 그의 강함이 우리를 이끌고 있다!"

"달려라. 오늘이 대륙을 위하여 굴텐 악마족을 처단하는 날이다!"

"우오오오!"

드레이크들이 위드를 향해 몰려들면서 상륙군의 전진이 빨라졌다.

－자욱한 화염!

주변의 공기가 뜨겁게 달아올라 있습니다.

화염 공격의 위력이 급상승합니다.

－불타오르는 몸!

드레이크가 내뿜는 불길에 14회 이상 적중되었습니다.

화염의 피해가 중첩되어서 적용됩니다.

그러나 위드의 상황은 빠르게 악화되고 있었다.

드레이크의 불길을 로아의 명검으로 베어 버렸다고 해도 기본적으로 화염 공격은 광역 피해를 입힌다. 생명력의 감소가 빠르게 이루어지고 있었다.

유령마의 속도와 움직임도 드레이크를 따라잡지 못하는 신세!

위드의 입가에 미소가 그려졌다.

'이래야 재밌지!'

안정적인 사냥을 원하지 않는다. 상대의 전력을 가늠하고 견적을 내지만, 간단히 이길 수 있는 싸움만 하진 않는다.

적이 강할수록 모든 것을 잊어버린 채로 몰두하고 공략한다.

전쟁의 신.

위드가 마법의 대륙에서부터 전설로 불리던 이유였다.

"저게 무슨 조각사야. 아니, 이젠 네크로맨서인가. 아무튼 어쨌거나 말이야."

파이톤은 고개를 들어 넋을 잃고 하늘을 쳐다보다가 동료들에게로 시선을 돌렸다.

주로 혼자 사냥을 하던 그이지만 위드의 일행은 지금까지 겪어 본 바로 충분히 믿을 만했다.

"전 싸울 거예요!"

수르카는 심장이 시키는 대로 하라는 위드의 짧은 말에 감동을 받은 기색이 역력했다.

"그렇지만 고소공포증이 있어서… 땅에서 연합군과 함께 싸울게요."

수르카는 지상에서 싸우는 쪽을 택했다.

흉악하게 생긴 몬스터를 때리는 편이 높은 곳에 가는 것보다야 훨씬 덜 무서웠던 것!

페일은 냉큼 위드가 소환해 놓은 유령마를 탔다.

"하늘로 가겠습니다. 심장과 머리가 시키고 있군요."

궁수에게도 드레이크는 굉장히 까다로운 상대였다. 다만 유령마를 타고 지상의 적들에게도 화살을 쏠 수 있으니 합리적인 선택이었다.

"어디든 같이 갈게요."

연인 메이런도 유령마를 타고 따라나섰고, 제피는 말없이 낚싯대를 챙겼다.

"하늘이라. 진정한 낚시꾼은 어떻게든 낚으면 되겠죠. 어디라도 낚시꾼 챙겨 주는 곳은 없으니."

남녀를 불문하고 인기가 있는 제피였지만 유독 로열 로드에서는 평범했다.

"언니는?"

"우린 몬스터와 직접 싸우긴 어렵잖아. 위드 님에게 방해만 될걸. 기사들한테 가자."

"저는 다친 사람을 치료할게요."

벨로트와 화령, 이리엔은 연합군과 함께하기로 했다.

다수의 병력의 전투력을 상승시켜 줄 수 있는 자신들의 직업을 감안한 선택이었다.

"몬스터나 태워 버려야지."

드레이크에게는 화염 마법이 잘 먹히지 않았기 때문에 로뮤나도 지상에서의 전투를 결정했다.

결정을 지켜보던 메이런이 문득 눈을 크게 떴다.

"근데 우리 1명 더 있지 않았어?"

"어, 그게… 우리 계장 님 언제 사라졌지? 계장 님! 계장님!"

수르카가 둘러봤지만 양념게장은 어느새 슬그머니 사라져버린 후였다.

암살자의 본능!

연합군과 몬스터들의 그림자에 숨어서 악마족들을 향해 전진하고 있었다.

'이렇게 싸우는 건 마음에 드는군.'

파이톤이 씩 웃었다.

그가 주로 혼자서 사냥을 해 왔던 건 믿을 만한 동료들이 없었던 까닭도 있었다. 강한 몬스터들이 나타나면 도망치기 바쁘고, 사냥에 성공하더라도 전리품의 소유권을 가지고 한참을 다툰다. 사냥터와 퀘스트를 결정하는 데도 저마다 의견들을 이야기하며 토론이 이어진다.

귀찮게 구는 이들과 함께하느니 혼자 편하게 다니는 편이 나았다.

'자기 몫을 알아서 찾아가.. 이들이라면 좋군.'

파이톤은 동료들이 괜찮은 구성이라고 생각했지만 사실

이들도 위드에게 단련이 된 것이었다.

"시작하겠습니다."

"좋습니다. 역사적인 전쟁터를 우리가 뒤집어 버리죠."

"후와!"

작센 섬에서의 전투!

드레이크 100여 마리가 세찬 날갯짓으로 위드를 쫓아왔다.

"끈질기게 덤비는군."

위드는 천공의 기사처럼 멋지게 드레이크들의 사이를 돌파하고 싶었지만 마음뿐이었다.

드레이크들이 내뿜은 화염이 거미줄처럼 하늘을 뒤덮었다.

유령마는 느린 데다가 방향 전환도 시원찮아서 시간이 갈수록 공중전에 대단히 불리했다.

―생명력 저하!
  생명 그릇에 남아 있는 생명력이 절반 이하가 되었습니다!

위드의 생명력도 떨어지기는 했지만 막상 큰 걱정은 들지 않았다.

솜털에 긴장도 안 스칠 정도!

'아직 생명력이 10만이 넘어.'

조각사로서만 지낼 때의 최대 생명력보다도 많은 상태다.

"조각술의 비기를 모두 깨달은 조각사는… 어떤 깽판이든 칠 수 있지."

예술은 중고나라에 팔아 버리고, 역사적인 전장을 돌아다니며 깽판을 치는 조각사야말로 궁극의 로망이 아니겠는가.

위드는 품에서 조각품을 꺼냈다.

비와 넘치는 바다

조각술의 절대자!

헤스티아 여신이 직접 표현력을 인정한 거장 조각사 위드의 작품.

비가 내리고 파도가 밀려온다.

구하기 어려운 광물로 자연의 풍경이 정교하게 표현되어 있다.

예술적 가치 : 349.

시간 조각술은 전장을 선택하고 미리 준비해서 올 수 있었다.

다만 이번 대재앙에는 일부러 걸작이나 명작을 준비하지 않았다. 그랬다가는 연합군까지 전부 쓸려 나가서 엉망진창이 되어 버릴 테니까.

"위력이 약하기는 하지만… 에라, 몰라. 대재앙의 자연 조각술!"

─대재앙의 자연 조각술 스킬을 사용하셨습니다.

예술 스텟 20이 영구적으로 사라집니다.
생명력과 마나가 20,000씩 소모됩니다.
모든 스텟이 사흘간 일시적으로 15% 감소합니다.
자연과의 친화력이 떨어집니다.
대재앙의 자연 조각술은 하루에 한 번밖에 사용하지 못합니다.
위험한 재앙을 불러오게 되면, 그 피해에 따라서 명성이나 악명이 오를 수 있습니다.
재앙을 겪는 와중에 죽을 수도 있으니 주의하십시오.

위드는 사냥 채널로 동료들에게 말했다.

위드 : 사냥하기 힘드시죠?
수르카 : 여기… 엄청 만만치 않아요!
제피 : 잘 안 죽습니다. 끈질깁니다, 이것들!

동료들도 각자의 위치에서 고전을 하고 있었다.

페일이나 메이런은 위드를 따라서 높은 곳까지 오려고 했지만 드레이크들이 너무 많아서 포기했다.

파이톤과 양념게장은 무섭게 적들을 제거하며 싸우는 중이었다.

악마족이 소환한 몬스터들은 극악의 방어력을 가지고 있고 숫자도 많았다. 악마족들이 각종 저주를 퍼붓기도 했으니 연합군은 전진이 쉽지 않은 상태였다.

위드 : 이 전투는 위험하기도 하지만, 사실 시간과의 싸움입니다.

화령 : 시간과의 싸움요?

위드 : 최대한 빨리 끝내야만 하거든요. 그래서 방금 재앙을 일으켰습니다. 알아서 대비하세요.

페일 : 어떤 재앙입니까?

페일이 빠르게 물어 왔다.

무슨 재앙이냐에 따라 대비하는 방식이 달라질 수밖에 없다. 또한 재앙에 의해 전부 쓸려 버릴 수도 있으니 당연히 긴장할 수밖에 없었다.

위드 : 음… 별거 아닙니다. 비가 오고 파도가 좀 칠 거예요.

로뮤나 : 파도가 쳐요? 여긴 섬이긴 하지만 육지잖아요?

위드 : 바다에서 파도가 밀려올 겁니다.

수르카 : 케에엣!

이리엔 : 그런 건 피할 수도 없잖아요!

일행의 머릿속을 스쳐 지나가는 생각은 수십 미터의 높이를 가진 대형 파도가 섬을 휩쓰는 것이었다.

위드가 일으켰던 대재앙들은 스킬을 사용할 때마다 위력이 급격하게 강해졌다. 자연과의 친화력이 높아지는 것이 이유였는데, 그만큼 재앙은 두려운 것이었다.

위드 : 일반 조각품이라 약할 겁니다.

페일 : 어느 정도로요?

위드 : 저도 잘 모릅니다. 파도에 휩쓸리지만 않으면 살 겁니다.

벨로트 : 휩쓸리는 걸 어떻게 피하죠?

위드 : 그건 이제부터 여러분이 생각해 보셔야죠.

사냥 채널에는 잠시 침묵이 흘렀다.

동료들은 저마다 속으로 욕을 하고 있겠지만 착한 이들이라 입 밖으로 꺼내진 않았다.

마음으로 하는 욕이야 스트레스 해소를 위해 필수!

페일 : 지상에 있는 분들, 위치를 말해 주시면 구하러 가겠습니다.

메이런 : 뛰어요. 어서 높은 곳으로 가세요.

유령마를 타고 있는 페일과 메이런은 동료들을 구하기 위해 움직였다.

다른 동료들도 각자 안전한 위치를 찾으려고 애썼다.

파이톤은 적 몬스터들을 베어 넘기면서 섬의 안쪽으로 향했고, 양념게장은 은신을 이용해 깊이 침투했다.

재앙은 상황에 따라 발동되는 데 약간의 시간을 필요로 한다.

'비와 파도 같은 자연재해는… 바로 시작되진 않는 편이

지. 비구름을 먼저 만들어 놓지도 않았으니 확실히 심하진 않을 거야.'

위드는 하이 엘프의 활로 무장하고 몸을 뒤로 돌리며 드레이크들을 향해 쐈다.

"꿰뚫는 화살!"

궁술 스킬은 조악하지만 대신에 엄청난 힘이 담겼다.

회전하면서 쏘아지는 화살에 담긴 대미지는 적어도 4만 이상! 그야말로 맞고 죽으라는 화살을 공중에서 쫓아오는 드레이크들에게 쐈다.

드레이크들은 가볍게 이를 피하면서 사납게 인상을 썼다.

-꾸꾸꾹!

-고작 피하는 게 전부인가?

-느려 터져서 도망가지 못한다. 이 하늘 전체가 드레이크의 영토다.

지상의 악마족들이 드레이크를 통해 말을 걸어오는 것이었다.

-불에 타고 있습니다.
 생명력이 매초마다 930씩 감소합니다.

위드는 육체가 화염에 뒤덮인 채로 도망쳤다.

드레이크들이 위드를 쫓아오는 만큼 지상에서의 전투는 상륙군에게 유리해졌지만 그렇다고 전황이 바뀐 건 아니었다.

악마족들은 계속 몬스터들을 소환하고 있었고, 커다란 괴룡들은 굳건하게 자리를 지키며 역한 산성 침을 내뱉었다.

"끊임없이 공격하라."

"마폰의 기사들이 길을 연다. 돌격!"

연합군은 상륙하는 대로 몬스터들을 집단으로 공격했다.

조금씩 환경에 변화가 일어난 것은 그때부터였다. 하늘에서 비가 내리기 시작하더니 금세 폭우로 변했다.

"갑자기 소나기가……."

"비 때문에 전진이 힘듭니다."

"어떻게든 길을 뚫어라! 우리가 이 지역을 확보해야 해! 악마족을 뿌리 뽑기 위해서는 후속 병력의 상륙이 이루어져야만 한다."

바로 자기 앞의 사람도 제대로 보이지 않을 정도라서 연합군의 진격 작전은 큰 차질을 빚게 되었다.

하지만 악마족의 몬스터들도 마음대로 움직이지 못하는 건 마찬가지였다.

구멍이 뚫린 듯한 하늘에서 쏟아지는 빗줄기는 전투를 중단시킬 정도였다.

비의 대재앙!

살상력은 크지 않다지만 전투를 계속하기는 어려운 정도였다.

위드가 사자후를 터트렸다.

"상륙한 병력은 높은 곳으로 계속 전진하라! 그리고 배에 남아 있는 병력은 충격에 대비한다!"

연합군 병력도 고급 기사들로 이루어진 소속 부대의 단장이나 총사령관과 같은 지휘 체계가 있었다.

"무슨 소리인가?"

"모르겠습니다."

"감히 우리 마폰 왕국군에 명령을 내리다니, 어처구니가 없군."

연합군은 위드의 경고를 제대로 듣지 않았지만 동료들은 달랐다. 어디든 안전한 곳을 찾아서 몸을 웅크렸다.

쏴아아아아!

세찬 빗줄기에 의해 드레이크들의 화염은 힘을 잃었고, 악마족이나 몬스터가 지키는 모래언덕의 땅이 허물어졌다.

그리고 먼바다에서부터 밀려오는 높은 파도!

"선장님! 큰 파도입니다!"

"조타수는 키를 왼쪽으로 돌려라. 정면으로 파도를 넘는다!"

"회피! 회피하라!"

"다른 전투선과의 충돌을 주의하여……."

상륙을 위해 바다에 대기하고 있던 대형 범선들이 파도에 한꺼번에 출렁거렸다. 대재앙이었지만 숙련된 선장들과 조타수들은 배를 돌려 10여 미터 높이의 파도를 힘겹게 넘어섰다.

하지만 계속 밀려오는 파도에 앞바다에서 기다리고 있던 범선들이 밀려나서 작센 섬의 해안가에 강제로 도착했다.

"어… 육지가……."

"내려라! 공격이다!"

암초와 모래사장에서 뒤집히고 부서지는 범선들과, 살기 위해 필사적으로 상륙하는 병력.

너울처럼 높은 파도가 바다를 휩쓸었다.

"꾸끽?"

그 바람에 범선 아래에 숨어서 때만 노리던 굴텐 악마족의 어인족 부대가 드러나고 말았다.

악마족의 숨겨 둔 카드!

역사적으로 연합군이 작센 섬에 상륙하기도 전에 절반 이상의 배들을 침몰시킨, 가장 큰 피해를 입힌 부대였다.

미리 알고 있던 위드는 이를 대재앙으로 막아 냈다.

"괴물들이 매복해 있었다."

"공격! 공격한다!"

빗속에서의 전투.

큰 파도는 지상에 올라오고 나서는 금세 힘을 잃었지만 해안가를 덮치고 지나갔다. 그러면서 연합군 병사들을 강제로 몬스터들 앞에까지 내던져 놓았다.

인간과 몬스터가 뒤엉켜서 소용돌이에 휘말리기도 했다.

-지독한 재앙이 일어나서 선량한 피해자가 다수 발생했습니다.
사망자 1,391명.
부상자 49,382명.
호칭 '재앙의 학살자' 획득.
악명이 38,295만큼 늘어납니다.

재앙이 걷히고 비가 멎을 때쯤에는 엄청난 악명도 얻게 되었다. 재앙의 위력이 높진 않았지만 상륙선들이 침몰하고 뒤집히면서 피해자들이 꽤나 많이 생긴 것이다.

그럼에도 연합군의 후속 병력은 빠르게 증원되었고, 드레이크들의 화염 공격을 막으며 해안가를 장악했다.

-마폰 왕국과 켈튼 왕국, 브롬바 왕국 연합군의 빠른 상륙을 도왔습니다.
몬스터로부터의 피해를 최소화시켰습니다.
전략 목표 달성!
명성을 3,000 얻었습니다.
지혜가 2 증가합니다.

연합군은 어쨌든 원래 역사에서의 전투와 비교하면 거의 죽지 않았다.

파도에 떠밀려 온 범선들은 작센 섬의 해안가를 대번에 넘어와서 몬스터 무리의 한복판에 도착하기도 했으니, 전투는 시시각각 치열해졌다.

기사들이 이끄는 상륙군은 해안가 정복을 끝내고 섬의 중심지로 진격해 갔다. 마법사들과 궁수들의 적절한 배치와 공격 개시로, 하늘을 장악한 드레이크들도 쉽게 지상으로 내려오지 못했다.

작센 섬의 전투는 더욱 격렬해졌고, 위드와 일행은 적극적으로 참여해서 공적을 세웠다.

"너희가 살아서 움직이던 땅으로 돌아오라. 이곳은 어두운 곳, 검고 부패한 땅. 영영 사라지지 않을 암흑의 율법을 모든 이들에게 새길 수 있도록 하라. 언데드 라이즈!"

언데드 군단의 소환!

연합군과 몬스터, 악마족의 시체를 활용하여 대규모로 언데드를 일으켰다.

"감히 이런 짓을……."

"우리 왕국의 병사를 언데드로 만들다니!"

"팔로티 수석 기사님이 듀라한이 되었어."

-마폰 왕국과의 적대도가 10 증가합니다.

-켈튼 왕국과의 적대도가 10 증가합니다.

-브롬바 왕국과의 적대도가 10 증가합니다.

어디서도 미움받는 네크로맨서!

"대재앙을 좀 일으키고 언데드를 소환했을 뿐인데 억울하군. 결과가 좋으면 다 된 것 아닌가?"

어차피 앞으로 안 볼 사이라서 절차와 과정을 무시!

위드는 언데드들을 그대로 진군시켰다.

"몬스터들만 쓸어버려라. 인간들은 나중에 아껴 먹게… 아니, 그냥 인간들과는 싸우지 마!"

위드는 악마족과 몬스터를 대상으로 언데드들을 투입했다.

네크로맨서의 장점이라면 왕국군을 이끌 때처럼 아군의 손실을 아까워하지 않아도 좋다는 것이다.

지휘는 데스 나이트 반 호크를 소환하여 전투를 맡기는 것으로 충분했다.

"반 호크, 빠르게 진군해라."

"알겠다, 주인."

"토리도, 넌 악마족을 사냥해."

"혼란은 나의 손톱과 이빨을 가려 주지."

뱀파이어 로드 토리도도 악마족을 습격하도록 투입.

전투 중인 언데드들로부터 생명력과 마나를 일정 수치씩

흡수했으니 회복도 쉽게쉽게 이루어졌다. 드레이크들에게 받은 생명력의 피해도 금세 깨끗하게 복구되었고, 마나도 보충되었다.

"공격한다!"

위드는 마나가 생길 때마다 연합군의 시체에서 언데드를 소환하여 반 호크에게 합류시켰다.

연합군 옆에서 언데드를 소환하는 것만으로도 무지막지하게 쌓이는 경험치!

보는 눈들이 많아 시체 폭발이나 저주를 쓰진 못했지만 마나가 모일 때마다 골렘을 소환하고 해제하기를 반복했다.

-골렘 제작의 숙련도가 증가하셨습니다.

그러고도 남는 마나는 막 일으킨 언데드들을 강화시키고 무기 부여와 방어구 부여의 스킬을 사용해 주었다.

이 와중에도 원활하게 이루어지는 스킬 노가다!

바르칸의 3대 마법, 다크 룰, 데스 오라, 절대 마법 방어!

지역 전체의 시체들을 언데드로 일으키는 다크 룰을 익히는 데에는 몇 가지 제약이 있었다. 높은 지혜 스텟, 고급 5레벨 이상의 언데드 소환 마법, 암흑 율법에 대한 지식을 필요로 한다.

실제로 쓸 일이 있을지는 모르지만 다크 룰을 익히기 위한 기본 작업을 하고 있는 것이었다.

"퇴각한다."

작센 섬의 악마족들은 해안선과 산악 지대 초입에서의 전투를 포기하고 물러났다.

몇 시간 후, 마지막으로 산속에 지어진 신전을 중심으로 한 공성전이 벌어졌다.

"우와아아! 대륙을 위하여 함락하라!"

"악마족들을 깨끗이 물리치자!"

"아이들이 평화와 행복을 느낄 수 있게 해 주기 위해, 우린 이곳에서 후회 없이 싸운다."

전쟁의 시대 전이라서 기사들은 어린이용 동화책에서나 볼 수 있을 법한 순진무구한 대사들을 내뱉으면서 돌격했다.

"휴우, 드디어 마지막 관문이네요."

"전투의 규모에 비해서는 정말 빨리 왔네."

"크, 위드 님을 따라다니다 보니 별별 전투를 다 경험하는 것 같습니다."

동료들도 저마다 처절한 전투를 경험했다.

이리엔은 마나가 완전히 소진될 때까지 부상병들을 치료하면서 높은 명성과 영구적인 4의 신앙 스텟을 얻었다. 사제에게는 대규모 전투에서 신성 마법을 펼치는 게 대단한 기회였다.

화령이나 벨로트도 춤과 연주로 명성이나 매력을 높였다.

제피, 페일, 메이런 같은 전투 계열 직업은 쓰러지기 직전까지 싸웠다. 위기에 빠질 때도 있었지만 연합군 기사들의 도움으로 간신히 빠져나왔다.

"이렇게 된 이상… 인간들은 이 섬에서 누구도 살아 나가지 못하리라."

"불완전한 준비이긴 하지만 어쩔 수 없겠지."

최후의 전투에서 밀리던 굴텐 악마족들은 폭식의 악마 델암을 소환했다.

"너희를 전부 먹어 치워 주마!"

식욕을 매개로 힘을 얻는 악마!

칠흑처럼 시커먼 피부를 가진 델암은 바바리안 정도인 2미터의 덩치를 가지고 있었다.

"악마다!"

"악마부터 제압하라!"

연합군의 기사단은 델암에게 돌진했다. 그러나 델암에게 가까이 접근하는 순간 몸이 얼어붙었다.

> −사악한 기운이 영혼을 강타합니다.
> 신체 마비!

"크쿠쿡!"

델암은 보아 뱀처럼 입을 크게 벌려서 말과 기사를 통째로 집어삼켰다.

콰드드드득!

"악마가 식인을 한다. 망설이지 마라!"

"우리가 먼저 희생을 하리라."

기사단은 델암의 부근에만 가면 힘을 대부분 잃었다. 게다가 몇 번이나 공격을 퍼부어도 델암은 끄떡도 하지 않았다.

"악마가 이렇게 강할 수가……!"

"상대하기가 불가능해!"

델암은 기사들이나 가까이 있던 몬스터를 먹어 치우며 고작 1분도 되지 않아서 20미터가 넘는 크기로 커졌을 뿐만 아니라 온몸으로 마력을 뿜어내었다.

쿠르르릉!

델암을 중심으로 사방으로 벼락이 작렬했다.

번개의 기운을 가진 순수한 마력은 연합군 병사들을 감전시켜서 쓰러뜨리고 땅을 깊게 파헤쳤다.

그의 무기는 거대한 칼과 삼지창!

델암은 그것을 휘두르며 기사들을 제압하고 신체를 입에 넣었다.

수르카의 단단한 주먹에서 힘이 빠졌다.

"아… 저런 괴물과 싸워야 하다니, 괴롭다."

검사보다 더 근접전을 펼쳐야 하는 권사의 숙명!

위드의 눈동자가 날카롭게 빛났다.

'악마를 퇴치한다. 역시 목표는 이것이지.'

네크로맨서로서 손실되는 스텟과 명성을 보충하기 위한

악마 사냥 계획!

제피가 어이없다는 듯이 위드를 봤다.

"지금까지의 경과로 봐서는… 설마 저게 나오는 것까지 알고 계셨습니까?"

"네."

"악마인데요?"

"칼은 들어가죠."

어떤 전장이라도 자신 있게 뛰어들던 동료들의 어깨가 움츠러들었다.

다양한 마법 서적에 악마들은 드래곤과 버금가는 강함을 가지고 있다는 평가가 있었다. 다만 악마는 베르사 대륙에 소환되면서 상당한 힘을 잃어버리기도 하고, 또 오랜 기간 갇혀 있거나 봉인되어 온전한 힘을 발휘하지는 못했다.

그래도 위드는 몬투스를 해치운 전력도 있었기에 이리엔이 희망을 갖고 물었다.

"위드 님! 그땐 대마법사 로드릭을 부활시키셨잖아요. 이번에도 누굴 부활시킬 생각이세요?"

"어머낫, 혹시 헤스티거?"

로뮤나의 얼굴이 환해졌다.

미남 헤스티거를 부활시킨다면 전쟁의 승패를 떠나 모든 여성들의 마음이 훈훈해질 것이다.

굳건한 복근을 드러내며 시미터를 휘두르는 사막 전사!

위드가 아쉽다는 듯이 고개를 저었다.

"한 번 살린 녀석은 다시 못 살립니다. 헤스티거와는 영원히 이별이죠."

"아아."

"게다가 사냥할 때마다 조각 부활술을 쓰면 수지타산이 안 맞아요."

폭식의 악마가 아무리 대단하다고 해도 1마리의 보스급 몬스터를 잡기 위해 3개의 레벨이 감소하는 스킬을 쓰기에는 마땅치 않다.

조각 부활술은 아주 까다로운 조건이 있었다. 되살려 낸 인물이 반드시 폭식의 악마를 제압하거나 같이 싸워 준다는 보장도 없는 상태였다.

'기껏 역사에 이름난 강자를 살려 놨더니 깜박 잊고 죽은 일이 있다고 떠나 버리면 허무하겠지. 혹은 혼자 폭식의 악마를 해치우고 사라져 버리면 죽 쒀서 국회의원 주는 꼴이야.'

최악의 경우에는 조각 부활술로 되살린 녀석이 허무하게 죽는 것도 감안해야 해서, 선뜻 선택하기 힘든 스킬이었다.

파이톤이 무거운 음성으로 물었다.

"근데 저 녀석은 레벨이 얼마나 되지?"

"하급 악마 몬투스가 600대였죠. 폭식의 악마는 중급에 속합니다."

"그러면… 더 높다는 건가? 악마는 레벨만이 아니라 고유 기술이나 특성 때문에 더 까다롭다고 알고 있는데."

"방금 소환이 되었으니, 중급이라도 약하죠."

"생각처럼 어렵진 않은 거군?"

"저렇게 먹으면서 힘을 회복하면 금방 800대에서 900대 레벨이 될 겁니다."

"800대 몬스터라고?"

"예. 몇 시간 안에 그 정도는 되겠죠."

실감이 나지 않을 정도로 강한 존재.

'우리가 죽을 자리를 찾아왔나?'

멍하니 있는 동료들에게 위드는 한마디를 덧붙였다.

"드래곤이 브레스를 뿜어내는 것처럼 고위 몬스터나 악마는 생김새나 별명과 관련된 권능이나 특성을 가지고 있습니다."

"폭식의 악마는 그나마 다행스럽게 먹는 것과 관계가 있겠군."

"예. 역사서에 따르면 고유 기술을 발동시키면 반경 2킬로미터 내의 모든 생명체를 한꺼번에 집어삼킨다고 하더군요."

"……."

파이톤은 물론이고 다른 동료들도 모두 위드를 어이없다는 듯이 봤다.

"저런 걸 이긴다고? 아니, 그보다도 이렇게 구경만 하고 있을 게 아니라 더 강해지기 전에 서둘러 싸워야 하지 않나?"

"기다려야 합니다. 델암에게는 결정적 약점이 있죠. 저렇게 먹다 보면 소화를 시키기 위해 몸을 움직이지 못하게 되는 순간이 오는데 그때 방어력이 매우 취약해진다고 합니다. 바로 그 순간이 기회입니다."

"몇 명이나 먹으면?"

"정확하지 않지만 만 명 정도?"

폭식의 악마가 연합군이나 몬스터 1만 정도를 먹어 삼키면 기회가 온다.

일행은 희망을 가졌지만 파이톤은 하나의 질문을 더 던졌다.

"혹시나 해서 묻는 거지만… 그 기회를 놓쳐서 죽이지 못했을 경우의 대비책은?"

"튀어야죠."

"응?"

"도망치지 못하면 먹힐 테니까요."

공략의 씨앗

풀죽신교 비상전략상황실.

모라타의 뒷골목과 언덕의 빈집에서 시작했던 풀죽신교에
서는 하벤 제국의 감시를 피해 허름한 판자촌에 장소를 마련
했다.

흙바닥에 싸구려 돗자리를 깔고 앉은 50명 정도의 유저들
이 있었다.

"모두 식사라도 하시죠."

"예. 잘 먹겠습니다."

그들에게는 전복과 인삼, 소고기가 들어간 고급 풀죽이 주
어졌다.

"음, 맛있군요."

"이 부드러운 목 넘김은 역시 풀죽입니다."

하벤 제국이 침략을 해 오고 아르펜 왕국을 무차별 파괴하는 데 반발하며, 대단한 인재들이 모였다.

처음에는 전쟁을 막기 위해 비상전략상황실이 장난처럼 급하게 결성되었지만 지금은 어느덧 뚜렷한 목적이 주어졌다.

자유로운 모험과 교역.

독재하는 헤르메스 길드를 물리쳐서 대륙의 평화와 자유를 쟁취하자.

아르펜 왕국 만세!

"하벤 제국이 이대로 물러서지 않을 겁니다."

"잠깐 움츠러들었다고 봐야 되겠죠. 수개월 내로 통치가 안정되면 전열을 재정비하여 침략해 올 것입니다."

"풀죽신교의… 북부의 운명이 풍전등화입니다."

"이럴 때일수록 강하게 나가야 합니다. 하지만 북부 유저들의 뜻을 모으기는 어려우니…….."

"전쟁을 원하지 않는 유저들도 많죠."

비상전략상황실에서는 앞으로 다가올 미래를 대비했다.

위드가 이끄는 아르펜 왕국군과 북부 유저들이 중앙 대륙을 전면 공격하는 작전도 계획했지만, 약점이 많다는 이유로 제외되었다.

하벤 제국군의 군사력은 여전히 강력하다.

북부 유저들이 얼마나 동참해 줄지도 의문이었고, 정복 지역의 통치와 보급 문제도 컸다.

"중앙 대륙의 동향은요?"

"안정적입니다."

"세금 감면이 단기적으로 상당한 성과를 거두고 있는 것 같습니다."

"아쉽지만 불만이 쑥 들어갈 정도죠."

비상전략상황실에 있는 인원들은 풀죽을 먹고는 있었지만 터무니없는 스펙을 갖춘 인재들이었다.

각 국가 행정부의 고위 관료, 외교관, 군인.

다양한 분야에서 경력을 갖춘 사람들이 뒤늦게 로열 로드를 시작하면서 북부의 아르펜 왕국에 모여들게 되었다.

행정 고시를 합격한 5급 사무관 정도는 풀죽 옆에 있는 단무지도 감히 얻어먹지 못할 정도!

한 나라의 국회의원이나 정치인이라 해도 풀죽신교 가입이 그리 쉽지는 않았다.

"저 국회의원입니다. 어디 공짜로 죽 한 그릇 안 되겠습니까?"

"맞을래요?"

초창기만 해도 공짜 버릇을 고치지 못하고 여기저기서 도움을 바랐지만, 그런 모습은 더 이상 없었다.

풀죽신교의 이름을 팔아서 잘못된 행동을 하면 그대로 영상이 녹화되어 전 세계에 공개된다.

현실에서야 어지간한 잘못이나 비리를 저지르고도 국내 정치 환경 탓을 하면서 그러려니 하고 살았지만 풀죽신교에서는 있을 수 없는 일.

낯이 두꺼운 정치인들도 자신의 가족들이 로열 로드를 하니 함부로 행동하지 못했다.

"헤르메스 길드의 전력을 약화시킬 방법이라… 군사력이 약하니 까다롭습니다."

"그들이 먼저 공격을 하면 받아치는 전략으로는 한계가 보입니다. 대지의 궁전이 무너졌던 과거 사례만 봐도… 전투가 벌어질 때마다 아르펜 왕국이 피해를 계속 입게 될 테니 말입니다."

"전면전이 벌어지면 북부는 초토화될 겁니다. 중앙 대륙이 안정되면 하벤 제국은 북부에 전력을 기울일 수 있게 돼요."

"선제공격이 정답이죠. 헤르메스 길드 같은 단체는 약화되기 시작하면 급속도로 무너질 가능성도 있습니다. 애초에 충성심으로 모인 자들은 아니니까요."

"이권이 있기 때문에 뭉쳤고, 중앙 대륙을 차지하고 있는 만큼 여간해서는 흩어지지 않을 겁니다."

"중앙 대륙의 일부라도 정복한다면 그보다 더 좋을 수는 없을 텐데……."

하벤 제국을 공략할 방법에 대해 수도 없이 많은 논의가 이루어졌다.

마판 상회를 통한 경제적인 침투는 모르는 상태였지만 그와 비슷한 방식의 자잘한 수단들이 나왔다.

팔로스 왕국이 건국되면 남부 사막 지대를 활성화하자는 의견도 그중 하나였고, 풀죽신교에서도 장기적인 지원을 강화하기로 했다.

그러던 와중 심부름을 하던 순두부가 손을 들었다.

"예전에 위드 님이 말한 적이 있습니다."

"뭐라고요?"

"검치 어르신들에게 들은 이야기인데, 하벤 제국을 갈가리 찢어 버리겠다고 하셨다더군요."

"오오오."

"지금도 아닌, 하벤 제국이 가장 강력할 때에 했던 발언이라고 하네요."

"그런 패기를!"

"역시 그 정도 배포는 있어야……."

"역시 황량한 북부에 아르펜 왕국을 만든 사람 아니겠습니까."

비상전략상황실에 모인 유저들은 감탄했다.

사실 아르펜 왕국이 침공당했을 때 위드가 하벤 제국을 찢어 버리겠다고 한 말의 뜻은 단순했다.

―놈들이 내 밥그릇을? 절대 그냥 내버려 두면 안 돼. 찢어 버릴 거야!

　유치원을 다닐 때 얄미운 짝꿍의 공책을 몰래 찢어 버렸던 기억을 떠올리며 했던 말.
　이를 알 리 없는 비상전략상황실의 엘리트들은 그 의미를 깊게 해석했다.
　"찢어 버린다… 그때 하벤 제국과의 전쟁에서 승리를 하긴 했죠. 하지만 표현한 것과는 형태와 결과가 달라요. 당시에는 전술적으로 대지의 궁전을 무너뜨렸던 것 아닌가요?"
　"무너뜨리는 것과 찢어 버리는 것의 차이라. 묵직한 의미가 숨어 있을 것 같군요."
　"그 순간에 짧게 앞을 내다본 게 아니라 먼 미래를 대비한 게 아닐까요?"
　"하벤 제국을 부숴 버리겠다, 뭐 그런 의미로 한 말 아니겠습니까?"
　"위드 님의 말입니다. 단순하게 대충 해석할 게 아닙니다. 그의 언어 세계와 대륙의 변화의 흐름까지도 이해해야 해요."
　"언어의 의미를 알아낼 사람이 필요할 것 같군요."
　"국문학 전공자나 인문학 박사 정도를 데려와야 할 것 같습니다."
　"그 정도로 되겠습니까? 하버드나 예일대 종신 교수분들을 초청하겠습니다."

엘리트들은 일단 든든하게 풀죽으로 배를 채운 후, 세계적인 석학들까지 초대하여 쓸데없는 말 한마디를 깊이 파고들었다.

그리고 내려진 결론!

방탄복 비리를 언론사에 제보했다가 쫓겨난 대한민국 군인이 말했다.

"문장 그대로 해석하는 것이 옳습니다. 하벤 제국을 찢겠다는 것입니다."

잠수함 비리를 알리고 퇴직한 군인이 말을 받았다.

"여러 개로 찢는다? 방법은요?"

"아르펜 왕국에서 최고의 정예 병력을 보내서 다수의 지역을 파괴해 버리거나⋯⋯."

전투기 사업 비리와 방위산업체의 커넥션을 제보하고 쫓겨났던 군인이 고개를 저었다.

"우리의 전력이 그 정도는 아닙니다. 인원이 많다면 헤르메스 길드에서 움직임을 먼저 포착하고 대비할 것이고요."

"아니면 영주들과 중앙의 관계를 악화시켜서 세력을 찢어 놓는다는 것일 수도 있죠."

"설득력이 있군요."

"지금의 상황이라면 충분히 시도해 볼 수 있는⋯ 으음, 이걸 예견했단 말인가?"

"하벤 제국 영주들의 불만도 상당할 겁니다. 다리우스의 폭로도 있었고, 세금이 낮아져서 그들의 이익도 줄어들었으니 말입니다."

"그럼에도 냉정히 말해 성공 가능성이 높진 않아요."

"아르펜 왕국을 지키기 위해서라면, 시도해 보더라도 손해 볼 건 없습니다."

"그렇다면 헤르메스 길드 내부의 관계를 악화시킬 방법으로는……."

계획은 착착 세워졌다.

어느 한 사람이 주도했다면 격렬한 논쟁이 벌어질 수도 있었겠지만, 위드의 지휘를 따른다고 판단하니 신속하게 일이 추진되었다.

"1단계와 2단계로 나누어서 일을 추진해야 될 것 같습니다."

"계획이 마무리되면… 베르사 대륙은 대혼란에 빠질지도 모릅니다."

"1단계의 일은 성공과 실패를 구분하는 게 의미가 없겠지만, 2단계가 본격 추진된다면 그렇게 될 수밖에 없겠죠."

"사람들의 마음을 움직일 수 있느냐가 관건입니다만… 그 외의 계획엔 허점이 보이지 않는군요."

"사실상 위드 님이 세운 계획입니다. 믿고 추진해도 되겠죠."

"보안을 유지해야 하니 믿을 만한 유저들을 동원하죠."

"어떠한 경우에도 입을 다물어야 합니다. 헤르메스 길드에 매수되어서도 안 되고요."

"다행히도 우린 그럴 만한 자격이 있는 유저들을 다수 보유하고 있죠."

"역시 독버섯죽이라면 믿을 만합니다."

풀죽신교에서는 구체적인 계획안을 세워서 아르펜 왕국에 보고했다.

최종 결정권자는 서윤!

그녀는 계획안을 천천히 살펴보고는 도장을 찍었다.

풀죽풀죽풀죽

용기사 뮬.

하벤 제국의 남부, 옛 그라디안 왕국과 네스트 왕국의 방대한 지역을 다스리는 그는 헤르메스 길드의 상위 랭커였고 지역 최고의 권력자였다.

그에게는 위드와 반란군의 습격에 의해 노드 그라페를 빼앗기고, 복수를 위해 북부까지 찾아갔다가 목숨을 잃은 흑역사도 있었다.

"크으윽, 이렇게 철저한 패배라니……."

뮬은 뒤늦게 복수심을 버리고 살아남은 그리폰 부대와 하벤 제국군을 중심으로 노드 그라페와 영토를 다시 회복했다.

반란군은 잠잠해졌지만 사막 전사들의 공격으로 일스 대평원이 있는 지역에서 지원 요청이 끝도 없이 이어졌다.

 -지역의 안정을 위하여 군대의 파견이 필요합니다. 구해 주십쇼!

 -도와주셔야 합니다. 대평원을 정복당했습니다.

 -사막 놈들이 약탈하고 있습니다. 벌써 성문이 뚫리고…….

뮬은 헤르메스 길드의 요청 때문에라도 출격하기는 했지만 사막 전사들은 재빠르게 철수해 버리고 난 후였다.

"아아, 난 망했어."

"끝났다. 창고에 남은 게 없어."

"병사들까지 몽땅 끌고 갔군. 이젠 바닥에서 시작해야 하나."

피난길에서 돌아온 남부의 영주들은 망연자실해서 땅바닥에 주저앉았다.

황금빛으로 출렁이던 대평원의 곡물들은 낱알까지 싹 털려 버린 후였다.

풍요로움을 상징하던 일스 대평원의 거리.

오죽하면 길거리에도 사과와 배, 석류, 무화과 나무가 주렁주렁 심겼었다. 그런데 아직 덜 익은 과실들마저도 몽땅 털어서 가져가 버린 것이다.

대평원의 약탈로 중앙 대륙의 곡물 가격은 폭등하고 있었다. 시장에서 매입을 하려고 해도 어느 큰손이 먼저 움직였는지 시중에서 구하기가 힘들었다.

"이번 피해는… 크. 일스 대평원의 올해 수확량의 절반 이상을 빼앗겼습니다."

"정말 큰일이군요. 제국에서도 너무 방심했던 거 아닙니까?"

"맞습니다. 도시나 마을의 통치권이나 걱정을 했지. 식량을 쓸어 가다니 말입니다."

"그런 게 문제가 아닙니다. 주민들까지도 상당수 데리고 갔습니다."

"주민들을요?"

"기술자들과 젊은이들을 포로로 끌고 가서 사막에 강제 이주시켰습니다."

"아니… 그런 잔악한 짓을!"

율과 영주들은 소식을 들으며 내심 크게 놀랐다.

명문 길드들끼리 매일 전쟁을 벌일 때에도 주민들에 대한 피해는 가급적이면 줄이려고 노력했다.

전투로 소모되는 인력이야 어쩔 수 없다지만, 또한 가끔

흥분한 유저들이 도시에 불을 질러 버리기도 했지만 그런 것들은 모두 자기 자신에게 큰 손해가 오는 행위였다.

전쟁 중이라도 이런 행위는 악명이 크게 증가한다. 퀘스트나 통치, 모든 면에서 받는 페널티가 막대해서, 상식이 있는 사람이라면 웬만해서는 하지 않는 짓이었다.

부서지고 무너진 건물이나 재산상의 피해는 복구할 수 있지만 주민들을 이주시키면 단기간에 회복이 불가능했다.

다만 중앙 대륙의 영주들은 문화의 차이에 대해서는 알지 못했다.

문명화된 땅에서 포로를 만들거나 약탈하는 행위는 악명이 쌓이고 페널티가 크게 붙는다. 그러나 사막 지역에서는 대량의 포로를 얻거나 약탈을 하면 유능하다고 칭찬을 받았다.

"아주 똑똑하거나, 악명 같은 건 전혀 신경 쓰지 않는 자들이로군."

"유저들의 말에 따르면 그들은 사막의 법칙을 따를 뿐이라고 했다더군요."

"날도둑놈들이지."

"자기들은 칼 든 강도가 맞다더군요."

뮬이 통치하는 노드 그라페와 남부 영주들은 생각보다는 경제적인 여유가 부족했다. 세금을 절반 넘게 제국의 황실로 보내고 나면 남는 금액으로는 그동안 반란군으로부터 입은 피해를 복구하느라 바빴다.

"이제 정복 지역이 조금 안정되는 것 같았는데 사막 전사들이 몰려온다라……."

"세율을 낮춘 만큼 여유가 더 없습니다."

"남쪽에서는 전사들이 팔로스 제국을 건국하겠다고 설친답니다."

"지금 사막을 병탄해야 합니다!"

"우리가 잃어버린 주민과 재산을 되찾으러 갑시다."

일스 대평원의 영주들과 헤르메스 길드 남부 수비군에서는 강경한 대응책들이 나왔다.

지역 최고의 권력자인 뮬은 썩 내키지 않았다.

"뜨거운 사막에서 그리폰들이 적을 찾아서 헤매고 다니란 말입니까."

"우리가 함께하겠습니다."

"병력은 얼마나 투입할 예정인데요?"

"20만 정도는 보낼 겁니다. 사막이 더 성장하기 전에 뿌리를 뽑아 놔야 합니다."

뮬이 어이없다는 듯이 물었다.

"20만으로 저 넓은 남부 사막을 전부 장악하겠다는 겁니까?"

"정예 병력으로 보낼 겁니다. 제국군은 무적…은 아니지만 어쨌든 강하니까요."

"사막이 얼마나 넓은지는 알고 계시죠? 교통이 발달한 것도 아니고, 사막 한가운데서 헤매다 보면 답도 없습니다. 혹시 아렌 성에서 지원 병력은 안 나옵니까?"

"여유가 없답니다. 전쟁을 벌일 시기가 아니라고 하고. 헤르메스 길드의 적은 많고 지켜야 할 땅은 넓으니까요."

"그들 입장에서야 먼 남부의 일은 관심도 없는 거죠."

"그럼 사막 원정도 무리입니다."

"놈들이 또 쳐들어올 텐데……."

"그때도 어떻게든 막아야 하지 않겠습니까. 다음에는 더 신속하게 대응하는 수밖에 없죠."

영주들끼리 토론을 해 봐도 결론은 나오지 않았다.

싹 털린 자들의 입장에서는 그저 구원금이나 바라고 있었고, 지킬 게 많은 이들이라도 앞장서 나서려고 하진 않았다.

하늘을 지배하는 강철의 용기사단.

"녀석들, 또 새끼를 낳았구나."

뮬은 바쁜 와중에도 노드 그라페의 그리폰들을 돌봤다.

새끼 그리폰들이 배고프다고 울어 대는 것을 보며 큼지막한 소고기를 잘라서 부리에 넣어 주었다.

"많이 먹어라. 너희처럼 귀여운 녀석들이 없어."

위드의 습격과 북부에서의 전쟁으로 그리폰들의 숫자가

많이 줄었었다.

다시 어렵게 5,000마리까지 복구했고 새끼 그리폰들도 많이 자라나고 있으니, 앞으로 그리폰 군단은 더욱 강력해지리라.

"후후후, 대륙의 하늘을 너희가 완전히 장악하는 것이지. 하늘이 우리의 것이 되면 땅도 자연스럽게 따라올 것이다. 이게 큰 그림이 아니겠느냐."

뮬이 미소를 짓고 있을 때에 총독부에 침입자가 등장했다.

공중에서 커다란 와이번을 타고 노드 그라페로 날아오는, 초보자 복장을 입고 있는 남자!

"설마……."

뮬은 탑의 창가에서 눈에 익은 와이번을 확인했다.

"저것은 와이번 와삼이?"

위드를 태우고 다니는 와이번.

대륙에서 이보다 더 유명한 와이번은 없을 것이다.

'위드의 침략인가? 놈이 혼자 오지는 않았을 가능성이 커. 대규모 병력을 끌고 왔을 것이다.'

뮬이 그리폰 부대와 군대에 비상소집령을 내리기 직전이었다.

와삼이가 물고 있는 새하얀 깃발과, 그 위에 타고 있는 유저의 얼굴이 보였다.

'위드가 아니잖아?'

위드는 너무 평범해서, 잠깐 지나면 얼굴을 금방 잊어버릴 정도다. 와삼이를 타고 있는 유저는 그럭저럭 잘생겨서 위드와는 차이가 있었다.

'위드는 모습을 바꿀 수 있으니… 저건 속임수일 수도 있어.'

뮬은 그러면서도 자신감을 잃진 않았다.

용기사로 전직하여 헤르메스 길드 초창기부터 수많은 전투를 승리로 이끌었다. 드높은 긍지로, 일대일의 전투라도 위드에게 쉽게 패배할 거라고는 생각하지 않았다.

노드 그라페는 절벽 위에 지어진 천혜의 요새.

전쟁이 벌어지더라도 막으려고 한다면 쉽게 함락될 요새가 아니다.

'싸워도 좋다. 그래도 설마 위드가 백기를 들고 얼굴까지 바꿔 가면서 찾아오진 않았겠지.'

뮬은 창가에서 손짓을 해서 방문객을 노드 그라페의 그리폰 둥지로 오도록 했다.

뮬과 독대하는 초보자 복장의 방문자.

와삼이가 내려놓고 간 그는 당당히 어깨를 펴고 자신을 소개했다.

"풀죽신교 독버섯죽의 톳쿵이라고 합니다."

"독버섯죽?"

"예. 위드 님의 말을 전하러 왔습니다."

"그러시군요."

예상은 했지만, 막상 상대가 진짜 위드가 아니라 하자 뮬은 조금 실망했다.

'아쉽군. 혼자 찾아왔다면 부하들과 함께 죽여 버릴 수도 있었을 텐데.'

비겁한 방법이긴 하지만 위드를 죽이면서 얻을 명성에 비한다면 시도해 볼 가치는 있다.

하지만 곧 풀죽신교에서 전하려고 하는 말에 관심이 갔다.

하찮은 일이라면 독버섯죽 유저와 와삼이를 여기까지 보내지도 않았을 테니까.

"무슨 말을 하려고 온 겁니까?"

"후후, 좋은 제안을 하려고 왔죠."

톳쿵이라는 유저는 씩 웃었다.

"긴 서론은 생략하겠습니다. 하벤 제국으로부터 독립하실 생각은 없습니까?"

"독립이라니요?"

톳쿵은 풀죽신교의 제안에 대해서 설명했다.

뮬이 다스리는 그라디안과 네스트 왕국 지역이 하벤 제국의 통치로부터 벗어나서 독립을 한다. 독립 즉시 풀죽신교에서는 영향력을 발휘하여 사막 전사들이 공격하지 못하게 할 것이라는 설명이었다.

"관계가 좋아지면 북부의 특산품들을 거래할 수도 있죠. 해상으로 아르펜 왕국의 대규모 교역단이 방문할 것이고요."

"그래서, 고작 사막 전사들이 시끄럽게 하지 못하게 할 테니 제국으로부터 독립을 하라? 이 제안이 정말 받아들일 만한 가치가 있다고 생각합니까?"

"물론이죠. 사막 전사들이 다른 지역에서 활동을 하게 될 테고, 이 지역에는 아무 피해가 안 생길 테니까요."

가만히 듣자 하니 물은 어처구니가 없었다.

"도저히 납득이 안 가는군요. 그 정도 이유로 제국의 든든한 울타리를 벗어나란 말입니까?"

"예. 아르펜 왕국의 체제로 바꾼다면 넘쳐 나는 북부 유저들도 많이 와서 물 님의 영토, 그러니까 정확히 물 님의 왕국에서 활동하게 될 겁니다. 발전이야 뭐… 아시다시피죠. 신도시들이 생길 테고 남부 사막 지역도 영토로 들어오면 굉장히 큰 왕국이 되겠죠."

"저와 헤르메스 길드와의 관계는요?"

"위드 님이 그러시더군요. 사람은 화장실 갈 때와 나올 때를 알아야 한다고. 받을 거 다 받았으면 나오기 적당한 시점이 아닐까요?"

물은 여기서 잠시 침묵했다.

'사막 전사들이 당연히 귀찮기는 하지.'

남부 지역에 출몰하여 공격하는 그들 때문에 성가신 것은 사실이었다. 같은 헤르메스 길드로서 영주들의 구원 요청을 무시할 수는 없었으니까.

그렇지만 아직 자신의 영토에서 벌어지는 손해는 아니었고, 귀찮음도 감수할 만했다.

'하지만 화장실을 나올 때의 마음가짐이라. 확실히 상황이 달라지긴 했다.'

뮬은 헤르메스 길드의 초창기부터 함께했다.

용기사로 전직을 하고 그리폰을 길들인 이후에 중앙 대륙 정복 전쟁에서 대단한 활약을 했다.

기동력을 기반으로 한 그리폰 부대는 매번 영토 확장의 선두에 섰다. 거듭 쌓여 온 전투 공적 덕에 만만치 않은 휘하 세력과 군대도 보유하고 있었다.

그라디안과 네스트 지역을 다스리도록 넘겨받은 것도, 전장에서의 능력과 군사력을 높게 평가받았기 때문이다.

'이제 더 이상 헤르메스 길드로부터 받을 것이 없기는 해. 하벤 제국이 아르펜 왕국을 정복하더라도 내게 떨어질 이득은 없겠지.'

영토에서 거둬들인 세금의 절반을 바치고 있다. 헤르메스 길드와의 의리를 떠나서, 그들의 지배력을 인정했기에 어쩔 수 없었다.

그런데 독립을 해 버리면 앞으로 세금을 바치지 않아도

된다.

하벤 제국과 아르펜 왕국만큼은 아니더라도 당장 대단히 넓은 지역을 독립적으로 통치하는 국왕이 되는 것이다.

'완전히 쓸모없는 제안은 아니군. 내게 이익이 커. 단 한 가지 결정적인 문제점이 있지만.'

하벤 제국으로부터 벗어나 자신의 깃발을 드는 자체는 마음에 쏙 들었지만 상식적으로 그럴 수 없는 형편이었다. 헤르메스 길드와 하벤 제국의 군사력은 여전히 무시할 수 없을 정도로 막강하니까.

독립을 선언하자마자 짓밟혀 버린다면 무슨 의미가 있겠는가.

그 마음을 알고 있다는 듯이 톳쿵이 빙긋 웃었다.

"뮬 님이 마음만 먹으면 북쪽에서 아르펜 왕국군이 움직일 겁니다."

"제국과 전쟁을 치른다? 아르펜 왕국군의 전력으로는 무리일 텐데요."

"무리가 있긴 하죠. 하지만 아르펜 왕국의 국경 근처에만 있어도 하벤 제국이 신경 쓰이게 만들 수는 있을 겁니다."

"신경을 쓰는 정도로는 의미가 없죠. 헤르메스 길드는 그런 방해에는 끄떡도 하지 않을 정도로 강합니다. 제국군이 남쪽으로 내려오면 저에게는 최악이 되겠군요."

"아르펜 왕국과 뮬 님의 신생 왕국, 둘을 동시에 상대하기에는 하벤 제국의 부담이 클 겁니다. 세금까지 낮춘 이 시점에 전쟁 비용을 감당할 수 있을까요?"

"아르펜 왕국 역시 하벤 제국을 감당할 수 없죠."

"최악의 경우에는 아르펜 왕국에서 뮬 님을 받아들이겠습니다. 넓은 땅을 다스리는 영주로 받아들이죠."

뮬은 고개를 저을 뿐, 대꾸하지 않았다.

머릿속으로 바쁘게 계산이 오가고 있었지만 선뜻 내키지는 않았다. 톳쿵의 제안은 나름 설득력이 있긴 하나 상식적으로 받아들이는 건 손해라고 생각되었다.

"그쪽이 이런 제안을 하는 이유는……."

"하벤 제국이 조각조각 나뉠수록 아르펜 왕국에는 유리할 테니까요."

톳쿵은 딱 한 가지만을 감추고 전부 솔직하게 이야기했다.

'이런 제안을 여기서만 하는 건 아니지.'

풀죽신교에서 모은 방대한 정보와 확보해 놓은 인맥.

헤르메스 길드의 유저들 중에서 포섭이 가능한 인물들과 독립을 제안할 사람들을 추렸다.

어지간히 큰 병력을 가진 영주들이나 그 지역을 관할하는 총독들에게는 비밀리에 독버섯 중에서 엄선한 정예 부대원들이 파견되었다.

하벤 제국의 남부 지역은 거리와 제안의 비중 때문에 와삼이를 타고 왔지만, 다른 곳들도 독버섯 유저들이 전부 동시에 방문 중이었다.

대상자들 중에서 몇 명이나 마음을 바꿔 먹을지는 아무도 알 수 없다. 몇 명 정도는 포섭이 될 수도 있겠지만, 전부 실패할 가능성을 높게 염두에 두었다.

'실패를 가정한 계획.'

계획의 1단계에서 아르펜 왕국이 잃을 건 없다. 심지어 이런 제안을 했다는 사실이 들킨다고 해도 손해가 아니다.

북부 유저들은 물론이고, 어떤 유저들도 아르펜 왕국이나 위드를 비난하진 않을 것이다.

반면에 헤르메스 길드에서는 이탈자가 생기지 않을지 불안해하고 의심하게 될 것이다.

"흠⋯⋯."

뮬은 고민했지만 찬성하는 쪽으로 마음이 기울진 않았다.

그의 선택에 따라서 아르펜 왕국은 엄청난 이득을 얻게 된다.

'위드를 위해 무언가를 하고 싶진 않은데. 일이 잘못되었을 경우에 손해도 커 보이고.'

위드에 대한 억하심정!

그에게 당한 사건들을 떠올리기만 해도 화장실에서 일을 제대로 치를 수 없을 정도다.

"제안을 받아들이지 않겠습니다."

"예, 알겠습니다. 그렇게 하세요."

"돌아가실 때도 와삼이가 또 옵니까?"

뮬은 용기사로서 순수한 호기심을 담아서 물었다.

그리폰과는 호적수라고 할 수 있는 와이번, 그것도 최고의 승차감을 자랑한다는 와삼이를 가까이에서 볼 기회였다.

"아뇨. 구경이나 하면서 슬슬 아르펜 왕국까지 올라갈 겁니다."

"갈 길이 멀겠군요."

"인생은 언제나 먼 길을 돌아갈 때에 무언가를 얻을 수 있는 법이죠."

톳쿵은 그렇게 말하면서 배낭에서 무언가를 꺼냈다.

뇌물이나 무기일지도 몰라 순간적으로 경계하던 뮬.

톳쿵이 꺼낸 것은 찻잔과, 정체를 알 수 없는 시커먼 가루였다. 그가 찻잔에 시커먼 가루를 넣고 생수를 부어서 차를 탔다.

"협상을 마치니 차를 한 잔 마시고 싶군요."

"흠."

"같이 드시겠습니까?"

"아뇨, 괜찮습니다."

친한 사이도 아니었으니 뮬은 제안을 거절했다.

그 거절은 올바른 판단이기도 했다.

"크어억!"

찻물을 마신 톳쿵이 가슴을 움켜쥐더니 쓰러진 것이다.

"여, 역시 독버섯 차는……."

-사망하셨습니다.

뮬은 톳쿵이 죽고 난 이후에 고민에 잠겼다.

"독립이라……."

풀죽신교의 달콤한 제안.

헤르메스 길드를 배신하는 것은 큰 도박이지만 성공만 한다면 자신에게는 대단한 이익을 안겨 주는 제의다.

'아르펜 왕국처럼, 위드처럼 자리를 잡는다면 이 지역의 유저들이 나를 도울 수도 있겠지. 그건 좀 긍정적이야.'

하벤 제국을 뿌리로 두고 있었던 만큼 그들을 견제할 방법도 여러 가지 알고 있었다.

대규모 군대가 쳐들어오더라도 그리폰 부대로 요격을 하거나 노드 그라페를 포기하면서 오랫동안 전쟁을 치를 수 있다.

한두 달만 버티다 보면 공격도 주춤해질 것이며, 충분히 한 지역의 패자로 인정받을 가능성이 높았다.

훗날에는 바드레이나 위드처럼 탄탄한 기반과 영향력을 갖추지 말란 법도 없다.

설혹 모든 것이 잘못되어 망한다고 해도, 그동안 모은 재산이나 그리폰 부대를 이끌고 아르펜 왕국으로 떠나면 된다.

'흥미롭지만 위험한 제안. 지금으로서는 받아들일 수가 없지. 하지만 상황이 바뀐다면……'

위드가 무심코 했던 말이 풀죽신교의 비상전략상황실을 거쳐서 하벤 제국에 첫 번째 씨앗을 심어 놓게 되었다.

-북부 유저들이 우리 측 영주들에 대한 포섭 작업을 시도했습니다.

"허점을 내버려 두진 않는군."

하벤 제국의 몇몇 영주들은 접촉이 있었음을 정보부에 고백했다.

소식을 들었을 때 라페이는 아렌 성의 옥상에 있었다.

밤하늘에는 수많은 별들이 반짝이고 맑은 바람이 시원하게 흐른다. 하벤 제국의 수도는 지금까지의 영광을 증명하기라도 하듯이 화려하게 빛나고 있었다.

"나를 여기까지 궁지로 몰아오다니……"

라페이는 얼마 전에 당한 모욕을 생각하면서 눈을 빛냈다.

처음 길거리에서 깜찍한 소녀에게 비난을 받았을 때는 분노가 치밀었다. 평생 엘리트로서 존중받으면서 살아왔던 자신이고, 실패란 단어가 익숙하지 않았다.

　그의 업적이라고 할 수 있는 하벤 제국이 약해지는 와중에 마음이 위축되었던 것도 사실이다. 정보대를 통해서 들어오는 소식들은 생각보다도 훨씬 좋지 않은 것들이었으니까.

　ㅡ르헨 지역에서 헤르메스 길드 유저들에 의한 일반 유저들의 대량 학살 사건 발생. 조사해 보니 우리의 과실이 큼.
　ㅡ고넷사 성에서 지원 요청. 대륙 정복을 기념하는 파티에서의 지출이 큰 것으로 밝혀짐.
　ㅡ즈로트 무역도시, 북부의 푸홀 워터파크를 참고하여 관광업 활성화를 위한 대형 개발 사업 추진. 개발 비용 3천만 골드. 완공 후 이용자 하루 340명.

　제국의 구석구석을 통치하다 보면 수많은 어처구니없는 일들이 벌어진다.

　라페이와 수뇌부에서 끌어들인 천문학적인 자금이 삽질을 하면서 엉터리처럼 소모되고 있었다.

　세금을 감면하라고 했더니 직속 상단을 창설하여 도시 내의 모든 교역을 독차지하여 욕을 먹는 경우도 있었다.

　다리우스의 무차별 폭로는 헤르메스 길드의 비난 대열에 불을 붙인 것이나 마찬가지였다. 매일 새로운 사실들이 방송에서 밝혀지면서 헤르메스 길드에 대한 여론이 갈수록 악화되고 있었다.

대륙의 남쪽에서도 팔로스 제국의 건국이 이루어지려는 중 대군이 침략해 왔다.

폭식의 악마

비상회의를 소집한 라페이는 책상을 손가락으로 가볍게 두드렸다.

"영주들의 흔들리는 마음을 파고들었습니다. 이런 건 알고도 당할 수밖에 없지요."

"그 정도로 곤란한가?"

바드레이의 물음에 라페이는 가볍게 고개를 흔들었다.

"아직은 신경 쓸 가치도 없는 일입니다. 우리 헤르메스 길드의 울타리를 떠난다는 건 멍청이나 할 짓이지요. 그래도 다리우스의 폭로가 있었으니……."

"우리에 대한 여론이 심각하게 나빠졌겠군."

"놈들이 우리를 조금씩 막다른 길로 모는군요. 그래도 현

시점에서 겉으로 드러나는 손해는 존재하지 않습니다. 영주들이 헤르메스 길드를 벗어나진 못할 테니까요. 길드의 군사력에 비해 영주들이 가진 병력은 보잘것없으니 말입니다."

"영주들이 우릴 떠나지 못한다면…… 그래도 조금의 대비는 해 두고 있겠지?"

"떠나더라도 모든 걸 버릴 각오를 해야 되겠죠. 이미 몇몇 지역에는 본보기를 삼기 위해 병력을 배치해 두었습니다."

바드레이와 라페이.

그 둘을 비롯한 수뇌부에서는 이 조치들로 영주들에 대한 대처는 끝났다고 생각했다. 아르펜 왕국에서 적극적으로 영주들의 독립을 부추긴 것이 껄끄럽기는 하지만 그들의 뜻대로 되진 않으리라 보기 때문이다.

라페이의 머릿속에 한 가지의 큰 그림이 그려지기는 했지만, 애써 무시했다.

'길드에 대한 영주들의 충성심은 더욱 없어지겠지. 본래 그런 자들이 대부분이기는 하지만……. 그리고 영주들에 대한 이 포섭 작업이 그 이후의 포석과 관련이 있을까? 아니면 그저 찔러본 것에 불과한 걸까.'

그때 바드레이가 차가운 목소리로 물었다.

"다리우스는?"

"모든 재산을 처분하고 도주했습니다. 척살령을 내리기는 했지만 용의주도한 녀석이라 이미 아르펜 왕국으로 숨어들어 갔으리라고 봅니다."

"더 이상 폭로할 내용이 남아 있을까?"

"몇 가지 있긴 하겠지만 중요한 것들은 다 나왔다고 봅니다."

바드레이는 수뇌부의 얼굴을 1명씩 마주 봤다.

중앙 대륙을 정복할 당시에 자신과 함께 전장에 나섰던 역전의 용사들. 막강한 헤르메스 길드의 전투 능력을 과시하며 절대적인 강함을 세상에 증명했다.

페나튤이 중얼거렸다.

"갈수록 안 좋은 일들이 생겨나는군. 어디서부터 잘못된 것일까?"

라페이는 가볍게 웃기만 했다.

"우리의 잘못은 없습니다."

"잘못이 없다고요?"

"이번 일을 계기로 과거를 돌아봤지만, 정작 후회가 남는 순간은 없었습니다. 중앙 대륙에서 시작한 우리에게 선택은 불가능했으니까요."

"어째서요?"

"지금까지 최선을 다했습니다. 전쟁을 이기고 군대를 양성하기 위해 당연히 많은 세금을 거두어야 했고, 헤르메스 길드 유저만을 위한 차별적인 조치도 취해야 했죠."

수뇌부의 유저들은 라페이의 말에 공감했다.

그들의 경험에 비추어 보아도, 중앙 대륙에서는 딱히 헤르메스 길드만이 횡포를 부린다고 할 수 없을 정도로 다른 세력들 역시 크게 다르지 않았다.

힘이 있으면 휘두르고, 커다란 이권을 향하여 굶주린 늑대처럼 달려든다. 적의 세력이 약하면 짓밟고 정복한다.

헤르메스 길드는 그들보다 강했고, 수단과 방법을 가리지 않았을 뿐이다. 대륙을 하나로 통합하는 과정에서는 악한 이들이라도 강하기만 하면 기꺼이 받아들였다.

그러한 과정을 통해 중앙 대륙의 난세를 평정한 것이 헤르메스 길드였다.

라페이가 단호하게 말했다.

"우리가 민심을 잃어버린 것은 정복에 대한 반발 때문입니다만, 그것은 다른 세력이 중앙 대륙을 장악했더라도 마찬가지였을 겁니다. 제국이란 결국 사람들의 피를 바탕으로 일어서는 것이니까요."

팔랑크스가 입을 열었다.

"위드와 아르펜 왕국은 아니지 않습니까?"

"경쟁자이지만, 솔직히 대단한 업적으로 평가할 수 있는 부분이죠."

"업적요?"

"예. 맨땅에서 자신의 힘으로 일구어 낸 건 인정해야 합니다. 이 자리의 누가, 황량한 얼어붙은 땅에 가서 왕국을 세우리라고 생각한 분이 있습니까?"

수뇌부 유저들의 표정에 의아함이 스쳐 지나갔다.

그동안 위드의 명성 때문에 바드레이나 라페이와 자주 비교가 되었다. 그런데 라페이가 먼저 호적수인 위드를 높게 치켜세워 주고 있는 것이다.

"불가능한 퀘스트를 완수하고 엠비뉴 교단을 물리치면서 쌓은 거대한 명성. 이것도 예측한 부분입니까?"

"생각하지 못했던 부분입니다."

"우리가 추구한 패도의 마지막 지점에서 위드와 아르펜 왕국이라는 변수를 맞이하지만 않았더라면 모든 결과는 완벽했을 것입니다. 그러나 지금 고민에 빠진 우리의 국력은, 최소한 전쟁 수행 능력이 아르펜 왕국의 10배는 넘습니다. 유저들을 감안한다고 하더라도 말이죠. 그저 중앙 대륙을 통치하는 데 힘을 쏟고 있으니 아르펜 왕국을 쉽게 정복하지 못하고 있을 뿐입니다."

수뇌부의 굳어 있던 표정들이 조금씩 풀렸다.

잘못된 길을 걸어서 여기까지 온 것인지 최선을 다했던 결과인지는, 받아들이는 자세부터가 다르다.

라페이의 눈이 맑게 빛났다.

"역사는 승자만을 기억합니다. 지금 조금 귀찮아지긴 했지만 이 대륙을 완전히 통일하고 나면 위드에 대한 이야기야 금세 사라지게 되겠지요."

"으음."

"다만 지금 시점에서의 위드와 아르펜 왕국은 조금 인정해 줄 만합니다. 하지만 우린 하벤 제국입니다. 패도를 추구했고, 수많은 강자들이 힘을 모아서 만든 제국입니다. 중앙 대륙의 치안만 안정되면 우리의 힘은 언제라도 보여 줄 수 있지요. 그리고 그런 기회를 만들기 위한 전략도 세워지고 있습니다."

라페이의 발언은 수뇌부 회의의 분위기를 반전시켰다.

로열 로드의 초창기부터 계획들을 세우고 최고의 결과를 이끌어 내던 수장!

바드레이가 무력 부대를 이끄는 대장이라면, 라페이는 그의 두뇌 역할을 한다.

따지고 보면 하벤 제국의 쌍두마차가 직접적으로 패배했던 적은 없었다.

'원래대로 돌아온 것 같군.'

'그래, 이런 모습이었어. 대륙을 통일하고 나서 시행착오를 조금 겪었을 뿐이지.'

라페이는 수뇌부 회의에서 대륙 통치와 관련된 몇 가지 방책들을 제시했다.

사냥과 퀘스트와 관련된 이벤트와, 제국 전체가 들썩이는 축제의 개최!

식량과 관련된 생산 촉진이나 일시적인 무역 장려 방안까지도 거론되었다.

내정은 소소한 부분들까지 신경을 써야 했고, 거대한 제국의 움직임은 몇 가지만으로도 큰 결과를 나타낸다.

'효과 따위 필요 없지. 잠시 유저들이 행복하게 느끼기만 하면 돼. 시간만 벌어 주면 아무도 모르는 사이에 준비가 끝난다.'

라페이는 회의를 마치고 나서 건설 담당인 레야르도를 따로 불렀다.

"그럴 리야 없겠지만 만약에 하벤 제국의 사정이 대폭 악화되는 사태에 대한 대비책은 필요합니다."

"제국이 무너지는 것까지도 염두에 두십니까?"

그 말을 들은 레야르도의 심각한 표정에, 라페이는 고개를 흔들었다.

"당장 제국이 몰락하게 된다는 건 아닙니다. 우린 강하죠. 북부로 가볍게 날린 공격이 조금 실패한 정도입니다. 다만, 먼 미래를 내다보며 완전한 대비를 미리 해 두는 것입니다."

"완전한 대비요?"

"역사를 보면 영원한 제국이란 없습니다. 하벤 제국의 영토 일부가 함락되거나 분열되더라도 버틸 수 있도록 대륙의 기나긴 지배를 위한 몇 가지의 비책이 있지만, 하벤 지역에도 대성벽과 요새를 건축하도록 합시다."

"아주 길게 보시고 하벤 지역을 함락당하지 않는 군사 요새화하자는 것이군요."

"제대로 이해하셨습니다. 절대로 함락되지 않는 요새. 하벤 지역은 우리가 가진 최후의 보루가 될 것이며, 또 이 지역의 수성에 대한 확고한 믿음은 다른 위협을 물리치는 데도 도움이 되리라 믿습니다."

폭식의 악마 델암!

위드와 그 동료들은 델암의 덩치가 계속 커지는 것을 지켜보기만 했다.

50미터, 70미터, 100미터, 140미터.

연합군 기사들과 몬스터, 악마족까지 닥치는 대로 잡아먹으면서 기하급수적으로 성장했다.

몸집이 커지는 만큼 돌아다니면서 먹는 양도 늘어나고 있었다.

"모두 무릎을 꿇고 머리를 내밀어라. 어서 존귀하신 악마를 영접하라."

악마족들은 그들의 부름을 받은 델암을 위해 먹이를 제공했다. 몬스터들을 델암에게 바친 것은 물론이고, 별미라면서 드레이크까지도 먹이로 주었다.

하늘을 날아다니며 연합군에 큰 피해를 입히던 드레이크들이 사라지고 있었지만 델암의 위력은 갈수록 세졌다.

페일이 슬쩍 자신의 화살통을 봤다.

"화살이 이쑤시개 정도는 되겠군요."

제피는 낚싯대를 슬그머니 집어넣었다.

"저런 건 낚기가 무리입니다. 낚싯줄이 버티지 못할 겁니다."

거대해지고 막강한 파괴력을 보이는 델암을 보면서 희미하던 자신감이 점차 없어지고 있었다.

거인족을 상대로도 용감하게 싸웠지만 그때는 어쨌든 상대도 피해를 입었고 희망이란 게 있었다.

"공격하라! 물러서는 자는 목을 벤다."

"마폰 왕국의 정예들이여, 국왕 폐하를 위해 돌격한다!"

기사들이 말을 이끌고 돌진하여 델암의 입으로 사라졌다.

델암에게서 가공할 충격파가 퍼져 나와서 주변에 있는 사물들이나 생명체를 바스러뜨렸다.

마법사들은 외울 수 있는 최강의 마법 주문으로 두들겼지만 델암은 몸으로 버티면서 먹어 치울 뿐이었다.

수르카가 주먹을 쥔 손을 풀었다.

"진짜 때리기 싫게 생겼다. 근데 저거 생명력이 줄어들긴 해요?"

위드는 날카로운 눈으로 델암을 살펴봤다.

"지금은 거의 줄어들지 않는 것 같군요. 폭식을 할 때는 모든 공격에 대해 높은 저항력을 가지게 되는 것 같습니다. 먹으면서 생명력과 마나를 흡수하는 능력도 있어 보이고요."

"역시 소화를 시킬 때 공격을 해야……."

"그 방법밖에는 없죠. 그런데 소화를 다 시키고 나면 저게 더 커지고 강한 힘을 낼 겁니다."

"원래 역사에서는 연합군이 어떻게 저런 악마를 이겼어요?"

수르카의 말에 일행의 시선이 위드에게로 모였다.

새로운 희망!

위드라면 사냥이나 로열 로드에 대해서는 전문가에 가까운 지식을 갖고 있었으니까.

방송을 진행하는 메이런이라고 해도 정보를 폭넓게 응용하는 부분에서는 따라오지 못할 정도였다.

"연합군이 패했습니다."

"네에?"

"연합군이 거의 전멸했죠. 운 좋은 이들은 몇 명이지만 헤엄이라도 쳐 탈출해서, 이곳에서 벌어진 사실을 알렸고요."

"그럼 저 악마는 어떻게 처리했는데요?"

"이 섬에서 먹을 게 떨어져서 굶어 죽은 걸로 알고 있습니다. 그 과정이 100년 넘게 걸렸다고 하죠."

"그런……."

수르카를 중심으로 한 일행의 긴장감이 한층 더 높아졌다.

괜히 난이도 S급의 전투 퀘스트가 아니었다.

연합군이 어떻게든 폭식의 악마를 사냥한다면 그곳에 슬쩍 한자리만 끼면 될 줄 알았는데 그게 아니지 않은가!

연합군을 선택하거나 악마족의 편에 서거나, 결과는 어차피 비슷했다. 아군과 적군을 가리지 않는 델암을 퇴치하지 않으면 먹히고 만다.

퀘스트도 살아 있어야만 성공하는 것.

'먹히긴 싫다.'

'으아… 방송으로 물컹꿈틀이를 보고 악몽을 꾸었는데, 저런 것한테 먹혀야 되나?'

위드는 일부러 일행이 긴장하도록 내버려 두었다.

'기회는 최대 두 번 정도. 그 이후에는 너무 강해져서 상대하기 힘들 거야.'

델암을 제압하지 못하면 퀘스트 실패를 선언하고 도망치는 것 외에는 방법이 없었다.

페널티가 심각할 테지만 그조차도 당연하게 감수해야 하는 모험!

'싸운다면 정면 승부다. 다른 방법이 없어.'

연합군의 맹렬한 공격에도 델암은 끄떡도 하지 않고 덩치를 키워 나갔다.

300미터. 400미터. 500미터!

높이만이 아니라 옆으로도 그만큼 체격을 키워 나가고 있었다. 거인족보다도 훨씬 커져서, 이제는 드래곤이나 작은 야산처럼 보일 지경이었다.

한참 후에 델암의 피부가 붉게 달아오르더니 하늘을 향해 입을 크게 벌렸다.

"쿠으어어억!"

짙은 회색의 연기가 하늘로 솟구쳤다.

"으아, 징그러!"

"저거 트림했어!"

여성 유저들이 비명을 질렀다.

-폭식의 악마 델암이 그동안 삼킨 생명체들을 소화시키고 있습니다.
소화가 이루어진 이후에 델암은 1단계 탈태를 이루게 됩니다.
육체를 새로 구성할 때마다 델암은 강력해지고 더 많은 먹이를 먹을 수 있습니다.
남은 시간 : 5분.

델암은 입을 벌려서 하늘로 트림을 하고, 엉덩이로는 역겨운 가스를 내뿜었다.

비대하기 짝이 없던 덩치, 특히 배가 눈에 보일 정도로 빠르게 줄어들고 있었다.

연합군 쪽에서도 사제들의 공포에 젖은 목소리가 들렸다.

"지금 놈을 해치워야 합니다. 저 사악한 악마가 먹은 이들을 소화하고 자신의 힘을 찾으면 모두가 죽을 것입니다."

"대륙의 운명이 우리에게 걸렸다. 모두 공격한다."

역사적인 전투가 벌어졌다.

연합군 기사들이 몬스터나 악마족과의 전투도 중단하고 비장한 얼굴로 한 지점을 향해 몰려들었다. 뒷짐을 지고 안전한 곳에 있던 마법사들도 텔레포트를 이용하여 델암의 근처에 나타나서 공격 마법을 사용했다.

소화를 시키고 있는 델암의 몸은 무방비로 노출되었다.

마법사들의 공격 마법이 델암을 강타했고, 연합군 기사들의 무기가 작렬했다.

사제들은 신성 마법으로 아군을 치료하기보다는 직접적으로 델암에게 정화와 치료 마법을 펼쳤다.

언데드나 악마에게는 10배 이상의 타격을 입히는 신성 마법.

델암은 그러한 공격에도 불구하고 꿋꿋하게 버티면서 소화를 시키고 있었다.

막 뛰쳐나가려는 동료들을 향해 위드가 말했다.

"아직 조금 더 기다려 보세요."

위드는 조금 더 살펴보기로 했다.

'5분. 짧다면 짧은 시간. 우리가 참여한다고 해도 그 시간

동안 델암을 해치울 수 있을지 없을지는 모른다.'

역사적인 전투였음에도 불구하고 기록되어 있는 정보는 턱없이 모자랐다.

'델암을 소환하긴 했지만 악마족들도 그동안의 전투로 숫자가 줄어들어서 얼마 버티지 못할 거야. 문제는 연합군이 델암을 죽음 근처까지라도 몰아넣을 수 있느냐다.'

폭식의 악마 델암을 상대로 위드와 동료들이 모든 걸 해내기는 무리였다.

아쉽지만 델암에게는 언데드조차도 무용지물이라고 할 수 있다. 데스 나이트나 듀라한, 스펙터급의 언데드들은 그저 상한 뼈다귀 정도의 역할밖에는 못할 것이기 때문이다.

연합군이 델암의 생명력을 10% 이하까지 떨어뜨릴 수 있다면 승부를 걸어 볼 수 있다. 그리고 역사를 바꾸는 것이다.

'지켜보고 판단한다. 그리고 싸우기로 한다면 모든 것을 건다.'

브롬바 왕국의 기사들이 검을 높이 들었다.

"악마가 이 땅을 밟지 못하도록 하라. 희생의 검!"

생명력을 불태워서 신성력으로 몸을 감싼 후, 마법 공격을 당하고 있는 델암을 향해 돌격!

마폰 왕국과 켈튼 왕국의 기사들도 사제들의 보호 마법을 받은 후에 델암을 향하여 진격했다.

이미 퇴치된 몬스터와 악마족의 저항을 뚫고 거침없이 공격했다.

몸을 활짝 펼친 델암은 공격을 맞으면서도 소화를 계속 시켰다.

"움트고 있는 생명력, 그 전부를 보여 다오. 뷰 라이프 포스!"

폭식의 악마 델암

꿰뚫어 볼 수 없는 깊은 어둠.

버려진 쓰레기와 우글거리는 벌레들을 먹고 자란 악마.

악마를 숭배하는 족속들에 의해 세상에 나온 그의 목표는 단 하나. 모든 것을 먹어 치우는 것뿐이다.

충분한 식사를 마치면 지옥에서 가지고 있던 완전한 육체와 힘을 되찾을 수 있다.

그의 거대한 육체는 반경 4킬로미터에 이른다고 하고, 산이나 호수까지도 먹이로 삼는다.

폭식의 악마의 무력은 추정하기 어렵다.

지옥에서도 충분히 한 지역의 패자로 자리를 잡을 정도로 뛰어나지만, 힘을 쏟는 만큼 먹어야 하는 약점을 가졌다.

음식을 먹지 못하면 극심한 굶주림을 견디지 못하고 약해지거나 사망한다.

지옥에서의 힘을 찾기 위해서는 아직 일곱 번의 탈태가 남아 있음.

| 생명력 : | 74% |
| 마 나 : | 88% |

남은 시간은 3분 23초.

위드의 눈동자가 빛났다.

"승산이 없진 않아. 신성력이… 제대로 효과를 발휘하고 있어."

마법사와 기사의 공격에 델암의 생명력이 줄어들고 있었다. 위드와 동료들이 기다리고만 있던 순간이었다.

"기회가 생길 것 같습니다. 전투를 시작하세요."

"전 딱 한 방만 노릴게요."

로뮤나는 자신이 알고 있는 가장 강력한 화염 마법을 외우기 시작했다.

화산 폭발!

"대지와 불의 정화여, 모든 것을 흔들고 태우는 힘이 깊고 깊은 땅에서 깨어나 이 세상을 녹일지어다."

화산 폭발은 화염 계열의 최상위 마법 중 하나.

주문을 외우는 시간도 극히 길었고 마나 소모도 심한 페널티가 있었다. 사흘간 마나의 최대치가 감소하기 때문에 자주 쓸 수도 없는 마법.

로뮤나가 마법을 준비하는 사이에 다른 동료들도 각자 자신들이 할 수 있는 최강의 공격을 준비하면서 앞으로 뛰쳐나갔다.

페일과 메이런은 켈튼 왕국 기사단 사이에 섞였다.

"반갑소, 정의를 아는 궁수여."

"같이 싸워도 되겠습니까?"

"우리가 영광이오."

높은 명성과 명예를 가진 그들은 기사단과 함께 델암에게

다가갔다.

"결국 저걸 손으로 때려야 하다니… 물컹할 것 같아."

"낚싯줄로 낚기에는 너무 큰 녀석인데."

"열 번 베어도 안 쓰러질 것 같군."

수르카와 제피, 파이톤은 양념게장을 따라서 전진했다. 사제 이리엔 덕에 브롬바 왕국의 호위를 받으면서 돌격할 수 있었다.

문제는 위드!

"가까이 오지 마라, 이 네크로맨서야!"

연합군의 기사들이 위드의 합류를 거부했다.

"이놈의 인기란, 상당히 곤란하군. 뭐가 급한지도 모르고……. 지금은 저 델암을 퇴치할 때라는 걸 모릅니까?"

"닥쳐라! 네크로맨서 따위가 정의를 이야기하지 마라. 악마를 퇴치한 다음에는 너다!"

위드는 기사들을 무시하고 유령마를 탔다.

"정신 집중!"

-스킬 정신 집중을 사용하셨습니다.
마나의 최대치가 24% 증가합니다.
마나의 회복 속도가 41% 빨라집니다.
스킬 지속 시간 13분.

중급 언데드 소환을 익히면서 배우게 된 마법 스킬 사용!

데스 나이트와 듀라한, 스펙터 외에 좀비와 구울 같은 하급 언데드들은 마나를 아끼기 위해 전부 소환 해제.

위드가 소환한 유령마를 타고 델암을 향해 날아갔다.

번쩍번쩍! 콰르르르릉!

델암이 있는 인근에는 작렬하는 마법과 기사단의 돌격으로 일대가 혼란스러웠다.

연합군에서는 막강한 화력을 동원하여 총공격을 퍼붓고 있었다. 레벨 200 이하의 초보라면 이 자리에 서 있는 것만으로도 공격 마법의 파편에 의해 죽을 정도였다.

> –신성력의 밀도가 높습니다.
> 네크로맨서 마법의 위력이 31% 약화됩니다.

빛과 화염을 뚫고 델암을 공격하기 위해 다가가던 언데드 군단의 육체가 녹아내렸다. 연합군 사제들의 신성력이 최대로 중첩된 장소였다.

남은 시간은 1분 54초.

델암의 생명력은 51%.

'승산이 없는 건 아니지만 역시 어렵기는 하군. 네크로맨서라서… 지금 상태로는 공격력이 부족해. 다른 어떤 직업이었더라도 크게 달라지진 않았겠지만.'

이대로라면 델암이 모든 걸 집어삼켰던 역사의 재현이라고 할 수 있을 것 같았다.

'이 정도로는 안 되나?'

역사와는 다르게 위드가 개입해서 연합군의 전력이 상당히 많이 살아남았다. 그럼에도 불구하고 남은 시간 동안 델암을 제거하기란 불가능에 가까울 것 같다.

다행이라면, 악마족들이 부리던 몬스터들은 대부분 퇴치된 상태!

악마족들이 해안가에서 일찍 밀려나면서 델암을 서둘러 자신들과 가까운 곳에 소환했다. 그 결과 델암이 몬스터와 악마족을 연합군 못지않게 많이 잡아먹게 되었다.

'그래도 죽이는 데 무리가 따르겠어.'

위드는 언데드 군단을 뒤로 물렸다.

어느새 언데드들은 절반이나 줄어들어 버린 상태였다.

"악마족부터 제압하라."

"알겠다, 주인!"

위드는 반 호크와 토리도에게 언데드들을 데리고 근처의 악마족 사냥에 나서도록 했다.

연합군의 중심 전력이 델암을 공격하고 있는 와중의 이탈!

상대적으로 델암을 지키는 데만 신경 쓰고 있던 악마족들을 급습하여 전공을 세웠다.

위드도 로아의 명검을 휘두르면서 악마족들을 처단했다.

델암을 지키기 위한 저주와 흑마법을 사용하던 악마족들은 강화된 신체에도 불구하고 위드의 검술을 이겨 내지 못했다.

조각 파괴술로 막강해진 힘은 언데드들을 이끌고 악마족들을 쓸어버리기에 충분했다.

-레벨이 올랐습니다.

-검술의 숙련도가 증가합니다.

-경험치를 획득하였습니다.

-퀘스트에서 놀라운 공을 세웠습니다.
 굴텐 악마족의 소탕!
 마폰 왕국. 켈튼 왕국. 브롬바 왕국에서 목표로 삼았던 악마족들이 당신의 전투 공적으로 사라지게 되었습니다.
 세 왕국은 위대한 업적을 달성한 당신을 기릴 것입니다.

-전투 공적으로 인해 명성이 6,399 올랐습니다.
 악명이 13,832만큼 감소합니다.
 생명력의 최대치가 500 증가하였습니다.
 신앙이 20 늘어났습니다.
 명예가 15 늘어났습니다.
 전투 업적으로 모든 스텟이 2씩 늘어납니다.

굴텐 악마족의 전멸!

그사이 델암의 몸에서부터 검붉은 빛줄기가 퍼져 나가더니 마침내 탈태를 끝냈다.

몸 크기는 50미터 정도로 줄어들었지만 더욱 빠르고 단단해졌다. 악마로서의 힘을 상징하는 뿔이 12개나 돋아나고, 긴 꼬리도 생겨났다. 심지어 팔에는 삼지창까지 들려 있었다.

"끄아악!"

"다리를 붙잡혔다. 사, 살려 줘!"

델암은 자신을 공격하기 위해 가까이 있던 연합군 기사들을 향해 커다란 입을 쩍 벌렸다. 막강한 흡입력이 발생해서 기사들이 통째로 델암의 입으로 빨려 들어갔다.

수백 명을 씹지도 않고 통째로 삼켜 버리면서, 잃어버린 생명력을 회복하며 다시 덩치를 키워 나가기 시작했다.

"먹이들이 바쁘구나!"

거대한 델암이 붉은 눈으로 인간들을 내려다보고 있었다.

쿠우웅! 쿠웅!

델암이 한 걸음 움직일 때마다 지진이라도 난 것처럼 대지가 흔들렸다.

"으아……."

"이건 아냐!"

수르카와 다른 동료들은 재빨리 도망쳤다.

마법과 검.

어떤 공격으로도 소화를 마친 델암에게는 제대로 피해를 주지 못하고 있었다.

"도망치자! 악마가 더욱 강해졌다!"

"포기하지 마라. 우리가 물러서면 마폰 왕국의 가족들이

저 녀석에게 먹히고 말 것이다."

"공격 마법을! 어서 공격 마법을 써서 놈을 저지하라!"

지금까지 잘 싸워 왔던 연합군도 델암의 힘이 더욱 강해지자 혼란에 빠졌다.

델암은 인간들의 저항을 힘으로 무시한 채 먹어 치우기 바빴다.

"후퇴!"

"본국으로 급보를 띄워라. 우린 패배했으니 어서 대피하라고!"

연합군의 일부는 퇴각하기 위해 해안가에 정박한 배에 오르려고 하고 있었다.

델암은 먼저 그들에게 달려가서 인간들을 먹어 치우고, 삼지창을 휘둘러 배를 박살 냈다.

"빠져나가지 못한다! 너희는 모두 내 먹이가 될 것이다, 크후헤헤헤헤헤헤."

악마 델암!

다른 악마들처럼 투기를 내뿜지도 않고 강대한 마법을 발휘하지도 않는다. 폭식의 악마답게 닥치는 대로 인간들을 먹어 치울 뿐이었지만, 연합군이 원초적인 겁에 질리게 만들기는 충분했다.

"이런 죽음이라니……."

"큭, 살아서 먹히느니 명예를 지키겠다."

기사들 중에는 먹히기 직전에 자살을 선택하는 자들도 있었다.

위드의 동료들은 다행히 아직은 무사했다. 언데드들이 물러나는 것을 보며 눈치 빠르게 튀쳐나온 덕분이었다.

"이제 어떻게 하죠?"

메이런의 물음에 위드는 답하지 않고 델암을 한참이나 노려봤다.

파이톤과 양념게장은 물론이고 다른 동료들도 어디 가서든 능력을 뽐낼 수 있는 이들이었다. 그들이 보기에는 이미 승산이 없었다.

"흠, 기회를 놓쳐 버렸으니… 인간들이 아무리 많이 남아 있더라도 더 어려워졌을 것 같군. 게장, 자네도 안 되겠지?"

파이톤의 물음에 양념게장이 고개를 저었다.

"소화를 시킬 때 공격을 해 봤습니다. 신성 마법 덕분에 공격력이 몇 배나 늘어나긴 합니다만 치명적인 피해를 주기는 어렵더군요."

"그 정도인가?"

"정확히 단검으로 뒷목을 찔렀는데도 생명력을 감소시키기가 어려웠습니다. 마법사들의 무차별 공격 때문에도 위험했고……."

"암살자라면 죽을 각오로 싸워야 하는 거 아닌가?"

그 말에 양념게장은 피식 웃었다.

"목숨을 걸더라도 성검이나 신검 같은 무기를 든 성기사가 아니라면 어려워 보입니다. 근데 게장이라고 부르지 마십쇼."

델암의 무지막지한 방어력과 생명력으로 인하여 인간을 먹어 치울 때는 처치가 불가능하다. 유일한 기회는 무방비로 소화를 시킬 때뿐이었는데, 이미 한 번 실패하고 말았다.

남은 것은 연합군의 머릿수뿐이었으며, 델암은 갈수록 강력해져 가고 있었다.

페일이 델암을 지켜보다가 고개를 저었다.

"이대로라면 작센 섬의 모든 연합군이 먹힐 것 같군요. 역사가 그대로 진행될 것 같은데… 도망치는 게 낫지 않습니까?"

동료들의 머릿속에 스쳐 간 생각은 '퀘스트 실패.'

로열 로드를 막 시작한 초보 유저일 때부터 수없이 많은 퀘스트를 성공도 하고, 실패도 해 봤다.

어떤 퀘스트는 충분히 할 수 있었지만 너무 긴 시간이 걸려서 중간에 포기해야 하는 임무도 있었다. 명성이나 신뢰도가 조금 하락하기는 하지만 생존보다 더 중요한 가치는 아니다.

거기까지 생각한 일행의 시선이 일제히 위드에게로 향했다.

불사의 군단을 비롯하여 불가능해 보이던 전투나 퀘스트를 모조리 성공시켰음을 알기 때문이었다.

이번 일만큼 큰 실패는 없을 테지만 작센 섬으로 데려온 것이 위드였으니 최종 결정도 그에게 맡겼다.

위드는 의외로 차분히 연합군이 델암에게 먹히는 광경을 지켜보고 있었다.

"잠깐만 기다리도록 하죠."

"예?"

"한 번의 기회가 더 올지도 모릅니다. 델암이 까다로운 건 이쪽에 놈을 잡을 수 있는 공격력이 부족하기 때문이죠. 저 놈도 완전한 상태는 아니고, 소화를 시킬 때는 전혀 반격하지 못하니까요."

파이톤이 슬그머니 등에 메려고 했던 대검을 다시 앞으로 들었다.

"방법이 있겠나? 다가가서 한번 베어 보기는 했지만 놈의 맷집이 워낙 훌륭해서 제대로 상처도 못 입히겠던데. 강철 요새를 두드리는 기분이었어."

"아직은… 그러나 연합군이 더 죽으면 생길지도요."

"죽으면?"

"기사들이 마음먹기에 따라서 상황이 만들어질 수도 있습니다. 승산을 예상할 수는 없지만, 최후의 시도를 한 번 더 해 보고 그것도 안 통하면 도망치도록 하죠."

동료들은 위드의 결정을 따르기로 했다.

연합군 병사들과 기사들이 아직 많이 남아 있어서 당장 그들이 델암에게 먹힐 염려는 하지 않아도 좋았다.

델암은 해안가에 자리 잡고 근처의 인간들을 먹기에도 바빴다.

입을 크게 벌릴 때마다 가까이 있던 인간들이 빨려 들어가 잡아먹힌다. 작센 섬에 있는 인간들의 숫자에도 한계가 있으니 시간이 지나면 언젠가 순서가 돌아올 것은 틀림없는 사실이었다.

"으어어!"

"악마, 악마에게 죽임을 당하다니!"

소화를 시키는 동안을 노린 공격이 이미 한 번 실패했으니 연합군의 사기는 그야말로 최악의 상태!

작센 섬에서 도망칠 수 있는 곳을 찾아서 병사들은 무기를 버리고, 갑옷을 벗어 던지고 바다에 뛰어들기까지 했다.

'이젠 제대로 전투력을 발휘하지도 못할 텐데.'

'먹어 치우는 악마. 이게 너무 커. 본능적인 공포를 심어 주기 마련이니…….'

위드의 동료들조차도 델암을 제압할 방법을 찾기 어려웠다.

"배, 배가 부르군. 기다려라. 금방 다시 포식을 시작할 테니… 끄어어억!"

델암은 놀라운 식성을 자랑하며 만 명 넘는 인간들을 먹어 치우고 긴 트림을 했다.

"기, 기회다! 도망쳐!"

"여길 벗어나야 해. 여기 있으면 다 죽어!"

결사 항전을 위해 달려들었던 첫 번째 소화 때와는 달리 연합군은 도망치기 바빴다. 델암이 처음보다 더 강해진 지금, 희망을 잃어버리고 살기 위해 바다로 뛰어들고 있었다.

소화를 시킬 때까지의 시간은 7분.

남은 생명력은 94%.

델암이 첫 번째 소화 때보다 많이 강해졌기 때문에 시간이 약간 늘어난 정도로는 의미를 찾기 어려웠다.

"지금이다."

위드는 유령마를 타고 하늘로 올랐다.

"모두 똑똑히 들어라!"

-스킬 : 사자후를 사용하셨습니다.
사자후 스킬의 영향 범위에 있는 모든 아군의 사기가 200% 상승합니다.
존재하는 모든 혼란 상태가 해제됩니다.
5분간 통솔력이 300% 추가 적용됩니다.

사자후 발동!

제멋대로 도망치던 연합군 병력의 귓가에 위드의 목소리가 울렸다.

사기는 이미 바닥까지 떨어진 후였지만 그래도 그들의 관심을 끄는 데에는 성공했다.

"저자는 졸렬한 네크로맨서잖아."

"아군의 시체를 언데드로 만들어서 싸우던 그자!"

위드를 좋아하는 연합군은 거의 없었다. 그나마도 아직은 신앙이나 기품, 통솔력, 명예와 같은 스텟이 받쳐 주기 때문에 일단 위드의 말을 듣기는 했다.

만약 그저 평범한 네크로맨서가 사자후를 터트렸다면 연합군은 전혀 듣지 않았을 것이다.

역시 평소에 꾸준히 해 두었던 모험과 노가다의 결실이었다.

"악마를 놔두고 도망칠 생각인가? 싸워라! 악마를 물리쳐라!"

위드의 사자후가 작센 섬을 울렸지만 연합군 병력은 공격할 의사가 없었다.

사자후의 효과로도 대규모 병력을 움직이기는 무리였다.

"도, 도망치자. 저런 말 들어 봐야 아무 효과 없어."

"그래, 여기 있어 봐야 개죽음이야."

병사들은 계속 바다로 뛰어들어서 헤엄을 쳤다.

악마 델암!

그동안의 전투로, 축복을 해 주던 사제들의 마나도 고갈되었다.

일반 병사들은 델암의 투지와 권위에 짓눌려서 싸울 의사조차도 잃어버렸다. 한 번 실패를 한 만큼 다시 싸우더라도 절대 이길 수 없다는 사실을 알고 있기도 했다.

절망을 느낀 병력은 급속도로 무너지게 된다.

역사적으로도 델암은 첫 번째의 소화를 마치고 나서 의욕을 잃어버린 연합군을 차근차근 잡아먹었다.

"어떻게 하려는 걸까? 이미 다 틀린 것 같은데 말이야."

파이톤은 여전히 상황을 비관적으로 보고 있었다.

아군이라고 할 수 있는 연합군은 도망치기 바쁘다. 현재는 병사들부터 바다로 뛰어드는 중이지만 조금 있으면 명예와 정의를 위해 싸우는 기사들도 저마다 살길을 찾을 것이다.

연합군이 적극적으로 싸운다고 하더라도 델암을 죽이기는 무리라는 걸 위드도 알 텐데 쓸모없는 일에 매달리는 게 이해가 되지 않았다.

하지만 페일은 땅에 떨어진 화살을 주워서 텅 빈 화살통에 집어넣었다.

"위드 님에게 방법이 있을 겁니다. 대충 보면 정말 무모한 분인 것 같지만 절대 그렇지 않으니까요."

"그게 무슨 의미인가?"

"강한 적이 있더라도 물러나지 않죠. 무모하다거나 객기를 부리는 것처럼 보일 수도 있지만 철저히 공략할 줄 압니다."

"공략한다고?"

"마구잡이로 덤벼드는 것 같지만 가지고 있는 모든 걸 절묘하게 활용해서 승리를 이끌어 내니까요."

"아쉬움 때문에 버티는 걸로 보이는데."

"절대 상대할 수 없다고 판단되면 가장 먼저 튀었을 겁니다. 위드 님에게 명예 같은 건 상관없어요. 그러니 지금 상황에서도 뭔가를 찾았을 겁니다."

"그래도… 부족한 공격력을 어떻게 해결한단 말이지?"

그사이에 위드가 사자후를 계속 터트렸다.

"충성심이 있다면 국가를 위해 목숨을 바쳐라! 무의미하게 악마에게 잡아먹힐 것인가? 이곳은 섬이고, 이미 도망칠 수 없다. 벗어나려고 해도 악마를 피해서 살아남는 자는 100명 중에 1명에 불과하리라. 용기가 있다면 싸워라. 나머지는 내가 알아서 할 것이다."

해안가에 있는 델암을 향해 두 손을 뻗었다.

"시체 폭발!"

과과광!

해안가의 모래사장이 뒤집히고, 섬 전체가 울릴 정도의 폭발이 일어났다.

델암의 근처에 쌓여 있던 시체들!

상륙작전을 펼치면서 희생당한 연합군 병력의 시체들이 터져 나간 것이었다.

네크로맨서 최강의 공격 스킬.

시체만 있다면 발동되는 언데드 마법.

이론상으로는 시체만 넉넉하게 있으면 그 어떤 마법사의 공격보다도 막강한 위력을 발휘한다.

델암의 생명력도 순식간에 1%가 감소했다.

그 주위에 있던 수백 기의 기사들의 시체가 연달아 폭발한 덕분이었다.

"어어?"

"저것은……."

바다로 도망치던 연합군이 다시 델암을 돌아볼 정도로 놀라운 파괴력이었다.

시체 폭발!

네크로맨서에게 가장 강력한 공격 마법으로, 장점도 어마어마했지만 시체가 존재하지 않는다면 사용이 불가능하다.

델암의 근처에는 남아 있는 기사의 시체가 없었다.

"나는 사람들로부터 혐오를 받는 네크로맨서다. 비록 어긋난 힘을 다루지만 내가 떼돈을 벌지 않으면 누가… 크흠, 그게 아니라, 전장에서 베르사 대륙을 위해, 국가를 위해, 여러분의 가족을 위해 할 일이 있음을 다행스럽게 여긴다."

위드는 입술을 촉촉하게 침으로 적셨다.

유치원생이 입에 물고 있던 사탕까지 공손히 바치게 할, 감언이설의 발동 개시!

"저 악마를 해치우지 못하면 우리가 먹히고 난 다음에 놈의 입안에 들어가는 건 고향에 있는 가족이 될 것이다. 기사의 나라 켈튼 왕국이여, 누구라도 나설 용기 있는 자들이 없는가! 악마를 놔두고 숨어서 살기를 바라는가?"

위드의 사자후가 켈튼 기사들을 움직였다.

승리의 가능성을 떠나서, 기사들은 도망치지 않을 작정이었다. 역사에서도 그랬고, 기사들은 결코 델암 사냥을 포기하지 않는다.

그저 적당히 싸우다가 죽느냐, 적극적으로 덤비느냐의 차이는 있다.

사막의 대제왕 시절부터 그랬지만 남자들이란 특정 상황에서 지극히 단순해지는 종족이었다.

"켈튼 중앙기사단이 나선다."

켈튼 왕국의 기사단장이 검을 뽑아 들고 델암을 향해 말을 달리기 시작했다.

"돌격 대형으로!"

켈튼의 기사들이 기사단장을 따랐다.

말을 타고 부채꼴로 넓게 퍼진 기사들은 델암에게 가서 모든 힘을 다해서 창을 찔러 넣었다. 그러고는 조금 전까지만 해도 동료였던 이들을 베었다.

"잘 가라, 파블레."

"크, 우리의 희생이 헛되지 않겠지?"

"결과는 모르지만 기사답게 살았으니 기사답게 죽을 뿐이다."

켈튼의 기사들은 델암에게 피해를 입히고 스스로 죽어 갔다.

위드는 마법을 외웠다.

"시체 폭발!"

목숨을 잃은 켈튼 기사들의 육체가 터져 나가면서 델암에게 2차적인 피해를 입혔다.

이때부터는 기사들의 눈동자에 불길이 일었다.

"델암을 죽여라!"

"켈튼 왕국의 용맹은 죽음마저도 이겨 낸다. 너희를 이끌어서 자랑스러웠다. 전속력 돌격!"

켈튼 왕국 기사들은 델암을 공격하고 기꺼이 시체를 제공했다.

난공불락처럼 여겨지던 델암의 생명력이, 기사들의 희생으로 줄어들고 있었다.

"공격!"

"브롬바 왕국의 숭고한 명예는 보석보다 빛난다."

호전적인 마폰 왕국과 브롬바 왕국의 기사들도 따라나섰다.

위드가 추가로 설득할 필요도 없었다. 경쟁국인 켈튼 왕국이 먼저 나선 만큼, 그들에게도 망설임은 없다.

"시체 폭발!"

위드는 오로지 한 가지 마법만을 외우면 되었다.

반 호크와 토리도가 이끌던 언데드 군단까지 역소환하고 마나가 모이는 대로 시체를 폭발시켰다.

조각사 시절부터 부족한 마나를 채우기 위해서 활용했던 패로트의 링, 바르칸의 로브를 비롯하여 마나의 최대치를 늘려 주는 장비들을 착용하고 있었고, 델암이 첫 번째 소화를 마친 직후부터 전투를 지켜보기만 했으니 마나도 최대치까지 회복된 상태.

-불의에 맞서 싸운 기사 그레이도의 시체를 폭파시켰습니다.
델암에게 165,482의 피해를 입혔습니다.

-시체 폭발의 숙련도가 증가합니다.

-죽음과 파괴에 대한 깊은 깨달음을 얻어 영구적으로 지혜가 2만큼 늘어났습니다.

꿀 같은 스킬 숙련도의 증가!

네크로맨서에게 시체 폭발은 놀랍도록 강하고 유용하게 쓰이는 스킬이었다. 상황에 따라 생전 생명력의 최대 10배까지 피해를 입히는 어마어마한 위력.

현재 시체 폭발의 레벨은 중급 3.

'여기서 숙련도를 올릴 수 있는 대상은 최소 수십만이란 거지.'

기사들이 먼저 나서자 군대의 지휘관들도 명령을 내렸다.

"마폰 왕국의 보병들이여, 마지막으로 명령을 내린다. 델암에게 돌격한다. 가까이 가서 죽어라."

"켈튼 왕국의 궁수들아, 갑옷과 화살은 버리고 전진하라."

"브롬바 왕국의 자랑인 우리 중장갑군단도 진군한다."

기사들과 병사들이 달려가고, 델암의 옆에서 말 그대로 폭발했다.

"우와악! 죽어라!"

"이따위 악마에게 먹히진 않을 거야. 고향에 있는 가족들을 지키기 위해서 죽을 것이다!"

"인간은 절대 악마 따위에게 패배하지 않아!"

병사들이 악에 받쳐 외치면서 소화를 시키고 있는 델암에게 덤벼들었다.

델암의 수백 미터에 달하는 거대한 육체와 혐오스러운 형상은 본능에 잠재되어 있던 공포심을 구체화시킨다. 그러나 인간들은 오히려 가슴에 담겨 있던 가족들에 대한 애정과 자긍심을 토해 내며 전투에 뛰어들었다.

기사들은 전력을 다한 공격을 날리고 망설임 없이 빠르게 목숨을 버렸다.

병사들 역시 가까이 가서 목숨을 끊음으로써 델암에게 피해를 입히는 데 힘을 보탰다.

"우리도 질 수 없지. 마법사들이여, 굴하지 말고 최후의 마법을 준비한다."

"신의 뜻대로. 저희의 생명을 바칩니다."

마법사들은 자신의 육체를 폭주시켰다.

일시적으로 1~2단계 더 강한 마법을 발휘할 수 있지만 영구적으로 폐인이 되거나 사망하게 되는 금단의 수법.

사제들은 자신의 생명력을 신에게 바쳐서 신성력을 얻어 냈다. 마지막 죽음을 위해 돌격하는 연합군에게 행운을 기원하는 축복을 내려 주었다.

축복의 효과야 크게 의미가 없었지만, 연합군 병사들은 신성 마법의 위로를 받으면서 기꺼이 달려갔다.

델암의 생명력이 80%에서 64%로, 41%로 줄어들었다.

위드의 시체 폭발과 연합군이 날린 최후의 일격 덕분이었다.

"우와앗!"

수르카가 주먹을 쥐고 괴성을 질렀다.

위드에게 끌려온 전장에서 이토록 위대하고 장엄한 전투를 보게 되리라고는 생각도 못 했던 것이다.

이를 악물고 델암에게 달려가는 연합군 병사들의 비장한 표정!

생명을 바치면서까지 악마를 퇴치하겠다는 그들의 각오로, 역사가 바뀌고 있었다.

띠링!

여신 프레야가 당신을 축복합니다.

네크로맨서는 생명의 탄생을 왜곡하고 죽음의 안식을 거부하여 신들의 분노를 받습니다.

언데드에게서 풍기는 역겨운 악취와 낮은 생명력은 프레야 여신의 저주에 의한 것입니다.

마음 넓은 프레야 여신은 네크로맨서가 된 그대가 일구어 낸 수확의 기쁨을, 예술의 아름다움을 대륙에 펼친 공적을 기억하고 있습니다.

여전히 아르펜 왕국은 프레야 교단을 숭배하고 있고, 여신 프레야는 이에 대해 만족합니다.

"비록 잘못된 길을 선택했다고는 하나 그대는 내 목소리를 세상에 알린 아이. 나에 대한 믿음을 저버리지 않고 올바른 행동을 한다면 축복은 계속될 것이다."

눈부신 번화함으로 생명력의 최대치가 53% 증가합니다.

신체의 회복 능력이 250%까지 늘어납니다.

정신의 안정을 얻어 모든 저주가 해소되고, 일시적으로 프레야 교단의 신성 마법을 부여받을 수 있습니다.

신앙심과 정의, 매력, 행운이 영구적으로 2씩 증가합니다.

추가적인 효과.

언데드의 저주가 풀리며 외관이 조금 멋있어집니다.

스켈레톤과 좀비 계열의 악취가 감소합니다.

현재 소환한 언데드는 없지만 스켈레톤들의 뼈가 깨끗해지는 외모상의 변화가 생겼다.

스켈레톤 워리어들은 뼈 사이에 풀과 나무가 자라나서 덮으며 생명력과 방어력이 조금 향상되었다.

심지어 데스 나이트들의 투구에는 꽃까지 꽂히게 되었다.

헤스티아의 축복!

여신 헤스티아는 위대한 예술가이며 장인이기도 한 당신에게 깊은 친밀감을 느끼고 있습니다.

"불의 열정을 이해한 그대가 걸어가는 길에 대해 의심하지 않습니다."

모든 공격에 화염 속성의 추가적인 피해가 230%까지 붙습니다.
일시적으로 화염 속성의 공격에 필요한 마나의 소모량이 감소합니다.
착용하고 있는 무기와 장비들로부터 붙는 효과가 74% 가산됩니다.

군신 아트록의 축복!

아트록은 전쟁을 좋아합니다.
그는 작센 섬의 전투를 지켜보던 중에 악마 델암과 싸우는 모든 이들에게 축복을 내렸습니다.

"싸워라. 그것이야말로 가장 멋진 것이다."

기사들의 지휘 능력이 강화됩니다.
전쟁에 참여한 모든 이들의 사기가 회복됩니다.
투지에 짓눌리지 않습니다.
높은 의지로 신체 능력이 최소 10%에서 최대 35%까지 향상됩니다.

티른의 축복!

정의와 법이야말로 대륙을 온전히 통치하는 수단이라고 티른은 믿고 있습니다…….

미네의 축복!

대지가 피로 물들었습니다.
마땅히 미네의 분노를 불러왔지만, 그녀는 생명의 숭고함을…….

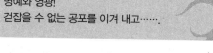

스피렌의 축복!

명예와 영광!

걷잡을 수 없는 공포를 이겨 내고……

루의 축복!

태양의 빛이 그대와 함께……

벨제벨튀의 축복!

이 위험천만한 악신은 그대를 총애하고 있……

마탈로스트의 축복!

망자들을 이끄는 귀한 일을……

각종 신들의 축복!

위드는 평소에 받기 힘들었던 신의 축복을 여럿 한꺼번에 받았다.

네크로맨서였지만 아직은 신앙 스텟이 높기도 했고, 악마 와 전투를 펼치고 있기 때문이었다.

세상의 모든 것을 먹어 치우려는 악마는 신들이 네크로맨 서보다 훨씬 싫어하는 존재.

시체 폭발만 쓰고 있었으니 신들의 축복이 전투에 결정적인 도움을 주는 건 아니었다. 그럼에도 영구적인 스텟의 향상이나 효과는 긍정적이었다.

'이런 혜택이 또 있군. 하긴, 강도보다는 소매치기가 낫지!'

위드의 시체 폭발로 델암의 생명력은 14%까지 낮아졌다.

남은 시간은 29초!

시체 폭발에 쓸 수 있는 마나는 신들의 축복 때문에라도 넉넉한 상태였다.

물론 마나가 정 부족했다면 시체나 살아 있는 이들로부터 착취를 할 수도 있었다. 부작용이야 존재했지만.

"시간이 없다. 이번이 마지막 기회다. 마폰 왕국을 위하여!"

연합군은 델암의 옆에서 계속 목숨을 바쳤다.

위드의 시체 폭발에 의해서 죽은 이들도 있었고, 스스로 목숨을 끊기도 했다.

상상 이상의 장엄한 광경.

사제들도 신성력을 쓰고, 마법사들은 마나와 생명력을 쏟아부었다. 악마 델암에 비해 약하기 때문에, 그렇기에 모든 이들이 합심해서 노력했다.

그리고 마침내 델암의 생명력이 2% 남았을 때였다.

남은 시간은 6초.

계산상으로 폭식의 악마 델암의 공략은 충분히 가능했다.

"와아아, 대박!"

"희망이 보이는 것 같습니다."

페일 일행은 입을 쩍 벌리고 구경하고 있었다.

위드의 머릿속은 냉장고에서 막 꺼낸 얼음물처럼 차가웠다.

'지금 집중해야 해.'

마폰 왕국의 기사단이 전력으로 말을 달려 델암과 충돌했다. 브롬바 왕국의 궁수들도 기사들과 함께 시체 폭발에 크게 휘말렸다.

델암의 생명력은 1%로 떨어졌다.

남은 시간은 2초.

'더 기다려야 해.'

마법사들의 합동 공격이 델암의 거대한 몸에 불의 비를 내리게 했다.

'조금만…….'

생명력은 1%인 상태.

마법이 막 발동되었으니 피해는 생각보다 적으리라.

물론 델암의 생명력이 1%이더라도 적은 것은 아니었고, 더 이상 피해를 입히지 못하면 회복되는 것도 순식간일 것이다.

남은 시간은 1초.

기사들이 검으로 베고, 궁수들이 화살을 쏘는 것까지도 봤다.

'지금이다.'

막 0초가 되려는 순간.

위드는 스킬을 사용했다.

"찰나의 조각술!"

그 순간, 위드와 델암, 연합군의 공격 등 모든 것이 멈춰 버렸다.

바람 소리마저 사라진 완전한 고요함.

시간을 멈추는 찰나의 조각술이 발동되면서, 수십만의 병력이 휘말린 거대한 전장의 시끄러운 소리가 거짓말처럼 사라졌다.

활시위에서 쏘아져서 날아가는 화살과 허공에서 생성되던 마법의 형상들도 그대로 멈췄다.

눈물을 흘리며 달리는 병사들의 발걸음도, 기사들이 타고 있던 말도 움직이지 않았다.

위드에게는 시간이 멈춰진 익숙한 풍경.

'두 번은 없다. 단 한 번의 기회야.'

폭식의 악마 델암은 소화를 끝내기 직전이었다.

위드는 델암의 곁으로 이동하여 로아의 명검을 높이 치켜들었다.

'이 순간을 위해 조각 파괴술로 예술 스텟을 힘으로 몰아넣었지.'

작센 섬의 전투.

폭식의 악마 델암까지 소환되는 이 전장은 위험하고 난이도가 높았다.

퀘스트의 성공을 위해 전력을 강화하고자 했다면 힘이 아니라 지혜로 예술 스텟을 몰아넣는 것이 상식에 맞았다. 부가적인 효과로 언데드들이 훨씬 강해졌을 테고, 더욱 많은 병력을 일으킬 수 있었을 테니까.

만약에 그랬다면 악마족들을 토벌하기가 쉬워졌을 것이고, 심지어는 델암 소환을 막을 수도 있었을지도 모른다.

'하지만 그랬다면 이익이 크지 않았을 거야.'

연합군에 섞여서 기껏해야 악마족을 토벌할 뿐이다.

그 공적도 작진 않겠지만, 시간을 거슬러 찾아와서 대박을 칠 정도의 특별한 성과는 아니었다.

폭식의 악마 델암!

위드가 작센 섬으로 온 건 악마 델암을 사냥하기 위해서였다. 그것도 마지막 순간 직접 날름 먹어 치우려는 목적을 가지고!

'악마 델암이라면 지금까지 내가 잡았던 보스들 중에서도 최고로 뽑을 만한 존재. 레벨을 떠나서 존재 자체도 엄청나고 난이도도 높아.'

파티 사냥은 대체로 경험치가 비슷하게 나뉘어서 들어간다. 다른 파티원보다 레벨이 더 높거나 몬스터에게 많은 피해를 입히거나 하면 경험치를 조금 더 받기는 하지만, 그렇다고 해서 몇십 배씩 차이가 나는 경우는 드물었다.

전쟁터에서는 천차만별이다.

수만 명이 어우러져서 싸우기 때문에 각자가 싸우는 만큼 경험치와 업적을 달성한다.

델암을 사냥하는 것 같은 수십만 명의 대규모 레이드에서는 적을 처단하는 마지막 공격을 해낸 것이 대단히 큰 공적으로 남는다.

특별한 호칭이 부여되거나 스텟, 스킬이 생기기도 하고, 무엇보다도 전리품을 획득할 가능성이 높아진다.

'이걸 위해서 조각 파괴술까지 쓰고 기다리고 있었다.'

조각술 최후의 비기, 찰나의 조각술!

예술을 위해 조각사들이 고심 끝에 탄생시킨 스킬까지도 델암을 냉큼 먹어 치우기 위하여 간을 보고 있던 상태.

"광휘의 검술!"

위드는 로아의 명검에서 빛을 길게 뽑아내며 델암을 베었다.

조각술 마스터 자하브에게 배웠던 검술의 비기!

이 빛의 검은 어둠의 속성을 가진 몬스터에게 매우 강력하게 작용한다.

'악마에게도 효과가 있을 거야. 있어야만 한다.'

찰나의 에너지는 5,000 정도가 있었다.

일반적인 사냥에서야 많은 수치였지만 대규모 전장에서는 에너지가 더 빨리 소모된다.

델암처럼 막대한 생명력을 가진 악마라면 거의 죽기 직전이라고 해도 방심은 금물이다.

물론 위드의 성격상 수급 직전에 마음을 놓고 있는다는 건 터무니없는 일이었다.

파바바밧!

위드가 광휘의 검술로 현란하게 델암을 연속해서 베었다.

멈춰진 마법 공격이나 연합군 기사들의 존재로 인해 넓은 공간을 쓰기는 무리였지만 빛의 검을 휘둘렀다.

델암의 머리에는 12개의 뿔이 돋아나 있었으며 흑색 왕관까지 착용해서 그 존재감이란 어마어마한 것이었다.

'가능한 약점을 노려야 한다.'

위드가 선택한 위치는 배!

몬스터들에게는 약점으로 꼽히지 않는 장소였지만 델암의 특성이 폭식이다 보니 배가 약하다고 봤다.

물론 등이나 옆구리, 다리보다는 취약한 부위 아닐까 싶은 것이지 델암이 사냥당한 적이 없어서 근거를 가진 정보는 아니었다.

위드는 한 지점만 집중해서 공격했다.

피해량을 늘리는 일점 공격술!

찰나의 조각술로 시간이 멈춰진 상태라서 공격력도 어마어마하게 늘었다.

'시간을 멈추기 전에 남아 있던 생명력은 0.3% 정도나 되었을까? 그렇다면 이걸로 끝이다.'

위드는 마지막까지 확실히 하기 위해서 조금 뒤로 물러났다.

"분검술!"

검술의 비기.

위드의 분신이 최대치인 50개까지 늘어났다.

"이게 마지막이다. 소드 카이저!"

최소한의 생명력만을 남겨 놓고 모든 마나를 동원했다.

만의 하나 같은 것은 생각하지도 않았다.

'이번 공격에도 불구하고 델암이 버틴다면… 그건 그냥 네가 이긴 거다.'

도망칠 여력도 남겨 놓지 않고 50개의 분신이 일제히 델암에게 돌격해서 찌르고 베었다.

소드 카이저의 적중!

그 직후 찰나의 조각술이 풀렸다.

그오오오오.

델암의 몸이 갈라지면서 붉은 빛이 균열 사이로 엿보였다.

"아, 악마가 깨어난다!"

"이럴 수가… 악마가 죽지 않았어."

인간들은 그 자리에 얼어붙었다.

그때, 델암의 몸에 수천수만 개의 균열이 일어나면서 갈라졌다.

"네놈이……!"

델암의 태양처럼 붉은 눈동자가 가까이 있던 위드에게로 향했다.

위드는 고작 3미터 떨어진 자리에서 고요하게 서 있었다.

언뜻 태연하기까지 해 보이는 모습이었지만, 죽음이 두렵기는 했다. 그동안 어렵게 올린 레벨과 스킬 숙련도를 통째로 잃어버릴 상황!

'월세가 밀린 상태인데 막다른 골목에서 집주인을 만나는 기분…….'

그럼에도 델암이 죽기라도 한다면 쏟아질 전리품에 대한 욕심이 훨씬 더 컸다.

죽음의 공포마저 물욕으로 극복한 위드!

연합군 기사와 병사를 마구 집어삼켰던 델암의 입과 얼굴도 균열이 일어나며 갈라지고 있었다.

"제대로 먹지도 못했는데. 한입만 더……."

델암이 위드를 향하여 크게 주둥이를 벌렸다.

하지만 균열이 더욱 커지면서 몸과 머리가 부서지고 있었다.

"배고파. 언젠가… 언젠가는 다시…….."

육체의 내부에서 불길이 일어나면서 한순간에 소멸해 버리는 거대한 델암!

띠링!

−전투의 대업적!
  막대한 전투 경험을 쌓았습니다.

−레벨이 올랐습니다.

−레벨이 올랐습니다.

−레벨이 올랐습니다.

−레벨이 올랐습니다.

−폭식의 악마 델암의 육체가 소멸했습니다.

−위대한 전투의 대업적으로 명성이 23,281 올랐습니다.

−역사의 한자리를 차지할 만한 전투를 경험했습니다.
  델암을 제거함으로써 전투에 참여한 모든 이들의 스텟이 9 증가합니다.
  용기, 투지, 명예가 10씩 추가로 늘어납니다.

―중급 악마를 처단했습니다.

―호칭 '악마병 사냥꾼'이 '악마를 쓰러뜨린 자'로 바뀌었습니다.
악마!
모든 왕국과 교단에서, 강대한 힘을 가지고 신마저도 우습게 보는 악마의 존재를 두려워합니다.
악마가 이 땅에 나타나서 큰 전쟁이 벌어지지 않았던 때가 없습니다.
악마를 쓰러뜨린 자는 모든 주민의 존경을 받습니다.
그의 이름은 귀한 혈통을 가진 왕족보다도 명예로운 것이며, 베르사 대륙의 역사에 기록될 만합니다.
기사 중의 기사, 마법사 중에서 가장 현명한 자로 꼽힙니다.
악마와 관련된 몬스터나 그 부하들을 상대로 할 때 공격력이 16% 늘어납니다.
경험을 통해 악마병들의 약점을 파악할 수 있습니다.
모든 왕국과 교단에서의 영향력이 30 늘어납니다.
각 교단을 방문했을 때 무료로 최상급의 축복을 받을 수 있습니다.
호칭을 이용하여 어느 왕국에서나 백작 이상의 작위를 얻을 수 있습니다.

―프레야 여신의 고마움!
그녀는 델암이 대륙에 나타난 순간부터 걱정하고 있었습니다.
풍요와 아름다움을 주관하는 그녀에게 폭식의 악마는 고개를 돌리고 외면하고 싶은 것이었습니다.
영웅적인 지휘력과 카리스마. 마지막까지도 포기하지 않는 용기로 기적과도 같은 승리를 거둬 악마를 소멸시킨 당신에게 프레야 여신이 고마움의 선물을 내립니다.
생명력과 마나의 최대치가 영구적으로 5,000 증가합니다.
신앙심이 50 증가합니다.
프레야 교단과의 관계가 '짙은 동맹'이 됩니다.

그대의 영향력이 닿은 땅은 풍요롭습니다. 아르펜 왕국의 영토의 곡물 생산량이 최대가 되고 가축의 번식률도 늘어납니다.

아름다움의 정화!

그대의 손길이 닿은 세공품에는 특별한 아름다움이 부여됩니다.

신이 부여한 아름다움은 직접 만든 모든 세공품들을 베르사 대륙 어디에서나 '특산품' 이상의 대접을 받게 해 줄 것입니다.

한꺼번에 오른 4개의 레벨과, 업적을 알리는 메시지들.

프레야 여신의 축복은 국왕의 입장에서 더없이 유용한 것이었다.

'곡물 생산량이 많아지면 출생률에도 영향을 주고 세금 수입도 늘려 주지. 오크들이나 황소들을 배불리 먹일 수 있겠군.'

풍년이 되면 치안도 꽤나 상승한다.

위드의 인기가 정점에 달한 아르펜 왕국은 안정적이다. 아직까지 치안 부분에서는 문제가 일어난 적이 없다지만 그래도 높아서 나쁠 건 없었으니까.

왕국 전체에 부여되는 축복은 생산력의 놀라운 향상을 가져다주리라.

북부 유저 전체의 소득이 늘어나는 것이었으니까.

'그래도 이게 중요한 게 아냐.'

위드는 메시지 창을 대충 넘기면서 손을 뻗었다.

-멸망의 악장을 획득하셨습니다.

─폭식의 요리법을 획득하셨습니다.

─1등급 요리 재료를 스물여섯 가지 획득하셨습니다.

─델암의 삼지창을 획득하셨습니다.

악마를 해치우고 얻은 풍성한 아이템들!

"역시 전투는 수금하는 맛이지!"

위드는 작센 섬에서의 전투를 성공적으로 마무리 짓고 원래의 시간대로 돌아왔다.

"방송국에서 접촉이 올 겁니다. 방송 중계권에 대해서는 같이 나누도록 하죠."

이리엔이 눈을 크게 떴다.

"정말요?"

"네. 당연한 거니까요."

"그 당연한 게 위드 님에게는 당연하지 않은데. 뭔가 이상한 예감이⋯⋯."

페일이 혼잣말을 중얼거리다가 무언가가 떠올라서 급히 멈췄다.

전투 노예!

'위드 님을 따라다니면서 고생을 하긴 했지만 보람이 있어서는 개뿔… 고생은 나눠서 해야지.'

그 혼자 불려 가서 노예로서 따라다닐 때보다 로열 로드를 함께한 동료들이 있으니 훨씬 마음이 편하고 가벼웠다. 여러 직업들이 모이니 시너지 효과 같은 것도 생길 뿐만 아니라, 무엇보다도 할 일이 줄어들었다.

위드가 네크로맨서가 된 영향도 있겠지만 다른 이들도 한 몫씩은 해냈기 때문이다.

'방송 중계권까지 나눠 받으면 그야말로 노예 계약이다. 그렇지만 굳이 말하진 말아야지.'

동료들이 기쁨을 만끽하도록 입을 꾹 다물었다.

페일의 예상대로 위드가 이익금을 공정하게 정산하는 데는 이유가 있었다.

'한 번 먹고 말 게 아니면 길게 봐야지.'

위드는 임금을 체불해서 종업원들을 그만두게 만드는 악덕 사장이야말로 어설프다고 생각했다.

'100원을 안 줘서 탈이 나기보다는 만 원어치 일을 시키면 되지.'

나눠 줄 때는 잘 나눠 줘야 골수까지 빼어먹을 수 있는 법!

"그럼 다음에 방송 나오면 밥이라도 한 끼 하죠."

"네. 언제든 불러 주세요."

위드는 동료들과 약속대로 쿨하게 헤어졌다.

'밥 먹기로 한 날에 데리고 갈 만한 전장을 살펴봐야 되겠군. 지옥이나 뭐 이런 데는 못 가나?'

당분간은 여행의 조각술을 아끼기 위해 대륙을 돌아다니면서 언데드를 데리고 사냥을 하기로 했다.

헤르메스 길드에서는 척살대가 전멸해서 비웃음을 당하고, 다리우스의 폭로로 감추고 싶던 흑역사까지 공개된 마당이다. 내부에 첩자도 있었으니 그들의 공격은 신경 쓰지 않아도 되었다.

"가자, 동생아."

"어디로?"

"사막."

"아저씨들이랑?"

검치와 수련생들도 유린이 보기에는 아저씨였다.

그들은 아니라고 하지만 여자들의 보는 눈은 정확한 법.

"아니, 혼자 할 거야. 당분간은 레벨을 올리는 데 중점을 둘 생각이니까."

그림 이동술!

유린의 그림을 통해 대륙을 넘나들었다.

언데드들과 같이 사막에서 밤샘 사냥을 하고 그다음 장소도 결정했다.

"크… 여긴 더웠어. 바다나 가야지."

즉흥적으로 사냥터를 결정하고 언데드들을 이용하여 빠르게 치고 빠진다.

헤르메스 길드의 척살대가 아니더라도 위드가 나타나면 뒤늦게 소문이 퍼져서 일반 유저들이 모여들었다.

"끝났어?"

"진작 갔어."

"비롤더 던전은 아직까지 공략된 적이 없잖아. 근데 3시간 만에 정복을 마쳤다고?"

"응. 다 쓸어버렸더라."

"던전에 들어가자. 지금 아니면 언제 비롤더 던전에서 사냥을 해 보겠어?"

"못 들었어? 다 쓸어버렸다니까."

"그래도 몇 마리는 남았을 거 아냐."

"없어. 흘리고 간 잡템 하나 남아 있지 않아."

위드가 지나가고 남은 자리는 깨끗하게 비워졌다.

유저들은 평소에 들어갈 수 없었던 던전을, 입주 청소를 마친 것처럼 깨끗해진 상태에서 구경하는 기회를 얻을 수 있었다.

깊은 그림자 던전.

소용돌이치는 미로.

협곡 지하의 대수로.

어긋난 균열 부근.

바쉐린 고성.

아르펜 왕국에서 북부 유저들이 공략에 실패한 유명한 던전들을 찾았다.

던전들의 정보는 공략이 시도됐던 횟수만큼 쌓여 있는 상태!

위대한 건축물인 대도서관에는 방대한 던전 정보들이 모여 있었고, 마판 상회의 시급 2골드 알바생들에 의해 정리가 되었다.

언데드를 소환하는 위드의 전투력은 던전의 몬스터들이 강할수록 덩달아 향상되었다. 심지어 찰나의 조각술이나 조각 변신술, 조각 부활술까지도 쓸 수 있었으니 어떤 상황에라도 맞춰 가기에는 최적.

"언데드를 쓰면 모험이나 던전 탐험에도 장점이 많아. 물론 장비가 갖춰지고 잘 큰 네크로맨서의 경우지만."

반 호크와 토리도, 다수의 조각 생명체 부하들까지 뒤를 따랐다.

복잡한 미로에서는 바람과 대지의 정령을 소환하여 길을 찾도록 시켰다.

'마법의 대륙이 떠오르는구나. 던전을 공략하면서 매일 사냥을 했었는데. 아무것도 모르고 정신없이 빠져서 말이야.'

위드는 던전 공략에 푹 빠져들었다.

강한 몬스터들을 때려잡고 성장한다. 남들이 어렵다고 하는 던전을 부하들과 함께 격파한다.

일반 유저들과 함께한다면 그만큼 도움을 받겠지만 책임이 분산되는 것도 사실이다. 어떤 방식으로 공략을 할지 의논을 하는 데도 시간이 흐른다.

대화와 토론은 밤샘 사냥의 적!

"밀어 버려."

위드는 눈치를 봐 가며 언데드를 과감하게 투입했다.

물량 공세를 기반으로 제압!

−무모한 지휘로 인해 통솔이 1 증가하였습니다.

기사처럼 많이는 아니더라도 네크로맨서 또한 지휘 스텟이 쌓이는 것도 장점이었다.

데스 나이트를 넘어서 둠 나이트 정도를 소환하게 되면 네크로맨서에 대한 기본적인 인식이 완전히 바뀐다.

무섭도록 빠르게 움직이는 언데드들이 전장을 장악!

본 드래곤까지 소환하면서 가공할 전면전을 치르는 존재로 변하게 된다.

몸이 약하고 언데드에게만 의존해야 하는 네크로맨서를 거기까지 성장시키기가 어렵다는 것이 문제였지만!

반 호크의 턱뼈가 만족스럽게 벌어졌다.

"주인, 이제 내 부하들도 조금 쓸 만해졌다."

"더 열심히 사냥하도록 해. 언데드로서 꿈을 크게 가져.

어비스 나이트 정도는 다시 되어 봐야지. 둠 나이트 기사단을 이끌면서 말이야."

"뼈마디가 부서질 정도로 전투를 치르겠다."

반 호크와 토리도의 성장!

위드가 네크로맨서가 되면서 언데드와 관련된 각종 스킬들을 활용할 수 있게 되었다.

그동안 피를 마시지 못하고 성장이 정체되어 있던 토리도, 지휘 능력을 발휘하는 일이 드물던 반 호크가 전투에서 대활약을 펼쳤다.

언데드 소환 스킬이 증가할 때마다 데스 나이트들은 무섭게 위력이 향상되었다.

다른 네크로맨서에 비해 갖추어진 스텟과 장비, 지휘가 가능한 부하들에 의해 2배 이상의 전투력을 발휘!

몬스터들이 너무 강하더라도, 언데드들이 버티는 사이에 화살을 쏘며 시체를 폭발시켰다.

"야, 일단 튀자."

"주인, 데스 나이트의 긍지는 적에게 등을 보이지 않는다."

"어차피 넌 남겨 두려고 했어. 내가 안전하게 철수할 때까지 부하들과 같이 버텨라."

감당이 안 될 때에는 잠시 철수해서 언데드를 늘린 후에 되돌아왔다.

언데드 군단으로도 상대가 불가능한 몬스터는 애초에 레

벨 500대의 던전에서는 찾아보기가 어려웠다.

레벨 600대의 던전도 불가능한 건 아니지만 사냥 효율에 있어서는 별로였다.

데스 나이트들은 강화를 하더라도 매우 강력한 몬스터에게는 한계가 있었다. 바르칸의 3대 마법 중에 데스 오라나 다크 룰이 있다면 이야기가 달라지겠지만 익히려면 아직 한참 먼 상태였다.

물론 둠 나이트들만 소환할 수 있게 되더라도 600대의 던전도 얼마든지 가능할 것으로 보이기는 했지만.

애초에 언데드의 장점은 되살아나는 무한의 생존력과 물량 공세!

'기존에 가지고 있던 조각술에 언데드 소환까지 쓰니 사냥 속도는 확실히 빨라졌어.'

원래 위드는 다른 유저들에 비해 사냥 속도가 훨씬 빠른 편이었다.

체력 회복이나 음식을 먹는 행동을 하면서도 시간을 낭비하지 않았다. 도움이 되는 온갖 스킬들을 습득하면서, 단순 전투력이 아니라 종합적인 전력을 향상시켰다.

파티 사냥만 하는 거라면 어차피 경험치를 나눠 받기 때문에 멍청한 행동일 테지만, 혼자 사냥을 하러 다니는 일이 많았다.

조각사의 한계를 극복하기 위해 최강의 잡캐라고 불리며

살았던 시간과 노력이 쌓이면서 지금은 막강한 종합 전투력을 자랑!

마른 수건을 쥐어짜듯이 빠듯하던 사냥에 언데드들이 추가되면서 지금은 초고성능 세탁기를 돌리는 정도의 변화가 생겼다.

"토리도, 앞으로 나가서 수색을 해라. 길을 찾고, 몬스터들을 제압해."

"알겠다, 주인."

대규모의 언데드를 이끌면서 쉬지 않고 꾸준히 던전을 질주했다.

이미 순수 사냥 효율 측면에서는 다른 유저들의 5배가 넘어갔다. 그냥 빠르다는 말로는 표현이 불가능하고, 던전을 휩쓸고 다니는 수준!

'언젠가 언데드 소환이 고급에 이르거나 마스터를 하게 되겠지. 그때부터가 진짜다.'

위드는 큰 그림을 그리고 있었다.

막대한 페널티가 있는 네크로맨서.

꾸준히 성장해서 현재의 직업조차도 스텟에서 손해를 입더라도, 마스터를 하고 난다면 다음 직업이 진짜가 되리라.

'조각사와 네크로맨서. 완벽한 조화는 아니더라도 어울리면 이점이 커. 그리고 다음으로는 직접 몸을 쓰는 전투 계열의 직업을 얻는다면?'

사막 전사나 무예인은 강한 직업이다. 위드는 대제왕으로 활동하면서 사막 전사의 끝을 봤다.

막강한 몬스터, 말살의 불도마뱀 같은 녀석들도 무릎 꿇릴 수 있는 강렬한 힘!

그렇지만 네크로맨서처럼 쉬지 않고 던전을 돌며 대량 사냥에 나서기는 힘들다. 치열한 전투를 버티기에는 체력과 마나가 너무 빠르게 소모되기 때문이다.

'지금은 네크로맨서로 뒤처진 레벨을 빠르게 올린다. 전투에 나서면 쓸 수 있는 군단도 만드는 것이지. 그리고 이 직업까지 마스터한 후에… 사막 전사가 된다. 아니면 직업을 얻는 과정은 어렵더라도, 용사나 드래곤 나이트도 괜찮겠지.'

전사로 단련을 해서 스스로도 극강의 강함을 가지게 된다면 보스급 몬스터를 만나도 두렵지 않으리라.

언데드를 항상 소환할 수 있으니 전사 계열의 직업을 얻으면 혼자서도 상위 던전에 도전하기가 훨씬 쉬워진다.

레벨 700대나 800대가 되었을 때에는 둠 나이트급 이상의 언데드가 소환될 테고, 어쩌면 본 드래곤도 몇 마리 간단히 일으킬 수 있게 되리라.

전투력에 굉장한 도움이 될 것임에 틀림이 없었다.

'그때가 되면… 끝없이 강해질 수 있어.'

이러한 큰 그림도 조각사를 마스터하고 나서부터 든 생각이었다. 한 직업의 정점에 오르고 나니 그만큼 눈높이가 올라간 것이다.

다른 유저들은 로열 로드에서 1개의 레벨을 올리기 위해 허덕였다. 위드는 그 수준을 넘어, 마법의 대륙에서처럼 로열 로드를 씹어 먹기 위한 성장을 준비하고 있었다.

-레벨이 올랐습니다.

위드는 던전의 몬스터들을 쓸어버리면서 조각사일 때보다
레벨을 빨리 올렸다. 언데드 소환 스킬이 중급 4레벨이 되었
고, 레벨도 480 돌파!

간단한 퀘스트는 받을 수 있으면 받았지만, 복잡하게 얽히
는 일은 거부했다.

"그대에게서는 짙은 어둠이 느껴지는군. 이 일은 높은 신
뢰를 바탕으로 해야 하네."

직업 때문에 용병 길드에서 퀘스트를 얻기도 쉬운 게 아니
었다. 그러나 위드의 명성이라면 뭐든 가능했다.

"똑바로 보고 말해."

"설마… 국왕 폐하 아니십니까?"

"그래. 돈 좀 되는 일 있나? 귀찮은 건 싫어."

"말씀만 하십시오. 어떤 일이든 준비되어 있습니다."

아르펜 왕국에서는 네크로맨서라고 해도 퀘스트를 얻는 데 장애가 없었다.

이것이야말로 권력의 단맛!

"여신께서 인정하신 분. 그대가 다루는 힘에 대해서는 경계하고 있지만 꼭 해 주셔야 할 일이 있습니다."

대부분의 교단에서도 악마 델암을 처치한 위드에게 퀘스트를 주었다. 명성과 신앙심, 정의, 명예 스탯들이 관리를 통해 여전히 높은 편이었다.

악마 델암을 처치한 공적마저도 서서히 사라질 때가 되면 힘들겠지만, 꼼수란 필요할 때 계속 만들어 내는 것이었다.

"세상을 어지럽히는 기운이 느껴집니다. 조사를 해 볼 필요가 있는데도 큰돈은 안 되니 나서 주는 사람이 없군요."

"응, 아냐. 나도 바빠."

―퀘스트를 거절하셨습니다.

"요정의 정수라는 게 있다고 합니다. 어떤 모험가도 찾아 내지 못한 것이지요. 발견된 적 없는 보물을 확인하는 건 멋진 일이지 않습니까?"

"관심 없어."

－퀘스트를 거절하셨습니다.

"동쪽으로 날아간 큰 몬스터. 그것에 대해 제대로 알려진 건 드뭅니다. 하지만 그날 이후부터 이 도시의 사람들은 몬스터의 습격을 두려워하고 있습니다. 놈을 찾아서 퇴치해 주시겠습니까?"

"귀찮아. 오면 불러."

－퀘스트를 거절하셨습니다.

구하기 힘든 재료나 사냥하기 귀찮은 몬스터는 과감히 통과!

원하는 지역의 몬스터 사냥에 대한 퀘스트만을 받았고, 그것으로도 일감은 충분했다.

베르사 대륙에 유저들이 공략하지 않았거나 공략에 실패한 던전은 굉장히 많았다. 몬스터가 마법을 다루거나, 찾아가기 힘든 먼 던전, 공략에 다수의 인원을 필요로 하는 던전은 유저들도 쉽게 건드리지 못했다.

위드는 바르칸의 장비 때문에 높아진 언데드들의 마법 저항력과 방어력을 믿고, 각종 조각술 스킬들을 활용하면서 던전을 공략했다.

－레벨이 올랐습니다.

경험치가 쌓여 레벨이 오를 때마다 밀린 숙제를 하는 기분이었다.

"레벨에 비해서 스킬 숙련도가 떨어지는 건 그다지 걱정하지 않아도 되니 좋군."

위드는 마나를 아끼고 체력을 소모하기 위해 직접 검을 휘두르면서도 싸웠다.

검술 레벨은 고급 7.

비슷한 레벨의 전투 계열 직업에 비해서도 높다고는 할 수 없는 처지였지만 상관없었다.

대제왕 시절에 검술 마스터를 해 본 경험이 있기에 마의 장벽이라고 할 수 있는 이후의 스킬 레벨에도 자신이 있었다.

"강한 녀석들을 쓰러뜨려야 숙련도가 빨리 쌓이지. 지긋지긋할 정도로 강한 녀석들을 많이 알고 있으니까 말이야."

빠르거나 조금 늦거나, 어차피 마스터를 하게 될 기술!

'강해지는 것만 생각하자. 레벨을 올리는 일도 즐겁지만 던전 공략도 나쁘지 않잖아.'

끝없는 목표!

던전 공략도 가장 빠른 시간 안에 완벽하게 해내려고 했다.

남들이 세운 시간 기록을 뛰어넘는 것은 물론이고, 일찍이 잡힌 적 없는 보스급 몬스터에게도 도전했다.

헤르메스 길드의 계속되는 고난!

위드가 사냥을 하는 동안에도 방송국들을 통해서 끊임없이 그들의 비리가 폭로되고 있었다. 세금을 인하하며 억지로 다독여 놓은 민심이 다시금 흔들렸다.

"너무 많은 사건들이 폭로되었습니다. 이대로라면 유저들은 앞으로도 우리 길드를 믿지 않겠죠."

"이러면 중장기 통치 계획에 너무 큰 차질이 생기는데 말입니다."

"괜히 세금을 낮추자고 해서… 쩝, 우리가 가져가는 수익금만 줄었습니다."

"저도 동감입니다. 영지 내에서 투자를 위해 몇 가지 건설 사업도 진행 중이었는데 어쩔 수 없이 다 중단해 버렸지 않습니까. 그 부분은 수뇌부에서 생각이 부족했습니다."

영주들끼리 조용히 대화를 나누었다.

중앙 대륙의 유저들을 막무가내로 쥐어짜 내며 착취하던 영주들!

그들 입장에서는 세율이 낮아지면서 수익금이 대폭 줄어들었다. 영지 내의 건설 사업이나 복지 계획에 돈이 필요하다는 말은 다 핑계였고, 손에 들고 있던 맛 좋은 떡을 빼앗긴 것 같아서 기분이 나빴다.

지역에서 힘이 있는 영주들 입장에서는 반란군도 나쁜 것만은 아니었다. 반란군이 출몰해 줘야 그들을 빌미로 착취를 합리화할 수 있었기 때문이다.

　하벤 제국 전체의 사정이야 그들에게는 고려할 대상이 아니었다.

　"대륙 통일까지는 고작해야 왕국 하나가 남았는데, 그걸 정복을 못 해서 깔끔하게 마무리가 안 되다니 말입니다."

　"시간을 너무 주는 것 같군요. 나라면 진작 군대를 이끌고 아르펜 왕국을 지도상에서 없애 버렸을 텐데."

　"유저들이 반란을 일으키지 않겠습니까?"

　"제대로 한번 밟아 놓고 출정을 해야죠. 무차별적으로 공포 분위기를 확실히 심어 주면……. 반란군만 딱 진압하려고 하니 어려웠던 겁니다."

　"헤르메스 길드도 예전 같진 않은 거지요."

　영주들은 비싼 술을 마시면서 마음껏 이야기를 나누었다.

　그들은 헤르메스 길드에 충성을 바치진 않는다. 그렇다고 해서 아르펜 왕국으로 넘어갈 생각도 없는 이들.

　'욕을 먹기는 해도 결국 하벤 제국이 이기겠지.'

　'쯧, 아르펜 왕국으로 가면 돈이나 장비를 마음껏 챙길 수가 없잖아.'

　'북부에 예쁜 여자들이 많다고는 하는데…….'

　돈과 권력에 흠뻑 취해 있는 영주들이었다.

"크험, 우리가 결과물을 꼭 검증받으려는 건 아니네만……."

"그래도 어떤 완성품이 더 뛰어난지는 확인을 해야 할 것 같군."

"승부를 가리자는 의미는 아닐세. 당연한 절차로, 장인으로서 기념하고 싶은 것이지."

"무승부라고 해도 우린 인정할 거네."

신의 금속 헬리움!

베르사 대륙에서 대장장이 마스터의 위업을 달성한 파비오와 헤르만은 자신만만하게 위드를 기다렸다.

'이 승부는 내가 이긴다.'

'길고 길었던 경쟁. 종지부가 될 테지.'

대장장이 마스터를 하면서 마음이 넓어진 것 같았지만 막상 그렇지도 않았다.

대장장이로서 한 자루씩의 검을 만들었다.

두 자루의 검을 비교하는 마지막 승부야말로 누가 진정으로 더 뛰어난 대장장이인지 가리는 것이다.

그 결과물은 헬리움을 재료로 제공했던 위드가 판단하기로 했다.

'보나 마나 나의 승리다.'

'후후, 파비오 어르신이 지금까지 검만 만들어 온 나의 경험과 실력을 당해 낼 수 있을까?

지긋이 나이를 먹은 두 대장장이들.

그들은 느긋한 척을 했지만 어린아이처럼 간절하게 위드를 기다리고 있었다.

본래 자존심 대결이란 나이가 많아질수록 더 심해지는 법!

위드는 유린과 같이 그림 이동술로 대장장이들 앞에 나타났다.

"흠, 이것이 헬리움으로 만든 검들이군요."

파비오와 헤르만의 거처는 모라타의 뒷산과 프레야 여신상이 보이는 넓은 저택이었다.

부유한 대장장이인 만큼 그들의 저택에는 넓은 정원도 꾸며졌고, 엘프목으로 지어진 정자도 세워져 있다.

연회를 열어도 될 것처럼 넓은 정자에서 꺼낸 두 자루의 검은 햇빛에 은은한 광채를 사방으로 퍼트렸다.

파비오는 뿌듯함을 드러내지 않으려고 노력하며 말했다.

"손에도 쥐어 보도록 하게. 느낌이 그냥… 부끄럽지 않은 정도지, 허허허."

속마음과 나오는 말이 다른 경우라면 바로 이런 순간을 의미하는 것이리라.

위드는 대충 검을 보고 가고 싶었다.

'어차피 돈도 안 되는 것. 사냥터, 사냥터, 사냥터, 사냥터.'

파비오의 검은 외관만큼은 수수했다. 귀한 보석으로 검집이나 손잡이 부분을 치장하지도 않았고, 있는 그대로 검에 충실했다.

위드가 만든 별의 조각품. 처자식 별을 보고 나서 든 깨달음을 담아 살아 있는 생명체를 돌보듯이 정성을 담았다.

마나의 원천이며 신성력을 뿜어내는 헬리움.

그 느낌이 검에도 실려서, 부족한 것도 여기서 더할 것도 남아 있지 않다.

파비오가 한마디를 덧붙였다.

"이 검은… 주인을 따를 것이야. 주인의 능력을 키워 주고 같이 성장하는 것이지. 살아 있는 금속 헬리움이기에 그 특징을 최대한 활용해 보았네."

그저 설명만 들어 보아도 1명의 장인이 모든 걸 다해서 만든 역작!

"이 검도 보도록 하게. 부끄럽지는 않을 것이네."

헤르만도 자신이 만든 검을 손으로 가리켰다.

평생을 검을 만들며 살아온 장인!

20세기 이후부터는 멍청하고 답답하다는 소리를 듣는, 전형적으로 한 우물만 판 인물!

그가 만든 검은 놀라울 정도로 서늘한 예기를 뿜어내고 있었다.

차갑고, 날카롭다.

헬리움은 무한한 마나를 발산하기에 그 에너지를 차갑게

벼려 냈다.

빙결의 검!

검 자체의 공격력도 뛰어나지만 무자비한 얼음의 속성을 가지고 있다.

"별건 아니지만 재난도 일으킬 수 있네."

"재난요?"

"그 분야에 대해서는 누구보다 잘 알고 있겠지? 이 검은 얼음 폭풍을 불러들일 수 있다네."

적을 얼리고 깨뜨리는 위력을 가지고 있으니 전투에는 이로움이 많다. 어떠한 몬스터나 상대라도 빙결의 검을 상대로 하기는 어려울 것이다.

위드는 2개의 검 모두 마음에 들었다. 불과 얼마 전이었다면 입이 찢어져라 웃으면서 챙겼을 것이다.

'지금은 네크로맨서잖아. 당분간 헬리움 장비를 쓰기는 어려운 처지인데. 물론 쓴다고 해서 죽거나 하는 건 아니지만.'

조각 변신술을 사용해서 활용할 수 있다.

다만 여기에서 그치기에는 아쉬움이 들었다.

'내가 이들을 제대로 착취한 것일까? 대장장이 마스터까지 되었는데. 그들이 만든 회심의 작품이기는 한데.'

위드가 베푼 것은 헬리움을 빌려줘서 대장장이 마스터가 더 빨리 되도록 도운 것이었다. 그러한 도움이 없었더라도 파비오와 헤르만은 언제고 마스터를 했으리라. 어쩌면 다른 방법을 찾아 더 빨리 마스터를 했을 수도 있고.

다만 이 두 대장장이 마스터에게서 뽑아낼 단물은 이제부터란 생각이 들었다.

'로열 로드에서는 흔히들 초보들을 대상으로 착취를 하지. 약하고 다루기 쉬우니까. 그런데 마스터를 상대로 착취를 하면 왜 안 된다는 거지?'

발상의 전환!

파비오와 헤르만은 대장장이로서 긍지가 있는 유저들이었다.

위드는 등에 차고 있던 로아의 명검을 꺼냈다.

로아의 명검.

엘프들의 보물이며, 인간들이 최고로 꼽는 보검.

헤스티거가 남겨 놓은 유산이었다.

"그동안 이 부실한 검을 쓰느라 고생이 많았는데, 두 분이 검을 만들어 주셔서 고맙습니다."

두 대장장이들은 뻔히 드러낸 떡밥을 덥석 물었다.

"오, 그건 무슨 검인가?"

"굉장하군! 완벽한 아름다움이 검에 있다니……."

위드는 가볍게 검을 휘둘렀다. 실제로도 매우 가벼운 검이었다.

"별거 아닙니다. 두 분이 검을 만들어 줄 때까지 임시로 쓰던 것이죠."

파비오가 가까이 다가왔다.

"그래? 잠시 볼 수 있겠는가?"

"물론이죠."

대장장이는 자신의 손에 없는 무기라도 상대가 보여 주면 상태를 확인할 수 있다.

파비오는 로아의 명검을 살펴보고는 입을 꾹 다물었다.

'세상에 이런 검이…….'

헤르만도 호기심을 느끼고 다가왔다.

"나도 좀 보겠네."

"그러시죠."

헤르만도 로아의 명검을 보더니 말이 없어졌다.

'성검, 신검에도 못지않다. 이런 검을 가지고 있었다고?'

두 대장장이는 동시에 비슷한 생각을 떠올렸다.

'내가 만든 검은 어떻지?'

'내 검은…….'

그들이 만든 검도 어디 가서 꿀릴 정도는 아니었다.

대장장이 마스터라는 위업을 달성시켜 준 검이었고, 그들이 지금까지 벼려 온 검 중에서도 가히 필생의 역작!

보통의 검사들은 한 번이라도 빌려 가서 사냥을 해 보고 싶다고 애걸복걸을 하리라.

그렇지만 로열 로드 최고의 명검을 앞에 두니 약간씩 모자란 건 어쩔 수가 없는 일이었다.

기본 공격력이나 옵션에서 한두 가지씩은 부족했다.

'재료가 헬리움이 아니었다면 내 검이 많이 아쉬웠을 것이다.'

'지금 이런 검을 보게 되다니.'

자기들이 만든 검이 갑자기 초라하게 느껴졌다.

사실 그렇게 열등감을 느낄 정도는 아니었지만, 갖고 있던 자부심은 깨졌다.

두 대장장이들은 눈을 마주치더니 거의 동시에 고개를 끄덕였다.

파비오가 먼저 말을 꺼냈다.

"이번 승부는… 없었던 걸로 하지."

"그렇습니다. 우리 둘 다 마스터가 되었는데 우열을 따져서 뭐하겠습니까."

헤르만도 동의했다.

"처음부터 장난삼아서 시작한 아무것도 아닌 일이었는데, 허허."

"그렇지요. 우리가 어린애들도 아니고 말입니다."

대장장이 마스터로서 최고의 검을 만들었다고 생각했지만 아직 가야 할 길이 남아 있었다.

'새로운 목표가 생겼다. 대장장이의 마스터는 과정이었어. 로열 로드 최고의 검을 만든다.'

'절대의 검. 그 누구도 부인하지 못할 그런 검을……'

한가롭게 살아가려던 두 대장장이였지만 다시금 경쟁에 빠져들어야 했다.

위드는 그들에게 조언을 했다.

"거의 다 왔습니다. 금속을 다루는 기술은 발전시킬 여지가 적으니 마법을 배워 보세요."

"마법?"

"인챈트. 즉, 검에 궁극의 마법을 부여하는 것이죠."

"마법이라……."

두 대장장이들은 고민에 빠졌다.

하지만 어차피 최고의 검을 만들기로 한 이상, 방법까지 알게 되었으니 피할 수 없는 유혹이었다.

던전 바움 공략!

오데인 요새를 지배하고 있던 하벤 제국의 성주 체스트로는 병력 700명을 동원했다.

300명은 헤르메스 길드 유저들로 구성되어 있었으며, 나머지는 일반 유저들 중에서 돈을 낸 지원자들로 편성되었다.

"던전 공략에 참가비로 3,000골드나 내라니… 장비 맞추려고 챙겨 놓은 돈 다 내버렸네. 좀 심하긴 하다."

"그래도 던전 바움이잖아."

"헤르메스 길드를 뒤따라가며 참가비만큼 이득은 챙길 수 있겠지. 그보다, 방송국에서 많이 왔나?"

"응. 12개나 되는 방송국에서 중계를 한다던데."

"KMC미디어도 왔어?"

"오기는 왔대. 근데 그쪽에서는 취재만 하고 생방송으로는 안 내보낸다더라."

"그건 아쉽긴 하네."

"KMC미디어 같은 메이저 방송을 타는 게 보통 일은 아니잖아. 우리 같은 사람은 평생 한 번 나오기 힘들지."

일반 유저들끼리 쑥덕이며 대화를 나누었다.

던전 바움은 오데인 요새와 가까웠음에도 불구하고 공략된 적이 없는 곳이었다. 출현하는 몬스터들도 강해서, 평균 레벨이 600대 중반에서 후반에 이르는 강력한 지역.

과거 여섯 번에 걸친 공략 시도가 전부 실패로 돌아갔지만 이번에는 오데인 요새의 성주가 직접 추진하는 일이니 가능성이 높다고 봤다.

"그래도 이번에 좀 활약하면 유명인 되는 건 금방이겠다."

"실력 발휘 잘하면 헤르메스 길드에 들어갈 수도 있지 않겠냐."

"크으, 그건 꿈을 너무 높게 잡은 거고."

이른 새벽부터 오데인 요새에 모인 유저들은 초조하게 기다렸다.

헤르메스 길드 유저들이 약속 시간을 지나 느긋하게 나타나고 성주 체스트로가 방송을 다분히 의식한 일장 연설을 했지만, 그 정도는 충분히 참을 수 있었다.

"출정한다!"

체스트로는 긴 연설 후에 커다란 코끼리의 등에 타고 검을 휘둘렀다.

그 모습에 유저들은 박수를 치며 적당히 호응하며 던전 바움으로 따라갔다.

"성주 나이가 30대 중반이라던데. 이런 거 할 나이는 지났지 않냐?"

"몰라. 대충 맞춰 주자. 좋은 게 좋은 거지 뭐."

"방송이잖아, 방송. 대본에 있을 거야."

던전 바움에서의 전투!

헤르메스 길드에서 주로 길을 뚫었고, 일반 유저들은 옆으로 새는 몬스터나 해치우는 신세였다. 그럼에도 방송에도 출연하고 전리품도 얻었으니 나쁘지는 않다고 생각했다.

문제가 발생한 것은 던전의 중반쯤부터였다.

쿠르르르릉!

누군가 함정을 잘못 건드렸는지, 천장에서 돌무더기가 떨어지기 시작했다.

"으악!"

"아, 누구야, 이거⋯⋯."

"빨리 전진을 하거나 뒤로 빠지자."

공략을 따라온 유저들도 최소 레벨 400대가 넘으니 함정 발동 정도로 당황하진 않았다.

그런데 몬스터들이 한꺼번에 출현했다.

설상가상으로 보스 몬스터 듀그니엘의 습격!

일행이 함정에 빠진 틈을 타서 보스 몬스터가 부하들을 잔뜩 이끌고 습격을 해 온 것이다.

'어떻게 하지?'

'이길 수 있나?'

유저들은 눈치를 살폈다.

지형이 좋지 않아 어느 정도의 희생은 피할 수 없었고, 시야도 확실치 않았다. 이럴 때 보스 몬스터를 먼저 공격하는 이들은 커다란 위험에 처하게 될 것이다.

일반 유저들이나 헤르메스 길드 유저들이나, 누군가가 나서 주기만을 기다렸다.

그렇게 몇 초의 시간이 흘렀다.

"야, 일단 빠지자."

"그래, 여긴 틀렸어. 괜히 죽을 필요 없지."

누군가가 먼저 도망치자 일부 사람들이 우르르 따라갔다. 헤르메스 길드 소속이 아닌 유저들 중에서 자신이 없던 이들이 대거 빠져나가 버린 것이다.

헤르메스 길드와 남은 유저들은 함정에 빠진 채로 보스 몬스터 듀그니엘과 전투를 치렀다.

　결과는 아슬아슬한 패배!

　던전 바움 공략이 실패로 끝났을 뿐 아니라, 헤르메스 길드에서는 참가 인원의 7할이 넘는 230명이 사망했다.

　일반 유저들은 집계가 어려웠지만 희생자가 최소한 절반이 넘을 거라 추측할 수 있었다.

　중계를 했던 방송국들은 공략 실패에 시청률이 실시간으로 하락하여 씁쓸해했지만, 정작 큰 이슈는 그다음에 생겨났다.

　오데인 요새의 성주 체스트로가 던전에서 목숨을 잃고 부활한 후에 분노를 터트린 것이다.

　"우리의 전력으로 봐서 이번 공략은 당연히 성공했어야 옳다. 모든 책임은 도망자들에게 있는 만큼, 그들에 대한 무차별 척살령을 발동한다!"

　한동안 뜸했던 척살령의 발동!

　던전 바움에서 피해를 입은 헤르메스 길드 유저들은 공략에 참여했던 이들을 쫓아가서 목숨을 빼앗았다.

　"왜, 왜 우릴……."

　"멍청아, 헤르메스 길드의 일을 망치고도 무사히 넘어갈 줄 알았나?"

　"고의는 아니었습니다. 살고 싶어서 도망친 건데요."

　"잘못했으면 죽어야지."

　죽음으로써 피해를 입은 것은 물론이고 생방송에서 공략

에 실패하며 자존심에 상처를 입은 헤르메스 길드 유저들의 칼날은 가차 없었다.

"저는 끝까지 싸웠습니다. 철수를 결정한 이후에 도망쳤다고요."

"제대로 안 싸웠잖아!"

"아니, 목숨 걸고 싸웠다니까요! 영상도 확인시켜 드릴 수 있습니다."

"헛소리하지 마."

"영상 바로 가져오겠습니다."

"변명하지 말고 닥쳐. 약하면 애초에 끼질 말았어야지."

헤르메스 길드 유저들은 던전 공략에 참여했던 유저들을 이유를 불문하고 죽였다.

던전에서 끝까지 싸운 유저들의 경우에는 봐줄 수도 있었지만, 화가 난 이상 확인하는 과정조차 거치려고 하지 않았다.

일반 유저들의 목숨이야 헤르메스 길드원에게는 파리 목숨이나 마찬가지였으니까.

화풀이 대상을 찾아서 휘두르는 폭력의 규모는 짧은 시간에 급격하게 커져 갔다.

"너희는 누구야?"

"우, 우린 같은 일행입니다. 지금 사냥을 같이 하고 있는데요."

"저 녀석을 죽일 건데 막을 거야?"

"그게 좀… 아, 친구라서 안 되는데."

"척살령이 떨어졌다. 대화 나눌 필요도 없어. 같이 있는 녀석들도 그냥 쓸어버려."

"왜, 왜요? 우린 잘못한 것도 없는데."

"지금 말대꾸하네. 잘못했지? 요즘 잠잠하게 있었더니 헤르메스 길드가 너희 눈에 우습게 보이더냐?"

헤르메스 길드에서는 같이 사냥하던 파티원까지 쓸어버렸다.

유저들도 당하지만은 않고 끝까지 항의했다.

"이건 지나친 행동입니다. 입장료를 내고 사냥에 참가한 거지, 우리가 공략을 지휘하거나 주도한 것도 아니지 않습니까?"

"무차별 살상. 오데인 요새의 성주에게 그럴 권한이 있습니까? 이게 헤르메스 길드의 공식 방침입니까?"

유저들의 반발에 헤르메스 길드원들도 강경하게 대응했다.

성주 체스트로의 명령이 내려졌기 때문에 그들은 당연한 일을 집행할 뿐이었다.

"너희가 착각하는 걸 알려 줄까? 니들 말이 맞을지도 몰라. 근데 이 세상에서 약자들한테는 말할 권리가 없어. 그러니까 결국 너희가 잘못한 거지!"

중앙 대륙에서도 주요 거점 중의 하나로 꼽히는 오데인 요새!

체스트로는 거대 요새의 성주로서 방송에서 굴욕을 당한 만큼 감정을 앞세웠다. 그리고 스스로에게 그만한 힘은 있다고 생각했다.

일반 유저들이 항의하면 짓밟는 이 정도의 사건이야 중앙 대륙에서 보면 얼마 전까지만 해도 흔히 일어났던 것이다.

"더 이상 항의하는 자들은 반란군이다. 전부 제거한다."

헤르메스 길드 유저들은 칼을 휘두르는 일을 반겼다.

공식적으로 경험치나 전리품, 전투 스킬, 공적을 얻을 기회가 되는 것이다.

"다 죽어."

"1명도 빠져나가지 못하도록 쓸어버려!"

오데인 요새의 병사들과 기사단까지 동원되어 사냥터에서 항의를 하던 유저 100여 명을 전부 죽였다.

이 사건은 몇몇 방송국에서 던전 바움의 취재를 위해 왔던 리포터들의 현장 중계를 통해 생방송을 탔다.

"헤르메스 길드가 반란군을 제압하고 있는 모습입니다."

"반란군요? 중앙 대륙의 반란은 진정되지 않았나요?"

"이 일은 던전 바움 공략에서부터 비롯된 것으로……."

고작해야 하루 만에 일어난 일이었기에 리포터들은 있는 그대로 설명을 했다.

"사실 이들을 반란군이라고 칭하는 데는 무리가 있습니다."

"저희가 봐도 그런 것 같군요. 아침까지만 해도 평화롭게 오데인 요새에서 살아가는 사람들이었는데요."

"예. 집이나 상가를 가지고 있는 유저도 항의를 했다는 이유로 처형되었습니다."

방송국에서는 실시간 시청률과 반응을 확인했다.

로열 로드가 세계적인 인기를 끌면서 관련 방송국들도 많아졌다. 국가마다 최소 로열 로드와 관련된 방송국, 인터넷 전문 방송국이 10여 개씩은 있을 정도였다.

시청률을 합하면 지상파 방송국 드라마보다도 더 나올 수준이었다.

드넓은 베르사 대륙.

거대 회사가 된 KMC미디어처럼 주요 소식을 전하는 방송국이 있는가 하면, 자신이 원하는 지역에 대한 소식을 위주로 듣길 원하는 유저도 많은 만큼 브리튼 연합 방송국이나 로자임 방송국 등 특정 지역에 대해서만 알려 주는 방송국들도 유명했다.

현실에서 오전 8시에 벌어진 일.

방송 초기에는 1% 이하의 시청률로 시작되었지만 불과 20여 분 만에 3%를 돌파했다.

낮은 수치이기는 해도 이 시간대에는 쉽게 올릴 수 없는 시청률이었다.

"계속 취재하고… 영상 계속 내보내. 어제 진행했던 바움던전 영상은 있지?"

"현장에 동행해서 취재한 게 있습니다."

방송국의 스태프들도 발빠르게 움직였다.

"일단 주요 부분 간추려서 내보내고… 무고하게 죽은 유저들이 있나 확인해 봐."

"예, 알겠습니다. 분석 팀에 맡기겠습니다."

"오늘 헤르메스 길드가 유저들을 공격한 전투 화면도 있나?"

"시작부터 촬영한 영상은 아직 확보하지 못했습니다만 수소문을 하면 공격당한 유저들을 통해서 곧 입수할 수 있을 것 같습니다."

"오전에는 여기에 힘을 싣는다. 정규 방송 전까지는 계속 속보로 내보내."

방송국들의 시청률 경쟁은 전쟁이나 다름없었다.

최근에 다리우스의 폭로로 헤르메스 길드를 비판하는 것이 언론의 큰 흐름이 되었다. 시청률에도 긍정적이라서, 오데인 요새에서 벌어진 사건을 생중계하면서 크게 키웠다.

당연하게도 대형 방송국들도 금방 냄새를 맡았다.

로열 로드 초기부터 자리를 잡았던 KMC미디어, CTS미디어는 회사의 규모부터가 수백 배나 커진 상태였다. 국내만이 아니라 전 세계로 취재 영상을 팔아먹을 정도였으니 지상파 방송국이 아쉽지 않은 재력과 인력을 갖췄다.

재벌 계열사인 만큼 유행에는 둔하다는 평가를 받던 CTS

미디어였지만 방송국장이 바뀐 이후로 이슈에 대해 날카롭
게 파고들었다.

특히 시청자들이 관심을 가질 만한 사건이 있다면 시청률
을 높이기 위해 수단과 방법을 가리지 않았다. 악마의 편집
으로 자극적인 방송을 하는 데도 주저함이 없었다.

방송국장이 사건을 생방송 중인 스튜디오에 직접 나타나
니 PD들도 긴장했다.

"오데인 요새는 유명한 곳이지 않습니까?"

"예, 국장님. 난공불락의 요새로, 브리튼 연합과 아이데른
왕국 사이에 있던 장소입니다. 각 세력들 사이에서 이 요새
를 차지하기 위한 엄청난 공방전이 벌어지곤 했죠."

"좋군요. 사건에 대해서 처음부터 끝까지 제대로 파헤치
세요. 오데인 요새를 중심으로 활동하는 헤르메스 길드원들
중에 나쁜 소문이나 사건과 휘말린 자들이 있는지도 체크해
보시고요."

"그렇게 하겠습니다."

"다른 채널을 보고 있던 시청자도 우리 방송으로 넘어올
수 있게 해야 됩니다. KMC미디어보다 시청률이 높게 나와
야 한다는 점을 명심하세요."

각 방송국들의 관심이 오데인 요새로 집중되었다.

헤르메스 길드의 수뇌부에서는 그제야 사건에 대해서 알
고 성주 체스트로에게 중지 명령을 내렸다.

기가드 : 길드 행정부입니다. 척살령 취소하고, 던전 사냥에 참여했던 유저들에 대한 공격도 중단하세요.

성주 체스트로는 그 명령을 무시했다.

행정부라면 길드 내에서 권력 순위가 조금 떨어지기도 했고, 또한 여기서 멈추면 이도 저도 안 된다는 걸 알고 있었다.

'내가 한 번 죽으면 손해가 얼마인지 알아? 게다가 던전 공략도 실패했다. 성주로서 체면이 있지…….'

성질 때문에 홧김에 시작한 일이기는 하지만 이미 칼을 휘두른 상태였다. 길드의 명령에 따라서 전투를 중단하면 오데인 요새를 중심으로 활동하는 헤르메스 길드 유저들에게 낯이 서질 않는다.

'고작 몇백 죽였다고. 방송 때문에 일이 생각보다 커지기는 했지만 지금 멈추면 나 혼자만 바보가 되고, 잘못을 뒤집어쓸 텐데?'

오데인 요새의 성주가 되기 위해서는 재력과 세력은 기본이었고 정치적인 감각도 필요했다. 방송에서도 주목하고 있는데 물러서면 결국 사태가 마무리되고 난 이후에 자신에 대한 비난 여론만 커질 거라고 봤다.

체스트로는 힘으로 밀어붙이기로 했다.

'반발하는 놈들을 계속 쓸어버리자. 그러면 길드 내의 강경파나 친한 영주들의 도움을 얻어서 사태를 무마시킬 수 있겠지. 이 지역 유저들도 한두 번만 더 쓸어버리면 나설 사람도 없을 거야. 나 스스로 정리를 하는 것이지.'

헤르메스 길드에 대한 인식이 안 좋아지는 것도, 오데인 요새만 통치하는 자신이 신경 쓸 바는 아니었다.

3~4달 전까지만 해도 오데인 요새의 성주 입장에서 일반 유저들은 사냥감이나 마찬가지였다. 그때는 조금만 거슬려도 죽였으나 항의하는 자는 드물었다.

강력한 힘에 의한 통치!

그것이 헤르메스 길드의 정통성이라고 믿었다.

오데인 요새를 지배하는 체스트로가 항의하는 유저들을 반란군으로 지목하고 대대적으로 살육전을 벌였다. 이 모든 과정은 방송국들의 중계를 통해 전 세계에서 볼 수 있었다.

"헤르메스 길드에서 그들의 말을 따르지 않는 이들을 향해 다시 무차별 보복을 가하는 것으로 볼 수 있을까요?"

"오데인 요새 외의 다른 지역은 잠잠합니다만, 오데인 요새의 성주 정도 된다면 사실상 헤르메스 길드의 중역이라고 볼 수 있습니다."

"헤르메스 길드의 뜻으로도 생각할 수 있는 거로군요?"

"가정이지만, 사전에 조율이 된 살육전일 가능성이 높습니다."

CTS미디어에서는 던전 바움에서 끝까지 싸웠음에도 공격당한 무고한 희생자들에 대한 취재에 대거 성공했다.

희생자들은 헤르메스 길드의 눈치를 보며 조심스럽게 인터뷰를 했지만, 기자들이 부추기니 금세 성주 체스트로를 비판했다.

"이번 일은 헤르메스 길드, 체스트로가 모두 잘못하고 있는 것이라고 생각합니다."

"어떤 의도가 있을까요?"

"그들만이 최고라고 믿는 거죠. 말을 안 듣는 유저들을 고분고분하게 만들려는 이유 외에 다른 것을 떠올리기 어렵습니다."

"방송으로 적합한 표현은 아닙니다만, 감히 헤르메스 길드에 까불지 마라, 뭐 이런 거로군요?"

"그렇게 볼 수 있을 것 같습니다."

가정이나 추측에 의한 설명을 하면서도 자극적인 멘트를 쏟아 낸 CTS미디어에서는 이로 인한 시청률 상승의 효과를 단단히 누렸다.

그날 저녁, 헤르메스 길드에서는 공식적으로 입장을 발표했다.

-오데인 요새에서 벌어진 사건은 헤르메스 길드의 의지와는

관련이 없는 일입니다. 성주 체스트로의 독단적인 결정으로 이루어진 사건으로, 자세한 조사 후에 적절한 조치를 취할 것입니다.

입장을 내긴 했지만 헤르메스 길드에서도 사태를 뜨겁게 보진 않았다.

1,000여 명의 희생자!

세율을 낮추면서까지 민심을 감싸 안으려고 하고 있었지만 그럼에도 학살 같은 건 필요악이라고 여기는 분위기가 길드 내부에 있었다.

'재수 없게 방송을 타게 되는 바람에 이렇게 되었지만, 가끔씩은 보여 주는 것이 좋아. 누가 강하고, 참아 주고 있는지 말이야.'

최근의 헤르메스 길드는 힘을 쓰지 않았다.

유저들에게 한 번씩은 강압적인 무력을 보여 줘야 통치에 도움이 될 것이란 인식이 대다수에게 있었다.

실제로도 중앙 대륙을 정복할 당시에 본보기로 과감한 학살을 했던 경우가 꽤 많았다.

대대적인 학살이 벌어지고 나면 유저들이 고분고분해져서 통치하기가 쉬워졌다.

판트웰, 파고, 룬디치.

그날, 세 곳의 영주들이 군대를 움직여서 도시에서 활동하는 유저들을 학살했다.

　ㅡ세금을 똑바로 내지 않은 자들, 헤르메스 길드의 통치를 따르지 않는 이들은 필요하지 않다.

　영주들은 짤막하게 학살의 이유를 공개했다.
　'내 땅이고 내 구역이다. 이곳에서 사냥을 하고 교역을 하면서 감히 나를 비난해?'
　지역에서 왕처럼 군림하려는 이들!
　세 지역의 학살극이 방송을 통해서 또다시 중계되었다.

　ㅡ놀라셨습니까? 변한 게 없죠. 헤르메스 길드는 원래 이런 놈들입니다.
　ㅡ세금 인하? 믿을 놈을 믿어야지.
　ㅡ아무 기준도 없이, 자기 마음에 들지 않는 이들을 대상으로 한 학살극!
　ㅡ언제까지 착취를 당하고 살 겁니까. 빌어먹을.
　ㅡ지금 CTS미디어 방송 보세요. 아무 죄도 없는 레벨 30짜리 초보 유저도 죽이고 있습니다.
　ㅡ그냥 미친놈들이죠.

　인터넷 게시판에 헤르메스 길드를 비난하는 글이 올라오

게 되었다.

'귀찮은 일이군.'

최근 라페이는 제국의 통치력을 강화하는 업무에 집중하고 있었다.

고레벨 유저들 중에 쓸 만한 길드원을 선발해서 최근에는 75만까지 인원수를 늘렸고, 300만이 넘는 제국군 역시 꾸준히 훈련을 시켰다. 던전이나 사냥터에 제국군을 배치하여 그들을 강화하는 것이다.

세율을 낮춰서 중앙 대륙을 안정화시키는 한편으로는 군사력을 늘려서 장기 지배를 위한 초석을 다졌다.

과거보다 적은 예산으로도 성과를 내기 위해 노력하고 있었기에 자잘한 사건 사고까지 신경 쓰고 싶은 마음은 없었다.

학살이야 자주 했었고, 게시판에 헤르메스 길드 비판 글이야 없는 날이 드물 정도였으니 말이다.

"제국 차원에서는 통치 명분에서 손해가 조금 있을 것 같군요."

"해당 지역의 영주들에게 공식적인 경고를 내리려고 합니다. 또다시 사건을 일으킬 경우에는 영주 자리를 박탈하는 것으로요."

"그 정도 조치는 좀 심한 것 아닐까요? 중앙 대륙의 영주만 수천 명입니다. 그들이 불만을 가지면 곤란한데요."

"길드에 충성 서약도 새로 받도록 하죠. 방송으로 우리도 노력하고 있다는 정도만 보여 주면 될 겁니다. 경고만 할 뿐 실제로 처벌을 하는 건 아니니 영주들도 괜찮으리라 생각합니다."

"너무 조심할 필요는 없죠. 영주들을 임명하는 것도 우리고, 찍어 누를 수 있는 것도 우리입니다."

헤르메스 길드의 수뇌부에서는 이번 일로 유저들의 호감이 더욱 낮아졌을 거란 전망을 했다.

그 결과 일시적으로 북부 아르펜 왕국으로 빠져나가는 유저들이 많아질 수 있겠지만, 현재 상태에서 큰 변화를 예상하진 않았다. 이미 헤르메스 길드의 억압적인 통치에 유저들이 익숙해졌다고 생각하고 있었다.

"우리뿐만 아니라 다른 길드에 의해서도 수없이 자주 벌어졌던 일입니다. 사람들은 자기 자신의 이득이나 경제적인 원리에 따라 움직입니다. 하벤 제국에서 세율을 낮췄고 여기에서 활동하는 게 충분히 유리하다면 아르펜 왕국으로 떠나지 않겠죠."

라페이는 하벤 제국의 경제와 기술력이 발달되어 있고 모험과 사냥에 대한 정보도 많이 공개되어 있으니 아르펜 왕국에 가서 고생할 사람은 한정적이라고 보았다.

"제 생각도 그렇습니다."

"세금도 낮춰서 그럭저럭 살 만하게 해 주었습니다. 민심은 고려해야 할 테지만, 여전히 불만을 갖는 이들은 힘으로 누를 필요가 있습니다."

헤르메스 길드의 학살극에 대해 사람들은 분노했지만, 또 한편으로는 익숙하게 받아들이기도 했다.

잠깐 화가 나긴 하지만 시간이 지나면 있는 듯 없는 듯 흘러가 버리고 말 사건.

로열 로드의 홈페이지에는 헤르메스 길드를 비난하는 글을 포함하여 온갖 잡다한 이야기들이 올라왔다.

그리고 오데인 요새의 지역 게시판에 한 유저가 게시물을 올렸다.

저는 중앙 대륙의 유저 '핀트'라고 합니다.

레벨도 514임을 먼저 밝히겠습니다.

당연히 레벨 자랑을 하려고 올리는 글은 아니고, 어떻게 살아왔는지에 대해 밝히려고 합니다.

저는 로열 로드의 세상이 열리자마자 칼라모르 왕국에서 시작했고 기사가 되었습니다.

레벨 200을 달성하고 전직을 하며 국왕으로부터 기사의 검을 받은 감동을 기억합니다. 수많은 지인들이 칭찬하고 격려해 주었던 그날, 조촐하게 맥주 파티를 하기도 했지요.

무척 행복한 시절이었습니다.

로열 로드 초창기.

지금 저처럼 오래된 유저라면, 이 로열 로드에 많은 추억을 간직한 유저라면 그 시절의 아름다움과 낭만을 알고 계실 겁니다.

모험을 위해 떨리는 마음으로 성문을 나서고, 두려움에 맞설 동료들을 사귀었습니다.

힘을 합쳐서 강한 몬스터와 맞서고, 사람들과 한밤중에 야영을 하며 늑대 울음소리를 배경으로 대화를 나눴습니다. 지금은 흔한 요리 스킬도 다들 없어서, 맛없는 감자 수프를 끓여도 기쁘게 먹었습니다.

세상의 지도조차도 밝혀지지 않았던 때라서 처음 보는 곳으로 갈 때에는 조심스럽게 발걸음을 떼어야 했죠. 하나씩 업적을 일구어 가고, 탐험 지역을 넓혀 가는 즐거움을 만끽했습니다.

서문이 너무 길었네요.

그만큼 저에게 로열 로드는 깊은 감동과 아름다운 추억으로 남아 있기에 여러분에게 조금이라도 알려 드리고 싶었습니다.

그리고 지금… 저는 레벨 500을 넘겼습니다.

많은 분들이 부러워하시겠죠.

하지만 헤르메스 길드가 커진 이후로 제 능력은 누구에게도 자랑하지 못하는 것이 되었습니다.

매번 당연하게 들어가던 사냥터도 그들에게 입장료를 납부하며 고개를 숙여야 했습니다. 퀘스트를 하고 싶으면 인맥을 동원하여 헤르메스 길드에 부탁을 해야 했고, 몇 번의 거절 후에 자리가 빌 때에야 겨우 수행할 수 있었습니다.

길거리에서 헤르메스 길드 유저들을 만나면 시비가 걸리지 않기 위해 주의해야 했죠. 그들이 저보다 약할지라도… 길드의 후광이 있기에 저 같은 개인은 쉽게 짓밟힐 수 있었으니까요.

레벨은 오르고 능력은 강해졌지만, 친한 사람을 지켜 주는 게 아니라 겁내고 눈치를 살피는 약자가 되었습니다.

그렇게까지 하며 피하고 싶은 건 죽음만이 아니었습니다.

아시다시피 헤르메스 길드에 반대해서 사이가 안 좋아지거나 척살령을 당하면… 고향에서 쫓겨나야 합니다. 하벤 제국의 어디로 가더라도 안전하지 못하죠.

그들의 핍박을 받으면서 고향을 떠나야 하기에, 귀한 전리품을 얻으면 선물도 하고 일부러 싸게도 팔면서 좋은 관계를 유지하며 살아왔습니다.

어떤 때는 길드의 사냥이나 퀘스트에 강제 동원되어 억지웃음을 지으며 며칠을 경험치도 못 먹고 봉사하며 시간을 날려야 했죠.

로열 로드가 너무 좋아서, 이 멋진 세계를 포기할 수 없었기에 고개를 숙이면서 살아야 했습니다.

그리고 이제 솔직히 말하겠습니다.

부끄럽습니다.

지금까지 굴욕을 참았던 사건들이 잊히지 않습니다.

헤르메스 길드의 눈치를 보며, 말도 안 되는 주장과 횡포에 고개를 끄덕이면서 물러서야 했던 기억들이 밤마다 저를 괴롭히고 있습니다.

그런 건… 손해를 보면서도 참고 넘어가면 가슴에 멍울이 생기고 상처가 되는 것들이었습니다.

저는 창피한 패배자입니다.

고개 숙이며 부끄럽게 물러난 기억을 잊지 못하고 기억하며 괴로워하고 있습니다.

묻겠습니다.

우린 왜 로열 로드를 합니까?

우리는 왜 살아갑니까?

당장 내게 이득이 되는 쪽을 선택한다고 스스로를 속이지 않았습니까?

그 순간이 자존심을 팔아 버리는 것임에도 불구하고, 눈곱만큼의 이득을 얻는다고 한들 그게 과연 행복입니까?

저는 귀중한 진실을 너무 늦게 알아 버렸습니다.

이제부터라도 행복을 위해 마음이 움직이는 대로 살아가고 싶습니다. 더 이상 스스로를 괴롭히며 아픈 기억을 남기고 싶지 않습니다.

아름다운 추억을 함께 공유한 친구들과 동료들이 성주와 헤르메스 길드 유저들의 학살에 의해 죽어 갔습니다.

참으면서 진실을 외면하는 데 지쳤습니다.

저는 오데인 요새의 성문 앞에 설 것입니다.

눈을 질끈 감고, 내 일이 아니니까, 입을 다물고 있으면 손해는 보지 않는다고 생각했던 그 경험을 다시 하고 싶지 않습니다.

그 순간에 새겨진 상처는 평생 비겁했던 기억이 되어 아픔으로 남는다는 걸 알아 버렸기 때문입니다.

오늘.

저는 오데인 요새에서 죽을 겁니다.

오데인 요새의 지역 게시판에 올라온 핀트의 글은 조회 수가 오르면서 금방 화제가 되었다. 게시판 이용자들에 의해 로열 로드의 각 사이트들에까지 옮겨졌다.

−꼭 봐야 할 글.

−어느 고레벨의 인생 이야기.

−읽어 보세요. 공감하시는 분들이 많을 겁니다.

−제 얘긴 줄 알았네요. 저는 레벨 300 정도지만 당한 건 수도 없어요.

−헤르메스 길드 때문에 자다가 악몽 꾼 사람?

수백 개의 사이트로 옮겨진 이후에는 번역까지 되어서 전 세계로 퍼졌다.

전체 조회 수는 집계가 어려웠지만 수백만을 넘어서 수천

만에 이르렀다.

퍼 온 글들마다 달린 댓글들도 헤르메스 길드의 행위를 맹렬히 비난했다.

남의 이야기를 듣는 것이 아니다. 중앙 대륙 유저들도 겪었고 공감하고 있었기에, 핀트의 글은 더욱 사방으로 퍼져 나갔다.

한편 방송국들도 사건을 파악했다.

"오데인 요새가 금방 끝날 줄 알았는데 더 주목받는군. 현장 영상 입수 가능해?"

"예. 취재 요원들이 나가 있습니다."

"봐 줄 만한 영상이 될 것 같은데."

"그냥 공격 스킬 몇 방에 마무리가 되지 않을까요? 레벨 500대의 유저라고 해도… 혼자서는 얼마 감당하지 못할 거 아닙니까. 온갖 사고를 치는 위드도 아니고요."

"그렇게 보는 눈이 없나? 시청자들이 보길 원하는 건 사건이 아니고 스토리야. 스토리라고!"

방송국들은 오데인 요새에 집중했다. 몇몇 소규모 방송국에서는 과감하게 현장 중계를 결정하기도 했다.

핀트가 로열 로드에 접속했을 때, 평소에 지인들에게 시끄럽게 울리던 귓속말이나 통신 채널이 잠잠했다.

"후… 결국 친한 사람들에게도 버림받은 거구나."

오데인 요새 지역 게시판에 글을 올릴 때부터 각오했던 바였다.

"나한테 척살령이 떨어졌겠지."

앞으로 벌어지게 될 일은 예상하고 있었다.

목숨을 몇 번이나 잃고 동료들과 영영 결별하게 될지라도, 옳다고 생각한 일에 나서고 싶었다.

"사귀었던 사람들과도 다시 만날 수 없게 될지도 모르지만… 그래도 후회하는 삶은 살지 않을 거야."

접속을 종료했던 사냥터에서 숲과 산을 지나서 오데인 요새로 향했다.

발걸음이 무겁기는 했지만 약속을 지키기 위해 서둘렀다.

평소에 오데인 요새 부근에는 오가는 사람들이 많았지만 전투로 인해서 인적이 뜸했다.

"게시판에 올렸던 글은 아무도 봐 주지 않을지 모르지. 헤르메스 길드에서도 말 잘 듣는 개였던 날 비웃을지 모르지만… 그래도 약속은 지킨다. 그리고 북부로 가야겠지."

오데인 요새의 일이 자신의 죽음으로 마무리되면 아르펜 왕국이 있는 북부에 가서 살고 싶었다.

이미 아르펜 왕국으로 떠나서 활동하는 친분 있는 유저들도 많다. 자신은 고향의 친구들이나 추억이 깃든 장소를 떠나지 못해서 머물렀지만, 죽음으로써 새로운 삶을 살게 되리라.

아르펜 왕국의 국경을 넘기까지 대여섯 번, 혹은 십여 번의 죽음을 경험할지라도 그 정도는 각오하고 있는 바였다.

"가자, 오데인 요새로."

아쉽고 복잡한 감정을 떨쳐 내니 후련하기까지 하다.

핀트는 거대한 산맥들 사이로 조금씩 보이기 시작하는 오데인 요새를 향해 씩씩하게 걸어갔다.

오데인 요새 공방전

"……."

"……."

무거운 침묵이 흐르는 오데인 요새 성문 부근.

수많은 유저들이 길가와 성벽, 심지어 산맥의 나무와 바위 위에까지 서 있었다.

핀트는 걸어오면서 그를 쳐다보는 사람들을 봤지만 자신을 기다리는 거라고는 생각 못 했다.

수군수군.

"정말 왔잖아?"

"그러게. 용기 있네. 저 레벨에 죽으면 눈물 나도록 아까울 텐데."

"나라면 안 죽고 싶겠다."

"핀트 님은 의리 있는 분이니… 오실 줄 알았어."

"후, 그래도 무모해. 괜히 나서면 저렇게 되는 거잖아."

핀트는 오데인 요새 출신이니만큼 모여 있는 사람들 중에 얼굴이 익숙한 이들이 적지 않았다. 사냥이나 퀘스트를 같이 갔고, 밥을 나눠 먹었던 유저들.

핀트는 그들과 눈을 마주치면서 서글픈 마음을 감추기 어려웠다.

'내가 죽는 걸 구경하러 왔구나.'

그럼에도 용기를 내서 왔기에 돌아갈 마음은 전혀 없었다.

'죽더라도 전진하는 거다.'

오데인 요새의 성문.

중앙 대륙에서 매일 전쟁이 벌어질 때에는 30만여 명의 정예 병력으로도 뚫기 힘들었던 굳건한 벽.

핀트는 훤히 열린 성문 앞에 걸어가서 가만히 섰다. 여기까지 오긴 했지만 커다란 성문을 향해 무언가를 하기는 어려웠다.

"핀트가 도착했다!"

동쪽 성문을 지키는 수비대장 재커슨이 큰 소리로 외쳤다. 그러자 성벽에서 요새를 지키는 궁수들이 일제히 활을 겨누었다.

3,000명의 마법 궁수 부대!

오데인 요새를 지키는 수비 병력 중 하나였는데, 높은 세금을 받을 당시 하벤 제국의 막강하던 재력으로 강화된 부대였다.

번쩍번쩍 빛나는 마법 활로 무장하고 갑옷을 입은 엘리트 궁수 부대가 핀트를 향해 활을 겨누고 있었다.

하지만 막상 공격은 하지 않고 성문 근처에 있던 재커슨과 헤르메스 길드 유저들끼리 이야기를 나누었다.

"척살령은 확 떨어졌지?"

"그래. 성주가 보자마자 1급 척살 명단에 올리라더라."

"후… 핀트 님은 같이 사냥도 많이 다녔는데. 도움을 받은 적도 많고."

"나도 그래. 알고 지내는 사람이 많잖아."

"그래도 죽여야겠지?"

"뭐, 어쩔 수 없는 거니까. 불쌍하다고 살려 줄 수는 없지. 예외란 인정해선 안 돼."

재커슨이 궁수 부대에 공격 명령을 내리려고 할 때였다.

구경하던 유저가 혼자 서 있는 핀트 옆으로 다가와서 나란히 섰다.

"핀트 님, 저도 같이하겠습니다."

"울루게 님?"

"하하, 하늘을 보십쇼. 죽기 딱 좋은 날씨 아닙니까."

하늘은 맑고 화창했다. 바람까지 선선했으니, 죽기보다는 놀러 가기 좋은 날씨이리라.

울루게도 오데인 요새의 레벨 500대 초반 유저. 핀트와는 자주 사냥을 같이 다녔던 동료다.

"저 때문에 이러실 필요 없는데요."

"마음이 움직여서 온 겁니다. 결정을 하니 마음이 편해지더군요. 게다가 헤르메스 길드 놈들이 이미 절 가만두지 않을 겁니다."

"그렇다면 같이하시죠."

레벨 500대의 유저가 둘이 되었다.

초보 유저들에게는 항거가 불가능한 무서운 무력을 지닌 존재들.

헤르메스 길드 유저들이라고 해도 랭커가 아니라면 으슥한 산기슭이나 던전에서 만나면 때려잡을 수 있는 수준이다.

구경꾼들은 탄식했다.

"와… 이렇게 죽기에는 정말 아깝다."

"나라면 저렇게 죽을 바에는 그냥 싸우고 말겠다."

"싸우고 있잖아."

"저게 싸우는 거라고?"

"헤르메스 길드가 휘두르는 무력에 대한 저항. 공포에 싸우는 거지. 저들이 전투를 할 줄 몰라서 안 하겠냐."

"하긴……."

힘을 중심으로 한 헤르메스 길드의 억압!

끔찍한 불이익 때문에 누구도 나서지 못하게 만드는 그 힘에 정면으로 맞서는 것이다.

현장에 나온 방송 진행자들도 핀트와 울루게의 용기를 칭찬했다.

"놀랍습니다. 핀트 유저 옆에 한 사람이 더 참여했습니다."

"울루게라는 유저는 어떤 사람인가요?"

"레벨은 500 이상으로 추정하고 있습니다. 오데인 요새에서 시작했습니다. 사냥꾼이라는 직업으로 파티 사냥을 자주한 적이 없어서 모르는 유저들도 많겠지만, 로열 로드 초기에는 상위 전체 100위 안에 들 정도의 강자였습니다."

"사냥꾼으로 레벨 500대라면 굉장한 거잖아요?"

"초반 성장이 확실히 유리한 게 사냥꾼의 특징이죠. 지금도 길드에 속하지 않고 자유롭게 활동하면서 500대의 레벨을 달성한 건 굉장한 일입니다."

"용기 있는 두 사람이 나섰네요."

오데인 요새의 사정을 잘 아는 현지 유저들까지 섭외하여 방송을 진행하고 있었다.

성문에 나온 헤르메스 길드 유저들은 방송 촬영에 눈살을 찌푸리기는 했지만 막진 못했다. 듣기 불편하다고 방송 중계진을 건드릴 정도로 막장은 아니었으니까.

게다가 그들도 자신들이 하는 행동이 썩 좋은 게 아니라는 사실 정도는 알고 있었다.

'나쁜 짓이지. 그래도 이득이 되잖아?'

'다른 사람 사정 생각해 봐야 누가 알아주나. 먼저 짓밟고 강해지는 거야. 세상의 이치지.'

'죽고 죽이고, 로열 로드는 그런 세상이 아닌가. 뭐, 약자들에게 존경받을 생각 따위도 없고.'

헤르메스 길드 유저들의 얼굴은 평소보다 굳어 있었다.

몇 시간 전에 올라온 핀트의 글 때문에 로열 로드에 화제가 되어서 마음이 조금 불편하던 참이었다.

'성주만 아니었어도 저들이 나설 일이 없었을 텐데.'

'좀 더 매끄럽게, 힘으로 찍어 누르더라도 조용히 처리할 수 없었나? 우리 성주는 과격하게 일을 벌이기 좋아하니 원.'

'일이 더 커지면 수뇌부에서 뭔가 제재가 들어올 것 같기는 한데.'

재커슨은 잠시 망설이다가 길드 지역 채널로 보고했다.

재커슨 : 핀트의 옆에 울루게도 섰습니다. 그래도 공격할까요?

불과 1~2초 후에 성주 체스트로로부터 답이 왔다.

체스트로 : 반란군은 다 쓸어버리세요!

재커슨 : 두 사람은 유명합니다. 저들을 따르는 사람들이 많은데요.

체스트로 : 우리가 물러설 수는 없습니다. 그리고 영웅 심리 때문에 나서는 놈들이 있을 수 있습니다. 그러니까 더 까불지 않도록 본보기를 삼아서 죽여야 합니다. 철저히.

현장에 있는 헤르메스 길드 유저들은 고집불통인 성주의 성격상 당연한 말이라고 생각했다.

"어쩔 수 없군. 방송에서 촬영하고 있는 건 찝찝하긴 하지만 그렇다고 살려 주는 것도 안 되고. 내 책임은 아니니까."

재커슨이 악역을 맡으며 공격 명령을 내리려고 하는데 지켜보던 구경꾼들이 모여들었다.

"좋은 일 같이 합시다."

"아… 나도 참느라 지쳤어요."

"참으면 병 되죠. 로열 로드를 할 때마다 재밌으면서도 뭔가 답답했는데, 핀트 님 글 읽고 나서 체한 게 다 고쳐졌습니다."

"크후… 미리 이야기하면 못 오게 할 것 같아서 일부러 우리끼리 말도 안 하고 있었죠."

"조용히 오시기만 기다렸습니다."

핀트의 지인들부터, 그의 글을 읽고 모인 구경꾼들도 옆에 함께 섰다.

핀트 혼자 있던 성문 앞에 어느새 100~200여 명의 무리가 생겨나더니 홍수가 불어나듯이 급속도로 커져 갔다.

"밟으면 꿈틀거린다는 걸 보여 줍시다."

"언제까지 당하고만 살 줄 알았나. 진짜 힘에서 밀려도 저항을 해야지, 때린다고 맞고만 살 수 있나."

분위기가 이상해지고 있었다.

핀트가 처형당하는 상황에서 헤르메스 길드의 지배에 대한 반발심이 터져 나왔다. 멀찌감치 서서 남의 일처럼 쳐다보던 구경꾼들이 표정을 싹 바꾸며 뛰어들었다.

"핀트가 왔대."

"진짜야? 야, 우리도 가자!"

오데인 요새 내부에서도 소식을 접하고 핀트와 함께 서기 위해 성문으로 유저들이 밀려오고 있었다.

"어… 이거 어떻게 하지?"

"갑자기 너무 많아지는데."

"다 죽여도 되나?"

성문 위에 있던 헤르메스 길드 유저들은 당황했다.

현재 오데인 요새의 성문에는 총 4,000여 명 정도의 병력이 배치되어 있었다.

"성문은 닫아."

"그래, 유저들이 합류하지 못하도록 하자."

핀트의 세력이 늘어나는 걸 막기 위해 거대한 성문이 완전히 닫혔다. 그러자 오데인 요새 내부에도 사람들이 줄지어 세력을 이루었다. 핀트의 인맥이거나, 오데인 요새의 통치에 반발하는 유저들이었다.

"더 모이기 전에 전부 죽여!"

헤르메스 길드 유저들은 위기감을 느끼고 무기를 꺼내 들었다. 그리고 오데인 요새에서도 대규모 군대가 출동했다.

오데인 요새 공방전!

급작스럽게 이루어진 전투는 일반 유저들이 대거 가세하면서 2만 단위가 넘는 반란군과의 전쟁으로 변형되었다.

"우리에게 자유를!"

"헤르메스 길드로부터 벗어나자!"

노점에서 장사를 하던 상인이나 지나가던 여행객까지 검을 뽑아 들었다.

계획된 것도 아니었고, 그저 마음이 움직인 사람들이 그만큼 많았다.

대장간에서 일을 하던 대장장이들이 망치와 도끼를 꺼내 들고 나와서 반란군에 가세했다.

"반란군이 더 늘어나지 않도록 조치하라."

오데인 요새의 성주 체스트로와 헤르메스 길드에서는 군대를 출동시켜서 전면 진압 작전에 나섰다.

결과는 반란군의 전멸!

도시 건물들이 파괴되고, 수많은 유저들이 목숨을 잃었다.

보통의 전쟁은 어느 한쪽이 기우는 순간 후퇴와 소강 국면에 접어드는데, 핀트와 수많은 유저들이 함께한 반란군은 최후의 1인까지 싸우다 사라졌다.

"이제 깨끗하게 정리되었군. 우리 쪽 손실은 얼마나 됩니까?"

"주요 건물 일흔아홉 채와 병력 4,800여 명입니다."

"쯧, 갑자기 전투가 벌어져서 피해가 컸군요. 더 빨리 정리할 걸 그랬나."

"이렇게까지 크게 번질 줄은 몰랐죠. 그래도 제대로 쓸어버렸으니 이 지역에서 당분간 헤르메스 길드의 힘에 도전할 수 있는 녀석들은 없을 겁니다."

"한 번씩 맛을 보여 주는 것도 결과적으로 나쁘지 않을 겁니다. 평화로 인해 느슨해진 병력의 훈련을 위해서라도요."

헤르메스 길드 유저들은 오데인 요새에서 전투의 승리를 기념하며 축배를 들었다.

그들끼리 말은 하지 않았지만 지역에서 유명한 유저들을 사냥하며 전리품과 경험치를 많이 얻었다.

앞으로의 미래를 내다보면 그런 고레벨 유저들이 이젠 이 지역을 떠나게 될 것이다. 경제와 지역 발전에 긍정적이지만은 않은 일이었지만, 그래도 당장은 큰 이득을 거두었다.

'오데인 요새가 안 좋아지면 다른 지역으로 가지. 중앙 대

륙은 넓으니까.'

'핀트가 되살아나면 전문적으로 사냥 팀을 꾸려야지. 전리품을 비롯해서, 아직 얻을 수 있는 이익이 클 거야.'

헤르메스 길드 유저들은 내심 만족하고 있었다.

오데인 요새의 성주 체스트로도 자신의 자존심을 지켰다고 한 잔에 100골드가 넘는 고급술을 마셨다.

"알립니다. 성문 외곽에 병력이 모여들고 있습니다!"

"다 해치운 게 아니라 좀 남아 있었나?"

"한참 몸을 움직이고 났더니 지금은 좀 쉬고 싶은데. 그렇다고 해서 기회를 날릴 수도 없고."

"에고, 빨리 정리하고 돌아와야겠구만."

헤르메스 길드 유저들은 나태한 말을 내뱉으면서도 전투에 참가하려고 했다. 전쟁과 정복으로 성장한 무투 계열 길드인 만큼 익숙한 일이었다.

"성문 밖에 모인 병력의 규모… 최소 5만!"

"뭐라고? 아까 싸웠던 놈들보다도 많잖아?"

"오데인 요새 내부에서도 반란군이 몰려들고 있습니다. 그 규모가… 최소 4만입니다."

성주 체스트로와 헤르메스 길드 유저들은 2차 전투를 펼쳤다.

이번에는 작정하고 검을 뽑은 유저들이 많아서, 전반적인 수준은 1차 때보다도 훨씬 향상되었다.

오데인 요새에서는 방어 시설물들을 활용해서 싸웠지만 병력 손실이 2만 명이 넘었다.

"복구를 위한 비용이 백만 골드는 넘게 들어가겠네. 훈련된 군대를 다시 양성하는 것도 그렇고."

"길드에 청구를 하면 받아 주겠습니까?"

오데인 요새의 성주와 측근들은 전투의 뒷감당에 머리가 아파 왔다.

하지만 이 전투들이 전 세계의 대형 방송국들을 통해서 중계가 되었다.

1차 전투 초기에는 몇몇 소규모 방송국들이 주도했지만, 평균 이상의 시청률을 기록하면서 메이저급 방송국들도 생중계에 가세한 것이다.

방송국은 헤르메스 길드와 일반 유저들 간의 분쟁이니만큼 참석자들의 균형을 통해 중립을 지키려고 했다.

하지만 헤르메스 길드의 편에 서 있는 참석자가 돌출 발언을 했다.

"솔직히 이해가 안 되네요. 이게 반란이 일어날 만한 사건입니까?"

"충분히 일어날 수 있을 것 같은데요."

"아니에요. 헤르메스 길드가 지금까지 로열 로드에서 살상한 일반 유저가 약 1,300만 명이 넘습니다."

"그렇게 많을 수 있나요? 아, 전쟁 중에요?"

"에… 전쟁은 제외한 수치죠. 헤르메스 길드는 중앙 대륙을 지배하고 있고… 화가 나면 죽일 수 있는 권리가 있습니다."

"권리요?"

"예. 헤르메스 길드가 곧 법이니까요."

"헤르메스 길드 유저들이 기분 나쁘다고 초보 사냥터에 가서 수백 명씩 학살하는 일도 많았습니다. 그러면 이런 게 옳다는 겁니까?"

"옳은 건 아니지만, 그럴 수도 있죠. 재밌잖아요."

"당하는 쪽의 입장은요?"

"억울하면 빨리 강해지든가요. 누가 약하라고 했나요?"

방송을 생중계하던 PD와 작가들이 팔을 겹쳐서 엑스 자 사인을 보냈다.

이런 멘트가 시청률에 도움이 되는 것은 좋다. 하지만 시청자 게시판이 너무 뜨거워지고 있었다.

진행자는 욕하고 싶은 본인의 기분은 참아 두고 웃으며 말했다.

"헤르메스 길드가 요즘에는 그래도 세율을 낮추면서 바뀌려는 태도를 보여 주고 있었던 것 같은데요."

"잠깐 잘해 줄 수도 있죠. 그래도 기분이 나쁘면 죽이는 거고요."

"자꾸 헤르메스 길드를 나쁜 쪽으로 표현을 하시는데……."

"전 여러분이 이해가 안 가요. 왜 솔직히 말을 못 합니까?

그냥 중앙 대륙은 헤르메스 길드가 지배하고 있고, 그들의 마음대로 모든 게 이루어지죠. 학살? 하면 좀 어때요. 약하면 참고 살면 되잖아요? 익숙해지면 화도 안 날 거고요."

방송 때문이 아니더라도 오데인 요새의 사연을 알게 된 유저들이 로열 로드 게시판에 글을 올렸다.

-분노하자. 일어나자.

-참을 것인가. 그렇게 참는 게 이익이라고 생각하며 인생에서 패배할 것인가.

-나는 결심했다. 자기 자신의 자존심을 지키기 위해 검을 들자. 무의미한 저항? 그래서 의미 있게 지금까지 무시당하고 살아왔는가?

-지켜보고 외면하지 말라. 평생의 아픔으로 남으리라.

핀트의 글이 사방으로 퍼졌다.

오데인 요새의 방송 영상까지 덧붙여지면서, 사람들의 감정에 뜨겁게 불이 붙었다.

체스트로가 승리한 후에 했던 말도 방송으로 보도되었다.

"반란군에 대해서 어떻게 생각하냐고요? 잘해 줘서 그런 겁니다. 등 따뜻하고 배부르니까 검을 뽑아 들죠. 자기 주제도 모르고 말이에요."

오데인 요새의 2차 전투가 끝나고 불과 5시간이 흐른 뒤였다.

"우리에게 자유를!"

"레벨 31입니다. 같이 싸울 수 있게 해 주십시오!"

"누구든 환영합니다. 고개 숙이면서 살지 맙시다. 우리가 죄인입니까? 밟히면 꿈틀한다는 걸 보여 줍시다."

"중앙 대륙에도 사람이 있다는 걸 증명합시다!"

오데인 요새 부근에 20만 명이 넘는 3차 반란군이 모였다.

헤르메스 길드 유저들은 성벽과 방어탑에서 가득 보이는 군중에 당혹스러웠다.

"또 전투를… 도대체 왜 그렇게들 말을 한 거야?"

"어떻게 저렇게나 빨리 저렇게나 많이 모인 거지?"

"얼굴을 아는 유저들이 많습니다. 오데인 요새와 이 부근의 유저들이 대거 몰려든 것 같군요."

자존심 때문에 막나가던 성주 체스트로도 걱정이 조금 들었다.

"너무 솔직하게 이야기했나? 전투 물자가 조금 부족해. 게다가 핀트나 다른 유저들도 되살아나면 합류할 텐데."

"성주님, 거기까지 생각할 여유가 있습니까? 일단 다 해치우고 헤르메스 길드에 지원을 요청합시다."

"그렇죠. 아직은 수습이 가능합니다. 군대도 지치기는 했지만 저들 정도야… 오데인 요새는 난공불락입니다."

"수비하려고만 하면 몇 배 더 많은 병력이라도 이길 텐데요. 어중이떠중이들이나 모여 가지고, 쓸어버리면 쉽게 쓸릴 겁니다."

성주 체스트로와 헤르메스 길드 유저들은 전투 외에 다른 길을 선택할 수 없었다.

자신들이 악역이란 생각은 했지만 성문을 열고 반란군을 따뜻하게 맞이할 수는 없는 노릇이었다.

3차 전투!

치열한 싸움이었지만, 오데인 요새의 수비 병력의 강함만 다시 한 번 증명하는 결과가 나왔다.

반란군 중에는 간혹 레벨이 높은 이들도 있었지만 요새의 지형을 활용하여 최소한의 피해로 이겨 냈다. 전투가 거듭되면서 오데인 요새의 수비병들도 잘 활용되었던 것이다.

3차 전투를 이겨 낸 기쁨도 잠시, 헤르메스 길드의 영주 통신 채널을 통해 보고가 들어왔다.

칼로 : 브리튼 연합 지역에서 오데인 요새를 향해 유저들이 몰려가고 있습니다. 인원수 측정 상당히 많음. 최하 15만 이상.

모로크 : 일스 대평원의 서남 지방관입니다. 이곳에서 유저들이 오데인 요새를 탈환하자고 출진하였습니다. 여기 병력도… 새까맣게 머리밖에 안 보입니다. 50만은 넘으리라고 봅니다.

미만자 : 그쪽에 유저들이 그렇게 많은가요?

모로크 : 여우 잡던 유저들까지 가고 있습니다. 섞여서 구체적인 전투력 측정 불가능. 이쪽은 초보 유저들까지도 접속만 하면 싹 몰

려가는 중이라… 원정을 가는 규모와 질이 파악 안 됩니다.

크롱 : 베르네르트 성에서 알려드립니다. 서쪽에서 오데인 요새를 향해 출진 중인 대규모 병력 발견. 인원수는 알지 못하지만 보이기 시작한 건 대략 20분 정도 되었습니다. 다섯 갈래에서 모여들고 있는데 끝을 알 수 없습니다. 이쪽 성의 유저들도 그들과 합류했습니다.

제배 : 울고르 고원의 막스 마을입니다. 이동 중인 유저들 대거 발견. 동쪽으로 가고 있는데, 목적지는 오데인 요새로 보입니다!

헤르메스 길드의 영주 채널을 통해 오데인 요새를 향해 몰려가는 유저들에 대한 보고가 빗발쳤다.

"이런 건 상상하지도 못했습니다."

"네. 전장의 규모가 예상을 벗어나 급작스럽게 커지고 있습니다."

"일반 유저들을 자극하여 분노가 터진 것으로 보입니다."

방송국들은 기존의 프로그램을 중단하고 오데인 요새에서의 생중계를 이어 나갔다.

한가하게 휴가를 즐기거나 책을 읽던 사람들도 로열 로드에 접속하여 오데인 요새로 향했다.

군중의 규모가 너무나도 큰 것에 놀란 헤르메스 길드 수뇌부에서는 각 지역의 영주들에게 명령했다.

-오데인 요새로 향하는 군중을 차단하라.

각 지역을 지배하는 영주들도 놀라서 군대를 소집하고 지켜
보고 있었지만, 길드의 수뇌부에서 내려온 명령은 무시했다.

"저걸 막으면 내 땅에서 전투가 벌어질 텐데. 내버려 두면
지나갈 애들을 왜 건드려?"

"오데인 요새 성주가 싼 똥을 내가 치워 줄 이유가 있나."

"나는 체스트로와 친분이 있긴 하지만… 이번 일은 모르겠
군. 자업자득이야."

유저들을 가로막는 과정에서 전투가 벌어지면 도시의 시
설물이 파괴될 수도 있고 여론이 나빠지며 악명이 쌓일 수도
있다. 영주들은 굳이 그런 손해를 감당하려는 마음이 전혀
없었다.

헤르메스 길드의 수뇌부에서는 일을 막으려고 했지만 중
앙에서 충분한 병력을 급파할 시간이 부족했다.

유명한 랭커들이 방송에서 여론전을 벌이기도 했지만 오
데인 요새의 모습이 생중계로 나간 후라서 통하지 않았다.

군중이 모이면서 사태는 더 크게 확산되었다.

"자유를!"

"잘못된 일을 바로잡자."

"우리가 살아 있음을, 인간임을 알려야 한다!"

오데인 요새에서의 4차 전투.

그것은 결코 일반적이라고 할 수는 없는 전투였다.

체스트로가 지휘하는 오데인 요새 병력은 성벽을 중심으로 하여 철저하게 방어전을 치렀다.

10배, 20배가 넘는 전력을 상대로도 버틸 수 있다는 난공불락의 요새!

중앙 대륙의 유저들은, 헤르메스 길드만큼은 아니더라도 수준이 높았다.

공성 무기도 없이 손으로 성벽을 타고 올랐으며, 검사들이 성문을 몸으로 들이받았다. 오데인 요새의 성벽에 배치된 궁수들이 쏘는 화살은 방어구를 믿고 기꺼이 맞아 주었다.

전투에 참여했던 사람들이 훗날 방송에서 말했다.

"오데인 요새 함락요? 저 레벨 400을 넘어서 아는데… 정상적으로는 굉장히 힘들죠. 한 번도 정복되지 않은 요새는 아니지만요."

"우린 그냥 싸우고 싶었어요. 검을 들었고, 달려갔어요. 그러지 않으면 평생 후회할 것 같았으니까요. 죽음에 의한 페널티와 평생의 후회. 어느 쪽이 더 이득이었을까요?"

"밀려가다 보니 요새가 무너졌습니다. 결국 절대 무너지지 않는 요새란 없는 거죠."

"우리가 무슨 영웅은 아니지. 그리고 어떤 커다란 야심이 있는 것도 아니야. 근데 언제까지 참고만 살아야 되냐고."

"앞으로 헤르메스 길드가 보복을 하면 어떻게 할 생각이냐고요? 아니, 그런 걸 왜 생각해요? 지금 하고 싶은 일을 하고 살아야지. 걱정이 그렇게 많으면 그냥 계속 고개나 숙이고 살아야죠."

성주 체스트로와 오데인 요새의 병력은 4차 전투에서 버티지 못하고 전멸했다.

요새에 산처럼 쌓여 있던 전투 물자가 거듭된 전투로 고갈되었고, 검이나 창 같은 무기도 하도 휘두르다 보니 부러져 버린 후였다.

유저들이 방어탑과 성벽, 건물의 지붕에 올라서 두 손을 높이 들어 올렸다.

"해방이다!"

"우리는… 살아 있다!"

오데인 요새에서의 승리!

헤르메스 길드의 수뇌부에서는 제국군 정예 부대를 파견했다.

"신속하게, 오늘 내로 일을 마무리 짓습니다."

보에몽이 이끄는 적색 기사단의 정예 병력이 텔레포트 게이트를 거쳐 오데인 요새로 달려갔다.

"공성 무기는요?"

"공성전을 치를 무기는 없습니다. 요새의 시설물들이 많이 파괴되었으니 그대로 성문을 돌파하여 모두 제거합니다."

적색 기사단은 헤르메스 길드원들 중에서 신속한 전개가 가능한 최정예 유저들을 끌고 왔다.

하지만 그들이 오데인 요새에 도착해서 본 것은 텅텅 비어 있는 폐허였다.

유저들이 오데인 요새에서 얻고 떠난 것은 영토나 보물이 아니라 희망이었다.

"헤르메스 길드를 몰아내자!"

"우리도 사람답게, 인간답게 살자!"

유저들은 오데인 요새를 정복한 이후에 스스로 흩어졌다. 더 큰 목표가 생겼기 때문이다.

핀트는 수많은 방송국들의 섭외 전쟁을 치러 KMC미디어의 스튜디오에 초대를 받았다.

이름이 알려지면서 지역 방송국에 출연한 적은 있었지만 KMC미디어에서는 처음이었다.

핀트는 오데인 요새의 군대와 유저들에 대해 소개하다가 전투가 마무리될 즈음에 힘주어 말했다.

"제가 싸우기로 한 것은⋯ 그래요, 큰 의미가 있는 건 아니었습니다."

오주완이 의아하다는 듯이 물었다.

"의미가 없었다고요? 핀트 님의 글이 인터넷에 널리 퍼졌습니다. 어쩌면 오데인 요새의 전투도 핀트 님 때문에 일어난 것이라고 볼 수 있는데요."

"제가 그 정도의 영향력을 가진 사람이라고는… 게다가 이렇게 되리라고는 생각해 본 적이 없습니다. 원인이 존재하기에 결과가 만들어진 거죠. 오늘 벌어진 사건은 언제고 일어날 일이었다고 생각합니다."

"여건이 조성되어 있었다는 말씀으로 들리는군요."

"네. 모든 원인은 헤르메스 길드, 혹은 다른 지배 길드들이 만들어 냈습니다. 언제까지고 계속 당하고만 사는 게 옳습니까? 중앙 대륙에서는 수많은 유저들이 지금까지 피해를 입으면서도 살아왔던 것입니다."

"자, 무슨 말씀이신지는 알겠습니다. 그렇지만 유저들은 흩어져 있고 헤르메스 길드는 강합니다. 앞으로는 어떻게 하실 겁니까?"

"모릅니다. 저는 권력에도 전혀 관심이 없습니다. 앞으로의 일도 생각하지 않을 것입니다. 저는 분노한 수많은 유저들 중의 1명입니다. 그 분노가 모여서 충분한 이유를 만든다면 세상을 바꿀 수 있겠죠."

"바꾸는 데 실패한다면요?"

"절망하고… 좌절하면서 세상이 원래 다 이런 거라고 생각하며 평생을 살아야겠죠."

─베르사 대륙을 천국으로!

오데인 요새가 함락된 다음 날, 하벤 제국의 십여 곳에서 유저들을 중심으로 한 반란군이 일어났다.

헤르메스 길드에서는 누군가가 짠 계획인가 하여 의심했지만 실제로는 각 지역별로 전혀 교류가 없었다.

핀트의 글과 방송을 봤고, 자신들에게는 검을 들고 일어날 만한 충분한 이유가 있다고 느꼈을 뿐이다.

─우리가 나서자.
─헤르메스 길드를 몰아내자.
─새로운 세상을!

반反하벤 제국의 기치를 걸고 유저들이 혁명을 시작했다.

각 지역마다 유저들이 레벨의 높고 낮음을 떠나 하벤 제국의 통치를 거부하는 사태가 집단으로 벌어지고 있었다.

"사냥터에서 유저들이 귀환하고 있습니다. 그들이 성을

공략할 가능성이 높습니다."

"전투준비! 전원 전투를 준비한다!"

영주들은 크게 놀라 급하게 전쟁 준비에 빠져들었다.

하벤 제국이 군사력을 바탕으로 일어난 국가라서 전쟁 수행 능력에는 자신이 있었다.

그러나 과거에는 적대 세력이었던 명문 길드들의 잔당과 싸웠지만 지금은 세력권 내의 일반 유저들이 통째로 반란군이 된 것이다. 이기더라도 피해가 크고, 지면 모든 게 폐허로 변해 버리는 싸움이었다.

－작센 평야, 반란군 5만 이상 출몰!

－아베리안 숲, 반란군에 의해 장악.

－기덴 성에서의 전투! 반란군 2차 점령 시도 실패, 3차 진행 중.

－브리튼 연합 지역, 한꺼번에 등장한 반란군에 의해 도시 폐쇄!

헤르메스 길드는 물론이고, 로열 로드에서 일어나는 사건들을 중계하는 방송국에서도 따라가지 못할 사태였다.

"저는 헤르메스 길드를 향해 검을 뽑았습니다. 함께하실 분 없습니까!"

어느 도시의 광장에서나 검을 든 유저가 외치면 수백수천 명이 선뜻 동참했다.

헤르메스 길드 수뇌부에서는 긴급명령을 발동했다.

-반란 초기 진화에는 실패. 더 이상 악화되지 않도록 모든 제국군에게 무제한의 무력행사를 허가한다.

반란 지역의 탈환은 물론이고, 필요에 따라 초토화 작전도 승인할 것임.

중앙 대륙이라는 넓은 땅, 많은 인구를 통치해야 하는 라페이는 빠르게 사건을 마무리하고 싶었다.

일반 유저들에게 힘을 보여 주지 않는다면 반란은 더욱 커질 수 있었기에 과감하고 무차별적인 전쟁 명령을 내렸다.

"헤르메스 길드의 힘을 보여 준다."

"전쟁 개시!"

헤르메스 길드의 전투 병력이 일제히 출동, 사방에서 봉기한 유저들과 맞붙었다.

"오늘 자정까지 항복하지 않으면 이후에는 전부 제거한다."

"방송국에서 취재를 나와 있는데요?"

"신경 쓸 거 없어. 수뇌부에서도 힘을 보여 줘야 한다고 판단했으니까."

중앙 대륙에서 전쟁의 불씨가 타오르며, 반란군은 곳곳에서 승리와 패배를 겪었다.

영주군을 제압하고 완전하게 이긴 곳은 유저들이 많은 아베리안 숲 인근의 마을들과 일스 대평원 지역, 브리튼 연합의 절반 정도였다.

　영토를 얻었더라도 제국군이 제대로 진용을 갖춰 오면 유저들로서는 버티기가 불가능했다.

　그럼에도 하벤 제국의 일부 지역이 통치력을 상실한 것은 불과 사나흘 전만 해도 상상도 하지 못하던 일이었다.

　풀죽신교의 중앙 대륙 비밀 지부!

　동물 가면을 쓴 유저들이 모임을 가지고 있었다.

　토끼 가면을 쓴 유저부터 입을 열었다.

　"오데인 요새의 일이 일파만파 커지고 있어요. 풀죽신교 소속인 유저들도 반란군에 대거 가입을 했고요."

　고양이 가면을 쓴 여성 유저가 말을 받았다.

　"저희 쪽에서도 도시 세 곳을 얻었어요. 물론 하벤 제국의 군대가 몰려오면 버틸 순 없겠지만 말이에요."

　돼지 가면의 유저는 유쾌하다는 듯이 웃었다.

　"꿀꿀, 헤르메스 길드가 망하는 걸 보니 좋군요. 이런 손해는 그들도 감당하기가 꽤 어려울 테니까요."

　닭 가면의 유저가 깃털을 만지며 불만을 드러냈다.

"진지한 회의인데 꿀꿀 소리 안 내고 말해도 되지 않나요?"

"흠… 불쾌했다면 죄송합니다."

"그 정도는 아니었어요. 꼬끼오."

"꿀꿀꿀."

중앙 대륙에서도 풀죽신교의 지부와 신규 가입 유저들이 폭발적으로 증가했다.

아르펜 왕국의 상징을 떠나서 풀죽신교는 자유와 모험, 용기, 행운, 평화, 사랑, 도전을 상징했다.

일단 좋은 개념은 다 때려 넣은 풀죽신교!

중앙 대륙의 유저들도 수백만 명 정도는 우스울 만큼 많이 풀죽신교에 가입했지만 넓게 흩어져 있다 보니 그동안은 구체적인 활동이 어려운 상태였다.

'좋은 사람들이 다 북부로 떠나 버리면… 우리라도 고향을 지켜야 해.'

'풀죽풀죽풀죽. 우리가 하벤 제국에 걸리면 척살령이 떨어지겠지.'

비밀 회동에서 각 지역의 대표들이 가면을 쓰고 모이는 것도 비밀을 지키기 위해서였다.

진짜 뿔이 달린 사슴 가면을 쓰고 있는 유저가 손을 들었다.

"이제부턴 우리도 제대로 활동해야 하지 않을까요?"

"어떤 식으로 말입니까?"

"계획이 있으신가요?"

탈을 쓰고 있는 각 지역 담당자들이 관심을 기울였다.

"현재보다 본격적으로요. 우리의 전력도 꽤 되니, 추가로 풀죽 회원들을 소집해서 전면전으로 싸워 볼 수 있을 것 같아요. 일반 유저들의 도움도 받고요."

사슴 가면을 쓰고 있는 유저의 말에 각 담당자들은 마음이 설렜다.

풀죽신교의 유저들이 대규모로 일어나서 하벤 제국으로부터 독립을 취하는 것!

그것이야말로 풀죽신교 중앙 대륙 지부에서 원하는 궁극적인 결과였다.

"안 됩니다."

고양이 가면을 쓴 유저가 대번에 반대했다.

그녀는 풀죽신교 유저들이 많은 브리튼 연합 지역의 대표였다.

"어째서요!"

"지금이 움직일 시기로 보이는데 안 된다는 이유가 뭡니까."

가면을 쓴 유저들이 불쾌한 듯이 물었다.

고양이 가면의 유저는 브리튼 지역 출신으로, 그곳의 명사!

그녀가 직접 브리튼 지역에서 반란을 이끌기도 했으면서 반대하는 이유가 도무지 이해가 가지 않았다.

"우리 풀죽신교는 순수하고 자유로운 단체예요. 우리가 나서서 중앙 대륙을 해방한다? 북부의 침략으로 뜻이 왜곡될 여지가 충분하죠."

"흐음."

유저들의 머릿속에 위험한 예상들이 떠올랐다.

지금의 반란은 중앙 대륙의 유저들이 하벤 제국의 폭정에 반발하며 일어났다. 그런데 풀죽신교에서 나섰다는 소식이 알려지면 좋은 이용거리가 되리라.

-아르펜 왕국의 풀죽신교에서 반란을 주도하고 있다.
-풀죽신교는 하벤 제국을 흔들어 놓고, 중앙 대륙의 유저들에게 손해를 끼치고 있다.

헤르메스 길드의 두뇌 역할을 하는 라페이!

그에게는 얼마든지 실행이 가능한 시나리오였다.

"헤르메스 길드를 얕볼 수는 없어요. 이곳에 있는 분들은 라페이의 정복 전쟁을 경험하지 않으셨나요?"

고양이 가면의 말에 20여 명의 유저들이 조용해졌다.

풀죽신교에서 중앙 대륙 각 지역의 대표들인 만큼 원래부터 고레벨인 유저들이 많았고, 옛 명문 길드에 소속되어 활동하던 이들이 대부분이었다.

라페이가 지휘하는 헤르메스 길드의 병력은 그들을 상대

로 한 번도 패배하지 않았다. 뒤늦게 지나고 나서 돌아보면 애초에 이길 수가 없는 전쟁이었다.

헤르메스 길드가 그만큼 강력한 세력이었던 건 두말할 나위 없는 이유였지만, 상대를 찢어 놓고 힘을 모을 수 없도록 했다. 모든 환경이나 전략이 그들이 패배하는 쪽으로 이미 굳어져 있었던 것이다.

고양이 탈 유저가 또렷한 목소리로 이야기했다.

"우리가 집단을 이루고 모습을 드러내면 격파하기 쉬워질 거예요. 헤르메스 길드의 중심에 속한 유저들이 침투해 온다면… 우린 전멸이에요."

좌중에 있는 유저들은 충분히 공감할 수 있었다. 그럼에도 아쉬웠다.

"하지만 절호의 기회라고 볼 수 있는데 이렇게 손을 놓고 있을 수는 없지 않습니까? 반란군의 화력은 근본적으로 오래 지속될 수 없습니다. 반란군이 크게 일어나게 될지 아니면 힘에 의해 쓰러지게 될지 결정되는 시기가 바로 지금입니다. 이 불길마저 꺼지고 중앙 대륙이 안정되면 영원히 하벤 제국의 폭정에 시달려야 할 텐데요?"

중앙 대륙에 있는 풀죽신교의 대표급 유저들은 절박했다.

북부의 아르펜 왕국이 커지고는 있지만 사실 그들이 중앙 대륙을 정복하기까지는 너무나도 긴 시간을 필요로 하리라.

유저들이 중심이 된 아르펜 왕국이 고향을 떠나서 일제히 중앙 대륙을 침공하려고 할지도 미지수였고.

고양이 탈 유저가 한숨을 쉬었다.

"우리는 아직 전력이 모자라요. 그러니 가장 큰 자산을 믿고 기다릴 수밖에요."

"그게 뭡니까?"

"순수한 마음요. 어려운 이들을 돕고 싶고, 불합리한 것을 고치고 싶은 마음. 우리 중앙 대륙의 유저들이 깨달은 가장 귀중한 자산이에요."

서윤의 희생

위드는 던전에서 신나게 사냥을 하는 도중에 오데인 요새의 사건을 알게 되었다.

"반 호크, 몽땅 쓸어."

-그러니까 오데인 요새 유저들이 당하고 있다고요?

-예. 전투가 거듭되면서 오데인 요새는 거의 엉망진창이 될 것으로 보입니다.

"흑색병 전염! 파고드는 진드기!"

-크크크, 정말 바람직한 전개로군요.

-후후훗, 앞으로 그 지역이 좀 혼란스러워질 테니 전쟁 물자를 잔뜩 팔아먹을 작정입니다.

언데드에게 명령을 내리며 마판과 흡족한 대화를 나누는

위드!

-마음이 급한 영주들은 가격을 따지지 않고 전쟁 물자를 가득 쌓아 놓으려고 할 테니 말입니다.

-물량이 부족하지 않을까요?

-아르펜의 생산력이 크게 늘었습니다. 정 부족하면 초보 유저들을 알바로 고용해서 24시간 생산에 투입하면 되니까요.

-헤르메스 길드는 몰라도 유저들한테 파는 건 너무 많이 남겨 먹지 마세요.

-아, 넵. 알겠습니다. 착취하지 않도록 조심하겠습니다.

-그런 뜻이 아니라… 비싸게 팔면 중앙 대륙의 유저들이 오래 버티지 못할 테니까요. 단물을 쭉쭉 빨아먹어야죠.

-캬하, 역시 또 한 수 배웠습니다!

적당히 비싼 가격에 파는 것이 장땡!

'나쁘지 않군. 헤르메스 길드가 망하고 있다면 말이야. 근데 왜 저렇게 멍청하게 제국을 다스리지?'

위드는 마판 상회와 결탁하여 전투 물자를 비싼 가격에 팔아먹었다.

중앙 대륙을 지배하는 건 헤르메스 길드가 될 테지만 실리를 추구하는 것은 위드와 마판 상회!

'겉으로 드러나는 악당은 삼류야. 진정한 악당은 조용히 현찰을 세지.'

위드는 네크로맨서로 사상 초유의 사냥 기록을 달성하고

있었다.

이것저것 달성하는 업적과 호칭!

조각사였을 때는 하나만 하더라도 집중이 쉽지 않았지만 네크로맨서는 좀 달랐다. 여러 가지 작업이나 전투가 동시에 가능했고, 반 호크와 토리도는 중간 지휘관으로 전체적인 전력을 상승시켜 주었다.

위드가 사냥에 열을 올리고 있는데 마판으로부터 또 보고가 들어왔다.

–중앙 대륙에서 반란이 계속 늘어나고 있습니다. 몇 지역이 아니라, 열 군데가 넘는 지역에서 유저들이 봉기했습니다.

–전력은요?

–중앙 대륙의 수준이 높으니 일반 유저들도 무시할 수 없을 정도입니다. 아직 반란의 불길은 더 번져 가고 있습니다!

–그렇군요.

위드는 텔레비전을 볼 일이 생겼다고 생각했다.

자고로 싸움 구경이야말로 재미가 있지 않던가.

'이익 좀 보겠구나.'

위드의 입꼬리가 씩 올라갔다.

"오늘은 불고기예요."

"음, 맛있겠네."

이현은 서윤과 같이 식탁에 앉아 저녁 식사를 했다.

과거에는 밥을 먹으며 전기세가 아깝다고 텔레비전을 켜지 않았지만 요즘에는 달랐다.

'정보 습득이 필요하지. 그리고 오늘은 리튼 지역에서 반란군이 공격한다고 하고.'

옛 리튼 왕국의 수도 셸지움.

하벤 제국을 몰아내려고 진군하는 반란군과 이를 막으려는 제국군의 한판 승부.

채널은 최근에 서윤에게 다이아몬드가 박힌 왕관을 선물한 CTS미디어에 맞췄다. KMC미디어와의 관계는 오래되었고 친분도 깊었지만, 공과 사는 철저히 구분했다.

'뇌물은 받은 만큼 돌려줘야 해. 상부상조의 미덕이라고 할 수 있지.'

정치인이나 권력자가 받는 뇌물은 썩은 것이지만, 자신이 받으면 몸에 좋은 발효 식품!

이윽고 이어진 방송에서 반란군은 셸지움을 탈환하지 못했다. 진군하는 도중에 제국군에 의해 갈기갈기 찢겨서 전멸하고 말았다.

중앙 대륙의 유저들이 수준이 높다고 해도, 제국군의 공격대가 몇 번이나 급습을 가하고 앞뒤로 끊어 놓자 무너져 버리고 만 것이다.

"후후후."

텔레비전을 보는 내내 이현의 입가에는 미소가 가득했다.

'이제 저 유저들은 북부로 넘어오겠지. 돈이 꽤 많을 테니까 모라타와 푸홀 워터파크에 저택이나 더 지어야겠군.'

바다가 보이는 항구 바르나에도 이주민을 위한 고층 건물을 짓는 걸 고려해 볼 필요가 있었다.

"크어, 잘 먹었다."

이현은 만족스럽게 식사를 마쳤다.

다음 날 아침에도 로열 로드의 방송에서는 하벤 제국과 소므렌에서 일어난 반란군의 전투가 나왔다.

"여기도 7만 명이나 되네."

"제국군도 많이 모였어요."

아침 방송을 즐겁게 보니 하루가 상쾌했다.

바지락 미역국이 어떻게 입으로 들어가는지 모를 정도였다.

로열 로드에서 사냥을 하고, 점심은 가볍게 샌드위치로 때웠다.

캡슐에서 나온 이현은 텔레비전을 보고 있는 서윤에게 물었다.

"아직도 싸워?"

"악쿰 요새에서도 전투가 벌어졌어요."

"응, 그래."

이현은 전쟁 방송을 계속 보는 건 시간 낭비라고 생각했다.

'뭐, 아무나 이기겠지.'

중앙 대륙에서의 전쟁이 아르펜 왕국에 직접적으로 끼칠 영향은 적다고 생각하고 있는 시점이었다. 설혹 반란군이 영토를 얻더라도 독립이나 그에 준하는 큰 세력을 얻으리라고는 생각되지 않았다.

'좀 싸우다가 말겠지. 원래 애들은 싸우면서 크는 거잖아.'

서윤과 함께 마당에서 닭이나 강아지와 놀며 데이트를 즐겼다. 영화관이나 백화점을 가지 않아도 되는 간단한 데이트!

"감자가 좋아."

"고구마가 낫죠."

"감자는 건강에도 좋거든."

"고구마도 그래요."

"따끈한 감자는 겨울에 먹으면 별미지."

"고구마도 추울 때 맛있잖아요."

서윤과 텃밭에 감자를 심느냐 고구마를 심느냐에 대한 말다툼도 잠시 벌였다.

결론은 반반씩 나눠 심으면 되는 일.

또다시 로열 로드.

저녁을 먹기 위해 캡슐에서 나왔을 무렵에도 텔레비전에서는 여전히 전쟁이 벌어지고 있었다.

"악쿰 요새는 어떻게 됐어?"

"헤르메스 길드가 이겼어요. 근데 열두 지역에서 전쟁이 또 벌어졌어요."

"잠잠해지겠지."

"유저들이 낮에보다도 더 많아졌어요."

이현은 하벤 제국의 전투 수행 능력에 대해서 이미 서윤과 함께 확실하게 분석을 한 이후였다.

'넘치는 돈으로 병력을 쌓아 놓았고, 어디서든 헤르메스

길드원들이 동원되지.'

각 지역의 관문이나 요새의 방어력도 문제였다.

'반란군이 큰 성과를 내지 못하면 조만간 잠잠해질 거야.'

그리고 다음 날이었다.

이현은 아침에 중앙 대륙의 반란군 유저 40만 명이 모여서 아이데른 지역의 말레나 성으로 진격하는 광경을 텔레비전으로 보았다.

"우린 해낼 수 있습니다."

"죽더라도 후회는 없습니다. 정의를 위해!"

"정의를 위해!"

유저들은 비장한 각오를 다지면서 진군했다.

수십 군데에서 반란군이 일어나 진압되기를 반복하고 있었지만 그들은 포기하지 않았다.

'헤르메스 길드가 정말 무적은 아니다. 올바른 사람들이 힘을 모은다면 반드시 이길 거야.'

인생을 도덕 책으로 배운 이들!

"말레나 성의 상황은 어떻습니까?"

"제국군 5만 정도입니다."

"그럼 우리는 8명이 하나씩만 맡으면 되는 거 아닙니까?"

"성의 방어력이 워낙 뛰어나서 그도 간단하진 않을 겁니다."

고레벨 유저들은 성 공략에 대한 고민도 해 봤지만 해답이 없었다.

참지 못하고 검을 뽑아 든 유저들의 숫자는 많다. 그러나 하벤 제국 내부에 속해 있다 보니 성벽을 공략할 장비를 전혀 구하지 못했다.

보급에서도 문제가 커서, 수많은 유저들이 오랫동안 전쟁을 지속하기에는 무리가 있었다.

대장장이 유저들도 합류해서 장비들을 고쳐 주었지만, 필요한 물자나 재료는 수급을 해야 한다. 유저들도 저마다 개성이 강해서 누군가 지휘하는 것도 불가능했다.

'자신 있게 반란을 일으키긴 했지만 한계가 명확하구나.'

'이 싸움은… 오래가면 약점이 많이 나오겠다.'

고레벨 유저들은 근심을 안고 말레나 성을 공략했다.

"돌격!"

"성문을 부수자."

"성을 함락하라!"

아이데른 지역에서 하벤 제국의 권위의 상징인 말레나 성!

지역에서 세 번째로 많은 인구를 자랑하는 생산 거점인 이곳에서 유저들이 공성전을 벌였다.

"화살을 아끼지 말고 쏴라. 오늘 저들을 전부 무덤으로 보내 줄 것이다."

말레나 성의 수비대장은 헤르메스 길드 소속의 패트로라는 유저였다.

길드의 수뇌부에서는 이미 이번 반란 사건에 대해 방침을 하달했다.

-주요 도시와 성에 대한 침략을 시작한 유저들은 몰살시킬 것. 단, 초반에는 요새나 성의 방어 시설에서 수비에 전념하라. 절대적인 힘의 격차가 드러나게 만들어서 앞으로 덤비지 못하게 하기 위함임.

심지어는 비밀리에 고정 첩자들까지도 활용했다.

중앙 대륙에서 꽤나 명망이 높은 유저들, 그들 중에서 헤르메스 길드와 관련이 깊은 자들은 따로 연락을 받았다.

"그러니까… 반란을 부추기라고요?"

"예. 반란을 주도하면 더욱 좋습니다."

"…왜요?"

너무나도 갑작스럽게 일어난 반란이었지만 라페이와 수뇌부에서는 적극적으로 움직였다.

"반란을 주도해서 우리가 정해 준 지역을 공략하는 것이지요."

"저도 수많은 유저 중의 한 사람인데. 제 말을 들어 줄까요?"

"들을 겁니다. 남들이 잘 알지도 못하는 장소보다는 유명한 지역이나 대도시를 공격하게 될 거니까요."

"공격을 당하면 헤르메스 길드의 손해가 크지 않습니까?"

"전쟁은 이기고 보는 겁니다. 그것도 초장부터 철저히."

명성이 있는 유저들이 자연스럽게 반란을 조직했다.

그들이 주도하기는 했지만 많은 유저들이 동참해서, 조종하기도 쉬웠다. 대도시나 유명 지역 중의 한 곳을 해방하자는데 좋은 뜻으로 모인 유저들이 반대할 까닭도 없다.

그 덕에 헤르메스 길드는 전력을 필요한 지역에 집중시키고 전투를 대비했다.

"승리를!"

"자유를 위하여!"

반란을 일으킨 유저들은 말레나 성에 부딪쳐 갔고, 허무하게 목숨을 잃어 갔다.

오데인 요새에서는 그동안 평화가 이어지면서 비축해 놓은 전투 물자가 부족해졌고, 유저들이 갑자기 크게 몰린 감이 있었다. 그러나 말레나 성에서는 하벤 제국에서 막대한 재물을 풀어서 전투 물자를 생산, 수입하여 쌓아 두고 길드원들의 전투 배치도 일제히 이루어졌다.

유저들은 말레나 성이라는 높고 큰 벽에 부딪쳐서 무력화되었다.

그날 스물일곱 지역에서 일어난 반란군!

그들은 단 한 곳에서도 승리를 거두지 못한 채로 소멸했다.

다음 날에는 열두 지역에서 반란군이 나섰지만 전부 격파되었다.

하벤 제국의 압도적인 승리!

오데인 요새 사태, 서서히 잊히나……

베르사 대륙을 지배하는 검과 마법의 힘

헤르메스 길드, 최근 벌어진 일련의 사태에 대해 유감 표명!

지난 며칠간, 하벤 제국의 손해도 막대하기는 했다.

중앙 대륙을 휩쓴 반란으로 대부분의 큰 도시와 성에서 공성전을 치렀다.

생산 활동이 중단되었고, 성의 외부에 있는 시설물들이 파괴되었으며, 주요 교역로도 치안의 공백으로 인해 봉쇄된 상태였다. 공성전이 발발하면서 몬스터도 크게 증가해서 곡창지대를 급습했다.

헤르메스 길드에서는, 이러한 생산과 교역을 정상으로 되돌리기 위해서는 노력과 자금이 필요할 테지만 반란군 사태는 서서히 진정되어 갈 것으로 전망했다.

"……"

서윤은 스스로 원해서 하는 집안일을 마치고 주위를 돌아봤다.

깔끔하게 정리되어 있는 실내. 마당에는 햇빛을 받으면서 파릇파릇하게 자라나는 채소들이 있었다.

"농사가 잘되겠네."

서윤도 상추나 채소들을 심어서 키우는 건 처음이었다.

부지런한 그녀가 이현이 하던 것을 그대로 물려받긴 했지만 어설픈 점이 많았다.

몇 권의 책을 읽고, 채소를 키우는 법을 배웠다. 그리고 도움을 얻기 위해 동네 화원에 갔다.

"영양분이 많은 흙을 좀 구할 수 있을까요?"

"화분에 쓰시려고요?"

"네. 그리고 땅도 좀 다지려고요."

"힘든 일을 그 고운 손으로요? 마침 우리도 할 일이 없으니 가서 도와 드리겠습니다."

화원 사람들은 텃밭을 갈아엎어 주었고, 그곳에 감자와 고구마도 심어 주었다.

"이러지 않으셔도 되는데. 너무 미안해요. 시원한 물이라도 한 잔 드세요."

"이런 영광을… 그냥 우리 동네에 살아 주시는 것만으로도 너무 감사드립니다."

"……."

"동네에 두 분 덕분에 웃음이 가득합니다. 아이들도 잘 크고 있고요. 제 아들놈은 미래 희망이 이현 사장님처럼 되는 거라고 하더군요."

"……."

친한 동료들이 들었다면 기겁했을 말!

물론 마판 강진철이라면 아이들이 큰 꿈을 꾸고 있다면서 기특해했으리라.

서윤은 빨래도 해서 줄에 잘 넣어 놓았다.

따스한 햇볕에 잘 말라 가는 빨랫감들.

과거에는 보고도 느끼지 못했던 행복이 집 안 가득 담겨 있었다.

동물들도 그녀를 좋아하고 따라다녔다. 몸보신의 다 큰 새끼들은 물론이고, 양념반프라이드반이 낳은 병아리들까지 졸졸졸 돌아다녔다.

'이렇게 살아가는 게 좋아.'

서윤은 살짝 미소를 지었다.

아찔할 정도로 예쁜 웃음이라서, 그녀 혼자만이 있는 장소에서 짓기엔 아까운 표정이었다.

'조금은 쉬자.'

서윤은 집 안에 들어와서 텔레비전을 켰다. 그러고는 로열 로드와 관계된 방송으로 채널을 돌렸다.

실질적으로 아르펜 왕국을 통치하고 있는 사람이 그녀였으니 이현만큼이나 많은 정보를 필요로 했다.

아르펜 왕국에 대한 이미지는 굉장히 좋았고, 여러 지역들의 소개나 축제들이 방송으로 나올 때마다 뿌듯했다.

그녀가 돌린 루온미디어의 채널에서는 포르모스 성의 전투가 방송 중이었다. 중앙 대륙의 유저들이 성을 공략하기 위해 달려들고 있었다.

"희망이 보이지 않습니다."

"지금으로서는 공성전을 제대로 하지도 못할 정도로 보이죠?"

"예. 패배가 확정된 것으로 보입니다."

"이유가 무엇일까요?"

"반란군의 준비 부족 같은 게 아닙니다. 하벤 제국이 너무 강합니다. 괜히 대륙의 지배자가 아닙니다. 계란으로 바위치기밖에 안 됩니다."

마법병단과 궁수 부대의 원거리 공격에, 유저들은 속절없이 죽어 가고 있었다. 그럼에도 꿋꿋하게 전진을 해 가는 모습이 방송을 통해서 나왔다.

"하벤 제국의 군사력은 역시 굉장합니다."

"중앙 대륙을 힘으로 움켜쥔 것이 우연이 아닙니다. 약간의 혼란이 없었던 건 아니지만, 대륙을 정복하는 위업을 달성하는 과정에서는 불가피한 것이었죠."

"제국은 날로 강해져 가고 있고, 그러한 모습들이 지금의 전투에 고스란히 담겨서 보이고 있습니다."

"아……."

서윤은 진행자들의 멘트는 듣지 못하고 있었다.

그녀가 보는 것은 전투 중에 죽어 가는 사람들. 그리고 그들이 가진 용기였다.

틀렌 지역의 포르모스 성.

예전 흑사자 길드에서 지배하던 영역으로, 반하벤 제국의 정서가 유독 강한 곳이었다.

이곳에서도 반란군이 조직되어서 지역의 수도인 포르모스 성을 공략하려고 했다. 유명한 일반 유저들이 대거 합류했고, 레벨을 떠나서 많은 이들이 그 의기에 동참했다.

그러나 하벤 제국군의 정예 병력에 의해 다섯 번의 공성전이 모두 실패로 돌아갔다.

포르모스 성의 성벽에서 날아오는 수많은 마법 공격들.

하벤 제국군이 두려운 점은 베르사 대륙의 NPC들로 구성된 마법병단에 있었다.

막대한 고용 비용은 기본이고, 돈을 머리끝에서 발끝까지 발라야만 한다는 마법병단.

하벤 제국군이 아니고서는 양성이 불가능한 부대가 하늘을 뒤흔들고 땅을 뒤집는 위력의 공격을 성벽 너머로 퍼부었다.

"이렇게 끝날 수는……."

"저놈들은 지치지도 않나."

"마나를 빨리 회복시켜 주는 마법 성소가 있어."

"아… 우리에겐 아무 희망이 없는가."

포르모스 성을 자유롭게 만들기 위해 일어난 유저들은 좌절했다.

다른 몇몇 곳들이 나름대로 분전이라도 했던 것에 비해 포르모스 성은 말 그대로 유저들의 무덤이 되고 있다. 특히 헤르메스 길드에서는 방송까지 섭외해서 중계할 정도로 열성적이었다.

"처음부터 너무 큰 목표를 노렸던 것 같아."

"후… 중앙 대륙에는 희망이 없으니 아르펜 왕국으로 넘어가야 되겠지."

포르모스 성의 공성전은 여전히 진행 중이었지만 유저들의 어깨는 무거웠다. 성벽 근처에도 가지 못하고 몰살을 하고 있으니, 그저 흩어지지만 않았을 뿐 전쟁은 진 것이나 다름이 없다.

죽음을 향한 길.

유저들의 발걸음에서 힘이 빠지고 있었다.

이대로라면 두 번 정도의 공략 시도가 더 있을 수는 있겠지만 실패를 확인하는 자리에 불과하리라.

더군다나 이 지역의 패배가 방송으로 중계되면 헤르메스 길드를 타도하자는 대륙 전체의 결심도 줄어들게 될 것이다.

대우가 불합리하고 나쁘더라도, 강한 힘을 가졌으니 약한 우리가 참고 살아야 한다는 결론으로!

20만여 명이 무의미하게 목숨을 잃어 갔다.

상황이 갑자기 바뀐 것은 그때였다.

말하고 싶은데
말하는 법을 잊어버렸어요
이 목소리가 들리지 않겠죠

혼자 가만히 숨을 쉬어요
마음이 아프고 슬퍼 보고만 있었죠
눈물도 흐르지 않았어요

"누구야?"

"갑자기 웬 노래를……."

"전투 중의 노래라면… 위드?"

"아냐, 그럴 리가 없어. 이건 목소리가… 여자야. 그리고 엄청 예뻐."

전투를 위해 걸어가던 유저들이 노래가 들리는 장소를 찾
으려고 주위를 둘러봤다.

"저기다!"

"하늘이다."

노래가 시작된 곳은 하늘이었다.

높은 하늘, 하얀 구름을 뚫고 날개를 활짝 펼친 채 내려오
는 와이번 1마리가 있었다.

그 와이번의 등에 타고 있는 여성 유저 1명!

"저분은……."

"누구야, 아는 사람이야?"

궁수들은 뛰어난 시력을 가져서 멀리 있는 사물도 똑바로
볼 수 있었다.

"저, 저, 저, 저……."

"누구냐니까?"

"커헉! 어떻게 이런 곳에서……."

"글쎄, 누구냐고!"

"그분이야!"

"누군데!"

"세상에서 가장 예쁜 분."

"예쁜 사람이 1~2명도 아니고, 세상에서 가장 예쁘면 당
연히… 여신님?"

"풀죽여신님이다!"

"얼굴을 봐. 비슷한 사람은 존재하지 않아. 여신님이 오셨다고!"

서윤의 등장!

그녀가 하늘에서 와삼이를 타고 날아오고 있었다.

　　따스한 바람이 불어오고
　　활짝 핀 꽃들을 봤어요
　　얼음처럼 차갑던 이 길이었는데
　　누군가 손을 잡고 같이 걷고 있네요

　　밤이 오길 기다려요
　　예쁜 달과 별이 반짝이고 있어요

서윤은 맑은 음성으로 노래를 하며 와삼이를 타고 포르모스 성을 향해 날아가고 있었다.

지상에 있는 군중의 시선이 멍하니 그녀를 따라갔다.

"노래를 듣는 건 처음인데. 예뻐."

"저런 음색으로 노래를 하다니… 정신 잃는 줄 알았다. 영상 녹화해서 평생 간직해야지."

"근데 전장에는 무슨 일로……."

"설마 같이 싸워 주러 온 건가?"

"아르펜 왕국 사람이잖아. 중앙 대륙의 전투를 왜? 여기서 아르펜 왕국이 직접적으로 개입하면 복잡해지지 않나."

"그런 건 잘 모르겠는데. 어쨌든 직접 보니 좋긴 하네."

어느새 소문이 퍼져서, 포르모스 성으로 진격해 가던 유저들은 전부 하늘만 올려다보고 있었다.

"풀죽신교 만세!"

"언니 아름다워요!"

"최고다! 우리 아들 이번에 대학 입시 치르는데 격려 한마디만요!"

"풀죽풀죽풀죽!"

누군가가 풀죽을 외치자, 군중 전체가 따라서 외쳤다.

"풀죽풀죽풀죽!"

하늘까지 가득 울리는 풀죽의 외침!

군중 대부분이 풀죽신도가 아니었음에도, 그녀의 등장만으로도 아르펜 왕국이나 마찬가지로 환호성이 울렸다. 순간 전장이라는 것도 잊어버린 채로 와삼이를 탄 서윤에게 열렬히 호응했다.

서윤은 군중의 환호를 들으면서 포르모스 성으로 접근했고, 곧이어 성벽에서부터 붉고 푸른 빛줄기들이 솟구쳐서 그녀에게 적중했다.

"……!"

"맞았다!"

"세상에… 이럴 수가!"

마법병단의 마법 공격이 하늘에서 접근하던 서윤과 와삼이를 강타한 것이었다.

"끄우와아악!"

와삼이는 있는 힘껏 비명을 지르며 하강했다.

아르펜 왕국에서 사냥을 하며 꾸준히 성장했지만, 수십 개의 마법 공격은 와삼이를 다치게 만들었다.

뚝 떨어져 지상에 충돌해 버린 와삼이와 서윤!

탁 트인 평원에, 포르모스 성에 가까운 위치라서 마법병단의 손쉬운 표적이 되었다.

"저놈들은 뭐야? 제거한다."

마법병단을 지휘하던 헤르메스 길드 유저는 와이번이 추락하는 모습을 보고 지시했다.

"제3병단, 공격해."

마법병단의 공격이 융단폭격처럼 서윤과 와삼이에게로 쏟아졌다.

"꾸에에엑!"

날개를 다친 와삼이는 쪼그려 앉아서 몸을 감쌌다.

막강한 화력을 과시하는 마법병단의 기본 공식!

서윤은 검을 들어서 마법 공격들을 쳐 냈다.

하나, 둘, 셋, 넷, 다섯……

미처 막아 내지 못한 수많은 마법들이 그녀와 와삼이에게 적중했다.

군중은 멍하니 그 광경을 보았다.

서윤은 광전사의 직업 특성상 로열 로드 전체에서도 강한 편에 속했다. 하지만 위드의 퀘스트와 아르펜 왕국의 통치로 인해 성장이 정체되었다.

서윤은 마법병단의 일제 공격으로부터 와삼이를 보호하려다가 자신은 더 많이 얻어맞았다.

와삼이의 커다란 눈동자에서 눈물이 흘렀다.

"끄그그극! 난 괜찮다."

"데려와 달라고 해서 미안해."

"언젠가 이런 날이 올 줄 알았다. 이런 말 하긴 그렇지만, 참 파란만장한 삶이었다."

와삼이는 넓적한 등을 움츠리며 중얼거렸다.

"태어난 곳도 전쟁터였고, 싸우기 위해서 살아왔다. 빠르고 높게 대륙을 날아다녔으니 짧은 와이번의 생애지만 아쉬움은 없다."

"......"

"내가 죽더라도 오랫동안 기억을 해 다오. 용감한 와이번이었다고."

와삼이는 비틀거리면서 일어나서 서윤의 앞을 막았다.

"내가 버티는 사이에 도망쳐라. 살아라."

겁쟁이 와이번으로서는 최고의 용기를 쥐어짜 낸 발언.

서윤이 환하게 웃었다.

"걱정 마. 넌 죽지 않을 거야."

그녀는 위드에게 귓속말을 보냈다.

-지금 와삼이를 소환해요! 빨리!

아르펜 왕국에서 영문도 모르는 채 사냥을 하던 위드였지만, 서윤의 부탁에 조각 소환술을 바로 사용했다.

빛과 함께 빠르게 사라지는 와이번 와삼이!

와삼이가 무사히 빠져나간 곳에는 서윤 혼자만이 남았고, 그녀를 향해서 마법 공격들이 계속 퍼부어졌다.

서윤은 날아오는 마법 공격을 똑바로 바라보며 고운 목소리로 노래를 불렀다.

　　그대와 같이 꿈을 꾸어요
　　희망을 가지게 되었어요
　　시작하기가 어려웠지만 포기하지 않아요
　　용기를 내어 한 걸음씩 길을 같이 걸어요

마법 공격들이 그녀를 휩쓸고 지나갔다.

서윤의 죽음!

로열 로드를 하면서 수많은 유저들이 죽음을 경험했다.

주로 몬스터와 싸우다가 생명력 수치가 0이 되어서 죽는 경우가 대부분이었다. 페널티로 레벨과 스킬 숙련도가 하락하고, 하루 동안 접속이 안 된다.

아무리 자주 겪더라도 기분이 썩 좋을 수는 없는 게 죽음인데, 서윤의 죽음은 생방송을 통해 전 세계로 중계되었다.

"그분이……."

"여신님이 죽었다."

방송을 시청하던 북부 유저들은 커다란 상실감에 휩싸였다.

서윤의 존재는 로열 로드에서도 특별했다.

아름다운 외모를 가진 수많은 미녀 중의 한 사람일 뿐이지만, 위드의 조각품을 통해서 널리 알려졌다.

위드와 모험을 하고, 그 이후로 아르펜 왕국을 통치하면서 유저들에게 가까이 다가갔다.

범접하기 힘든 미모를 가지고 있음에도, 앞장서서 판자촌에 놀이터를 짓고 공원을 개설했다. 도시 조경이나 상업, 군사시설을 세우는 것만이 아니라 크고 작은 다양한 문화와 복지 혜택을 만들었다.

로열 로드에서는 돈을 뜯어 가도 모자란 판에 초보 유저들을 위한 복지 혜택이란 상상 밖의 일!

풀죽신교에서도 풀죽여신으로 부르면서 추앙했다.

현실에서는 다양한 직업과 연령대의 사람들이 로열 로드를 하면 근심을 잊어버리고 열심히 풀죽 풀죽 할 수 있는 매개체라고 할까.

누군가를 사랑하거나 사랑하지 않거나, 마음 한구석을 따스하게 해 주는 존재였다.

그런 그녀가 하벤 제국군의 공격에 의해 죽었다.

떨그렁.

식당에서 혼자 밥을 먹고 있던 직장인의 손에서 숟가락이 떨어졌다.

그가 화를 내기도 전에, 방금 식당에 들어왔던 남자들이 자리에서 일어났다.

"저런 개놈들이!"

"야, 밥은?"

"지금 밥이 넘어가게 생겼냐. 가자!"

남자들은 먹지도 않은 밥값을 지불하고 서둘러 식당을 나섰다.

직장인은 멍하니 있다가 비틀거리며 일어났다.

"이럴 때가… 아니지."

그는 취업을 하느라 로열 로드를 늦게 시작했다. 그리고 당연하게도 아르펜 왕국의 풀죽신교 회원!

이 엄청난 사건에 분노하면서 일단 회사에 연락부터 시도했다.

휴가를 하루 써도 좋으니 오늘은 일찍 퇴근시켜 달라는 부탁을 사수인 대리에게 하려고 했는데, 어째서인지 전화기가 꺼져 있었다.

"무슨 일이지? 곤란한데."

팀장에게도 실패하고, 과장에게 회사 전화번호로 연락을 했을 때에야 비로소 통화가 이루어졌다.

막상 통화가 연결되니 앞으로의 회사 생활에 대한 공포가 밀려왔다. 하지만 지금까지 누구보다 열심히 근무했다고 생각하며 용기를 냈다.

"저기, 저 오늘 휴가를……."

-방금 원철 씨도 봤어?

차기환 과장.

엄격한 일 처리와 뛰어난 업무 처리 능력, 매사에 맺고 끊음이 확실한 사람이었다.

"예? 뭘요?"

-여신님이 죽은 거.

"아… 네, 그렇습니다."

차기환 과장도 풀죽신교 회원이었던가.

회사에서도 다들 티를 내지 않으니 미처 알지 못했다.

-퇴근해. 그리고 해야 할 일을 하도록 해.

루온미디어에서는 포르모스 성의 전투를 중계하고 있었다.

진행자들이나 출연진은 사전에 헤르메스 길드에서 큰 선물을 받아 챙겼다. 각자가 원하던 장비와 저택, 사냥터 등의 혜택을 제공받았기에 교묘하게 하벤 제국의 편을 들어 주었다.

"하벤 제국, 강합니다. 다른 장점은 다 제쳐 놓더라도 군사력만 놓고 봤을 때 어설픈 힘으로 도전할 수 있는 상대는 아니죠. 괜히 제국이겠습니까?"

"전투가 벌어지고 1시간여가 지났는데 아직도 반란군이 성벽을 오르지 못하고 있습니다."

"정확하게는 근처에 다가가기도 전에 소탕되고 있는 것 같네요. 용기는 알지만, 정말 아쉽고 무의미한 죽음입니다."

"헤르메스 길드에는 영웅들이 많습니다. 로열 로드를 실질적으로 개척하고 먼저 이끌어 갔던 강자들이 길드원으로 많이 가입되어 있죠. 그들이 제대로 나섰다면 이 전투는 이미 끝났을 겁니다."

진행자들과 출연진은 하벤 제국의 강함과 화려함을 수차례나 강조했다. 시청자 게시판도 진행자들이 이끄는 분위기에 따라 하벤 제국의 군사력이 놀랍다는 평가가 주류를 이루었다.

루온미디어는 아시아 여러 국가에서 서비스가 되었고, 인터넷 전용 채널도 가지고 있었다. 시청률 자체는 높지 않았지만 그래도 인지도는 꽤 있는 편이었다.

"전쟁은 가능한 벌어지지 않는 쪽이 좋습니다. 이 전투도 결과적으로 반란을 일으킨 유저들 모두가 죽으면서 끝날 것 같습니다."

"하벤 제국은 대륙 정복의 경험을 바탕으로 NPC들로 구성된 강한 군사력을 보유했으며, 마법을 주도적으로 사용하고 있습니다. 수성전에서 결정적인 장점이 될 겁니다. 헤르메스 길드 유저들이 제대로 나서지도 않았는데 통치는 여전히 건재하죠."

"그럼 하벤 제국을 아무도 무너뜨릴 수 없습니까?"

"불가능한 건 없겠죠. 엠비뉴 교단급으로 전 대륙에 영향을 미치는 재앙이 일어난다거나, 혹은 드래곤이 습격한다거나 한다면요."

"하하, 가능성이 없는 일들 같은데요."

"그렇죠. 하벤 제국은 이미 어지간해서는 부서지지 않을 정도로 단단합니다."

포르모스 성의 전투는 일반 유저들이 다가오는 족족 격파되고 있어서 진행자들의 긴장도 느슨하게 풀려 있었다.

그때 와이번을 타고 나타난 여성 유저가 화면에 잡혔다.

루온미디어에서 영상을 중계하는 유저는 포르모스 성의 성벽에 있었기에 멀어서 그녀를 제대로 알아보지 못했다.

와이번이 추락하고 서윤이 마법병단의 집중 공격을 받는 순간, 진행 팀에 의해 화면이 확대되었다.

"어? 이런 말 할 분위기는 아니지만 여성 유저의 얼굴이… 굉장히 아름답습니다."

"눈에 익은 느낌이, 어디선가 본 것 같은데요."

"저 외모는 위드가 조각한 밤하늘의 별에서…….”

서윤의 인기와 인지도 역시 대단했기에 방송 출연진도 금세 알아봤다.

"속보입니다! 제작진 측에서 알려 주기로, 아르펜 왕국의 풀죽여신이라고 합니다."

"확실한 정보인가요?"

"반란군 진영에서 입수된 정보입니다."

"와이번을 타고 온 것으로 보이는데, 와이번! 저것도 와삼이 아닙니까?"

그들이 보고 놀라움에 알은척을 하려고 하는데, 마법병단의 공격이 그녀에게 사정없이 적중되었다.

"아, 역시 하벤 제국의 군사력은 막강하네요. 저 위기를 벗어날 수 있을까요?"

"무모하죠. 신화나 동화 속의 드래곤 나이트도 아니고, 와이번 1마리 타고 나타난다고 해서 이미 불리한 전황을 바꿀 수는 없습니다."

"마나 소모를 조금 늘릴 수는 있었겠지요. 그 정도가 한계입니다."

진행자들은 하벤 제국의 편에 서서 중계를 하고 있었다.

아직까지는 헤르메스 길드에서 얻어먹은 게 있으니 그 값을 해야 된다는 의식이 강했다.

서윤이 검을 휘두르며 꽤나 버티기는 했지만 결과적으로는 사망하고 말았다.

진행자들이나 방송 관계자들은 갑자기 정신이 확 들었다.

'헤르메스 길드가… 저렇게 예쁜 아가씨를!'

'유명한 유저인데! 그걸 떠나서 위드의 여자 친구잖아! 이걸로 위드와 헤르메스 길드가 한판 붙으려나?'

'포르모스 성에 뭐가 있나? 시청률이 좀 오르는 거 아니야? 그럼 내 출연료도 다시 협상을 해 봐야…….'

진행자들이 잠시 딴생각을 하는 중에 PD의 다급한 목소리가 이어폰에 들렸다.

—너무 큰 사건이 벌어졌습니다. 방송 신중하게 해 주세요! 지금 정신 똑바로 차려야 합니다.

"아… 그런데 방금 공격은 어떻게 봐야 할까요."

"예, 무슨 일인지도 모르는데 마법 공격을 가한 건 말이죠, 아주 심했습니다."

"전쟁터에 들어왔으니 어쩔 수 없는 일입니다만, 무자비한 마법 공격이었습니다."

진행자들은 급하게 태도를 바꾸어서 서윤의 죽음을 애도

했다.

서윤의 죽음이 방송으로 보도된 직후, 그 충격으로 모든
인터넷 커뮤니티가 잠시 글이 올라오지 않는 공백 상태를 겪
었다. 그러다 게시판이 폭주했다.

    -방금 방송에 나온 게 맞나요?
    -제가 잘못 본 거죠? 그럴 겁니다.
    -아르펜 왕국에 있어야 할 분이… 대지의 궁전에 머무르는 게
당연한데요.
    -몇 시간 전에 초록 분수에서 쉬시는 거 봤습니다. 루머인 듯.
    -아닙니다. 확실해요. 와삼이를 타고 있는 광경이 제대로 영상
잡혔습니다.

    게시판이 뜨겁게 달아오르기는 했지만, 방송 영상에 서윤
이 계속 반복되어 나오고 있었다.
    각 검색 사이트의 순위권도 서윤이 장식했다.

    1. 서윤
    2. 풀죽여신

3. 포르모스 성 서윤

4. 서윤 외모

5. 서윤 사망

6. 서윤 위드

7. 와삼이

8. 포르모스 성

9. 여신 서윤

10. 헤르메스 길드 서윤

인터넷 게시판에는 방송 영상을 분석한 자료들이 올라오기 시작했고, 사람들은 서윤의 죽음을 기정사실로 받아들였다.

−헤르메스 길드가 마지막 선을 넘었습니다.

−위드 님이 죽으면 그럴 수 있죠. 근데 그분은… 그녀만큼은 다쳐서도 안 됩니다.

−풀죽신교에서 이 선전포고, 정식으로 받아들입니다!

−방송 보고 열 받아서 미치는 줄 알았음. 방송국 테러하러 가실 분 모집합니다.

−다들 닥치고, 접속이나 하자. 지금 떠들 시간이나 있냐?

로열 로드의 접속률이 폭증하기 시작했다.

번화가에서 돌아다니는 사람들이 줄어들었고, 길가에 택

시조차 드물어졌다. 오래전에 시청률 60%대의 국민 드라마가 방송될 때처럼 거리가 한산해졌다.

반면에 바빠진 것은 도심 곳곳에 자리를 잡은 캡슐방이었다.

"아저씨, 방 있어요?"

"없습니다."

"기다리면 나와요?"

"최소 8시간은 넘게 기다리셔야 됩니다. 아예 20시간씩 끊어 놓고 들어간 사람이 많아서 그도 장담 못 해요."

대도시의 캡슐방이 미어터지는 사태가 벌어졌다.

한국에서의 서윤의 인기야 당연했지만 중국과 일본, 미국을 비롯하여 세계 각국에서도 사람들이 로열 로드에 접속했다.

TO BE CONTINUED

One for all
원포올

일라잇 스포츠 장편소설

**작렬하는 슛, 대지를 가르는 패스
한계를 모르는 도전이 시작된다!**

축구 선수의 꿈을 품은 이강연
냉혹한 현실에 부딪혀 방황하던 중
운명과도 같은 소리가 귓가에 들어오는데……

당신의 재능을 발굴하겠습니다!
세계로 뻗어 나갈 최고의 축구 선수를 키우는
'One For All' 프로젝트에, 지금 바로 참가하세요!

단 한 번의 기회를 잡기 위해
피지컬 만렙, 넘치는 재능을 가진 경쟁자들과
최고의 자리를 두고 한판 승부를 벌인다!

**실력만이 모든 것을 증명하는
거친 그라운드에서 당당히 살아남아라!**

기갑천마

거짓이슬 퓨전 판타지 장편소설

종말을 막지 못한 절대자
복수의 기회를 얻다!

무림을 침략한 마수와의 운명을 건 쟁투
그 마지막 싸움에서 눈감은 무림의 천하제일인, 천휘
종말을 앞둔 중원이 아닌 새로운 세상에서 눈을 뜨는데……

"천휘든 단테든, 본좌는 본좌이니라."

이제는 백월신교의 마지막 교주가 아닌 평민 훈련병, 단테
그럼에도 오로지 마수의 숨통을 끊기 위해
절대자의 일 보를 다시금 내딛다!

에이스 기갑 파일럿 단테
마도 공학의 결정체, 나이트 프레임에 올라
마수들을 처단하고 세상을 구원하라!